Diogenes Taschenbuch 21012

Patricia Highsmith

Leise, leise im Wind

Zwölf Geschichten
Aus dem Amerikanischen
von Anne Uhde

Diogenes

Titel der Originalausgabe:
›SLOWLY, SLOWLY IN THE WIND‹
Heinemann, London 1979

Die folgenden Geschichten erschienen
erstmals in *Ellery Queen's Mystery Magazine:*
SLOWLY, SLOWLY IN THE WIND (November 1976),
THE POND (März 1976),
SOMETHING YOU HAVE TO LIVE WITH (Juli 1976),
WOODROW WILSON'S NECK-TIE (März 1972),
WHO LIVES, WHO DIES? (A CURIOUS SUICIDE)
(August 1973),
THE BABY SPOON (März 1973).
PLEASE DON'T SHOOT THE TREES
erschien erstmals 1976 in einer Anthologie von
Albträumen des 20. Jahrhunderts,
THE NETWORK 1976 in der *New Review,*
THOSE AWFUL DAWNS in *Winter Crimes 9.*

Copyright © 1972, 1973, 1976, 1977, 1979
by Patricia Highsmith.
›Immer dies gräßliche Aufstehen‹ wurde von
Wulf Teichmann übersetzt.

Umschlagzeichnung von
Tomi Ungerer

Veröffentlicht als Diogenes Taschenbuch, 1982
Alle deutschen Rechte vorbehalten
Copyright © 1979 by
Diogenes Verlag AG Zürich
80/83/29/3
ISBN 3.257 21012 4

Inhalt

Der Mann, der Bücher im Kopf schrieb   9
The Man who Wrote Books in his Head

Das Netzwerk   19
The Network

Der Teich   45
The Pond

Man muß damit leben   75
Something You Have to Live With

Leise, leise im Wind   101
Slowly, Slowly in the Wind

Immer dies gräßliche Aufstehen   130
Those Awful Dawns

Woodrow Wilsons Krawatte   156
Woodrow Wilson's Neck-Tie

Auf die Inseln   181
One for the Islands

Ein seltsamer Selbstmord   190
A Curious Suicide

Der Babylöffel   208
The Baby Spoon

Glassplitter   224
Broken Glass

Bitte nicht auf die Bäume schießen   255
Please Don't Shoot the Trees

*In Erinnerung
an meine amerikanische Freundin
Natica Waterbury
24. April 1921 - 13. März 1978*

Der Mann, der Bücher im Kopf schrieb

E Taylor Cheever schrieb seine Bücher im Kopf, nie auf Papier. Als er starb, mit zweiundsechzig, hatte er vierzehn Romane geschrieben und einhundertsiebenundzwanzig Charaktere geschaffen, an die wenigstens er sich deutlich erinnerte.

Das war so gekommen: Mit dreiundzwanzig schrieb Cheever einen Roman, den er *Die ewige Herausforderung* nannte und der von vier Londoner Verlagen abgelehnt wurde. Cheever, damals Redakteur bei einer Zeitung in Brighton, zeigte sein Manuskript drei oder vier befreundeten Journalisten und Kritikern, und alle, fand Cheever, äußerten sich ebenso brüsk wie die Londoner Verleger in ihren Briefen. »Charaktere sitzen nicht . . . gekünstelter Dialog . . . Thematik verschwommen . . . Du wolltest ja eine offene Antwort: also ich glaube nicht, daß dies eine Chance hat, veröffentlicht zu werden, selbst wenn du nochmal drübergehst . . . Am besten vergißt du's und schreibst was Neues . . .« Zwei Jahre lang hatte Cheever seine ganze freie Zeit für den Roman aufgewendet und dabei das Mädchen, das er heiraten wollte, Louise Welldon, beinahe verloren, weil er sich kaum noch um sie gekümmert hatte. Dennoch heiratete er Louise wenige Wochen nach der Flut von Ablehnungen seines Romans. So blieb wenig übrig von der Aura des Triumphs, von der umgeben er die Braut heimzuholen und den Weg der Ehe zu beschreiten gedacht hatte.

Cheever hatte ein kleines Privateinkommen, und Louise hatte noch mehr. Cheever brauchte keinen Job. Er hatte sich vorgestellt, den Job bei der Zeitung aufzugeben (nachdem sein erstes Buch erschienen war), weitere Bücher zu schreiben und Buchkritiken und vielleicht eine Bücherspalte in der Brightoner Zeitung und später dann bei der *Times* und beim *Guardian*. Er versuchte, als Rezensent beim *Beacon* in Brighton anzukommen, aber von irgendwelchen festen Abmachungen war keine Rede. Außerdem wollte Louise in London wohnen.

Sie kauften ein Haus in Cheyne Walk und schmückten es mit Möbeln und Teppichen, die ihre Angehörigen ihnen geschenkt hatten. Cheever plante mittlerweile ein neues Buch, es sollte bis in alle Einzelheiten richtig und fertig sein, noch bevor er das erste Wort zu Papier brachte. Er behielt alles für sich, sagte Louise nie etwas über Titel oder Thematik und sprach mit ihr auch nie über die Charaktere – dabei hatte Cheever seine Charaktere klar vor sich, samt Hintergrund, Motivation, Geschmack und Aussehen bis zur Farbe ihrer Augen. Sein nächstes Buch würde eine eindeutig bestimmte Thematik haben, Charaktere mit Fleisch und knappe, treffende Dialoge.

Stundenlang saß er jeweils in seinem Arbeitszimmer im Haus in Cheyne Walk: gleich nach dem Frühstück ging er hinauf und blieb dort bis Mittag, kam nach dem Essen zurück und saß wieder bis zum Tee oder Abendessen am Schreibtisch, wie jeder andere Schriftsteller. Er schrieb aber kaum etwas, nur ein gelegentliches »1877 + 53 und 1939 — 83«, um das Alter oder das Geburtsjahr bestimmter Figuren festzuhalten. Beim Nachdenken summte er gerne vor sich hin. Das Buch hieß *Der Spielverderber* (kein anderer Mensch auf der Welt kannte den Titel), und er brauchte vierzehn Monate, bis es ausgedacht und im Geist geschrieben war. Inzwischen war Everett junior geboren worden. Cheever wußte genau, wie er das Buch anlegen wollte, die ganze erste Seite war seinem Gedächtnis so eingeprägt, als sehe er sie gedruckt. Er wußte, es würde zwölf Kapitel haben, und er wußte, was drin stand. Er memorierte ganze Dialogfolgen und konnte sie jederzeit abrufen. Cheever meinte, er würde kaum vier Wochen brauchen, um das Buch zu tippen. Er hatte eine neue Schreibmaschine, ein Geschenk von Louise zu seinem letzten Geburtstag.

»Ich bin soweit – endlich«, sagte Cheever eines Morgens mit ungewohnter Fröhlichkeit.

»Oh, Lieber, wie schön!« sagte Louise. Sie war taktvoll und fragte ihn nie, wie er mit der Arbeit vorankam, sie spürte, daß er das nicht mochte. Während Cheever die *Times* durchblätterte und die erste Pfeife stopfte, bevor er nach oben verschwinden würde, ging Louise in den Garten und schnitt drei gelbe Rosen, die sie in eine Vase stellte und in sein Zimmer brachte. Dann zog sie sich still zurück.

Cheevers Arbeitszimmer war freundlich und bequem, mit einem großzügigen Schreibtisch, guter Beleuchtung, Nachschlagewerken und Wörterbüchern in Griffnähe und einem grünen Ledersofa, auf dem er, wenn er Lust hatte, zwischendurch ein Schläfchen machen konnte. Das Fenster ging auf den Garten hinaus. Cheever bemerkte die Rosen auf dem kleinen Rolltisch neben dem Schreibtisch und lächelte anerkennend. *Seite eins, Erstes Kapitel,* dachte Cheever. Das Buch sollte Louise gewidmet sein. *Meiner Frau Louise.* Klar und simpel. *Es war an einem grauen Dezembermorgen, als Leonard . . .*

Er hielt inne und zündete sich eine neue Pfeife an. Ein Bogen war in die Schreibmaschine eingespannt, aber zuerst kam die Titelseite, und er hatte noch nichts geschrieben. Ganz plötzlich, um 10.15 Uhr, verspürte er Langeweile – bedrückende, lähmende Langeweile. Er kannte das Buch auswendig, es stand im Geist fertig vor ihm, wozu es da noch schreiben?

Die Vorstellung, jetzt wochenlang auf die Tasten einzuhämmern, längst vertraute Worte auf zweihundertzweiundneunzig Seiten (das war seine Schätzung) festzuhalten, erfüllte ihn mit Schrecken. Er fiel auf das grüne Sofa und nickte ein. Um elf wachte er auf, erfrischt und anderen Sinnes: das Buch war schließlich fertig, und nicht nur fertig, sondern ausgefeilt und poliert. Warum nicht statt dessen was Neues anfangen?

Die Idee zu einem Roman über einen Waisenjungen auf der Suche nach seinen Eltern hatte Cheever schon bald vier Monate mit sich herumgetragen. Er begann, sich drumherum einen Roman vorzustellen. Er blieb den ganzen Tag am Schreibtisch sitzen, summte vor sich hin, starrte auf die Zettel, die fast alle leer waren, und tippte mit dem Radiergummi-Ende des gelben Bleistifts auf die Tischplatte. Er war mitten im Schöpfungsprozeß.

Als er den Waisenjungen-Roman, der umfangreich geworden war, zu Ende gedacht und abgeschlossen hatte, war sein Sohn fünf Jahre alt.

»*Schreiben* kann ich die Bücher immer noch«, sagte Cheever zu Louise. »Das Wichtigste ist die Gedankenarbeit.«

Louise war enttäuscht, aber sie zeigte es nicht. »Dein Vater ist *Schriftsteller*«, sagte sie zu Everett junior. »Er schreibt Romane. Schriftsteller brauchen nicht zur Arbeit zu gehen wie andere Leute. Sie können zu Hause arbeiten.«

Der kleine Everett war jetzt im Kindergarten, und die Kinder hatten ihn gefragt, was sein Vater machte. Als Everett dann zwölf war, verstand er die Situation und fand sie ausgesprochen lächerlich, besonders als seine Mutter erzählte, der Vater habe sechs Bücher geschrieben. Unsichtbare Bücher. Damals begann Louise ihre Haltung Cheever gegenüber zu ändern: aus Toleranz und Laissez-faire wurden Respekt und Bewunderung. Sie tat das bewußt, und zwar hauptsächlich, um Everett ein Beispiel zu geben. Es gab Konventionen, an denen sie festhielt, und wenn ein Sohn den Respekt vor seinem Vater verlor, dann – glaubte sie – würde der Charakter des Sohns, ja der ganze Haushalt, zerfallen.

Als Everett fünfzehn war, amüsierte ihn die Arbeit seines Vaters nicht länger; er war verlegen und peinlich berührt, wenn ihn Freunde besuchten.

»Romane? Sind sie gut? Kann ich mal einen sehen?«

fragte Ronnie Phelps, ebenfalls fünfzehn und Everetts bewundertes Vorbild. Everett hatte es geschafft, ihn für die Weihnachtsferien zu sich einzuladen, und damit einen irren Coup gelandet, nun lag ihm daran, daß alles glatt ging.

»Ach weißt du, er zeigt sie nicht gern – er behält sie alle bei sich, in seinem Zimmer«, sagte Everett.

»Sieben Romane. Komisch – ich hab noch nie von ihm gehört. Bei welchem Verlag ist er denn?«

Everett war die ganze Zeit so angespannt, daß auch Ronnie sich nicht wohl fühlte und nach drei Tagen zu seinen Eltern nach Kent fuhr. Everett aß nichts mehr und blieb in seinem Zimmer hocken, wo seine Mutter ihn zweimal in Tränen fand. Cheever wußte nichts von alledem. Louise schirmte ihn ab gegen jede häusliche Unruhe und Störung. Aber die Ferien dauerten noch fast vier Wochen, und Everett war so deprimiert, daß Louise ihrem Mann eine Schiffsreise vorschlug, vielleicht zu den Kanarischen Inseln.

Zunächst war Cheever entsetzt. Er mochte keine Ferien, brauchte keine, das behauptete er immer wieder. Aber nach vierundzwanzig Stunden fand er, eine Kreuzfahrt sei eine gute Idee. »Ich kann ja trotzdem arbeiten«, meinte er.

An Bord lag Cheever stundenlang im Liegestuhl, manchmal mit Bleistift, manchmal ohne, und arbeitete an seinem achten Roman. Während zwölf Tagen machte er freilich keinerlei Notizen. Louise lag neben ihm; wenn er seufzte und die Augen schloß, wußte sie, daß er sich eine Atempause gönnte. Gegen Ende des Tages schien er manchmal ein Buch in der Hand zu halten und durchzublättern, dann – wußte sie – schmökerte er in seinen früheren Werken, die er alle auswendig kannte.

»Ha-ha«, lachte Cheever vor sich hin, wenn ihn eine Passage amüsierte. Dann kam er zur nächsten Stelle, schien zu lesen und murmelte: »Mm-hm, nicht schlecht, nicht schlecht.«

Everett, dessen Liegestuhl an der anderen Seite seiner Mutter stand, riß sich jeweils hoch und stapfte mit grimmiger Miene davon, wenn er seinen Vater so zufrieden grunzen hörte. Für Everett war die Kreuzfahrt überhaupt ein mäßiger Erfolg, es gab niemanden in seinem Alter außer einem Mädchen, und Everett erklärte seinen Eltern und dem freundlichen Decksteward ausdrücklich, er habe nicht den Wunsch, es kennenzulernen.

Die Lage besserte sich, als Everett nach Oxford ging. Jedenfalls nahm er seinem Vater gegenüber wieder eine amüsierte Haltung ein. Dank dem Vater sei er in Oxford ziemlich populär, meinte Everett. »Nicht jeder hat einen lebenden Limerick zum Vater«, sagte er seiner Mutter. »Soll ich dir mal einen aufsa–«

»Everett, bitte«, sagte seine Mutter kalt, und das Grinsen verschwand von seinem Gesicht.

Als Cheever Ende fünfzig war, zeigten sich die ersten Anzeichen des Herzleidens, an dem er sterben sollte. Er schrieb fleißig weiter in seinem Kopf, doch der Arzt riet ihm, die Arbeitszeit einzuschränken und jeden Tag zweimal richtig auszuspannen. Es war ein neuer Arzt, ein Herzspezialist, und Louise hatte ihm erklärt, worin die Arbeit ihres Mannes bestand.

15

»Er denkt sich einen Roman aus«, sagte Louise. »Das kann selbstverständlich genauso anstrengend sein wie das Schreiben.«

»Selbstverständlich«, stimmte der Arzt zu.

Als für Cheever das Ende kam, war Everett achtunddreißig und hatte selbst zwei Kinder im Teenager-Alter. Everett war Zoologe geworden. Everett, seine Mutter und fünf, sechs Verwandte standen im Krankenzimmer versammelt, wo Cheever unter dem Sauerstoffzelt lag. Cheever murmelte etwas, und Louise beugte sich zu ihm.

». . . Asche zu Asche«, hörte sie Cheever sagen. »Zurücktreten . . . keine Fotografen, bitte . . . ›Neben Tennyson‹?« (dies mit leiser, hoher Stimme) ». . . der menschlichen Phantasie als Denkmal . . .«

Everett hörte auch zu. Nun schien sein Vater eine vorbereitete Rede zu halten. *Eine Laudatio,* dachte Everett.

» . . . kleinen Winkel, wo ein dankbares Volk seiner gedenken . . . Rums! . . . Vorsicht!«

Everett krümmte sich plötzlich, von einem Lachkrampf geschüttelt. »Sein Begräbnis – er begräbt sich selbst in der *Westminster Abbey!*«

»Everett!« sagte seine Mutter. »Ruhe!«

»Ha-ha-ha!« Everetts Spannung brach aus in wieherndes Gelächter, er taumelte aus dem Zimmer, und im vergeblichen Versuch, die Lippen zusammenzupressen und sich zu beherrschen, sank er auf eine Bank in der Halle. Was die Sache noch komischer machte, war der Umstand, daß, mit Ausnahme seiner Mutter, keiner im Raum die Situation verstehen konnte. Sie wußten, daß sein Vater Bücher im Kopf schrieb, aber die Sache mit dem Dichterwinkel in der Westminster Abbey hatten sie nicht mitgekriegt.

Kurz danach hatte Everett sich gefaßt und ging ins Krankenzimmer zurück. Sein Vater summte vor sich hin, wie er es oft beim Arbeiten getan hatte. War er immer noch bei der Arbeit? Everett sah, wie sich die Mutter tief hinunter beugte und lauschte. Irrte er sich, oder war es wirklich ein Hauch von *Land of Hope and Glory,* der da aus dem Sauerstoffzelt drang?

Es war vorüber. Als sie, einer nach dem andern, das Zimmer verließen, war es Everett, als müßten sie sich jetzt gleich zur Leichenfeier im Hause seiner Eltern versammeln – aber nein, die Beisetzung hatte doch noch gar nicht stattgefunden. Die Suggestionskraft seines Vaters war wirklich erstaunlich.

Etwa acht Jahre später war Louise an Grippe mit nachfolgender Lungenentzündung erkrankt und lag im Sterben. Everett war bei ihr, in ihrem Schlafzimmer in Cheyne Walk. Sie sprach von seinem Vater und daß ihm nie der Ruhm und Respekt zuteil geworden waren, die ihm gebührten.

»... erst ganz zuletzt«, sagte Louise. »Er ist im Dichterwinkel begraben, Everett ... das darf man nicht vergessen ...«

»Ja, Mutter«, sagte Everett, beeindruckt, nahe daran, es zu glauben.

»Für die Frauen ist dort natürlich kein Platz – sonst könnte ich zu ihm«, hauchte sie.

17

Und Everett verschwieg ihr, daß sie zu ihm kommen würde, im Familiengrab in Brighton. Aber stimmte das auch? Konnte man nicht noch eine Nische finden, im Dichterwinkel? *Brighton,* sagte Everett zu sich, als die Wirklichkeit zu bröckeln begann. *Brighton,* Everett nahm sich zusammen. »Ich bin mir nicht so sicher, Mami«, sagte er. »Vielleicht läßt es sich einrichten – wir wollen sehen.«

Sie schloß die Augen, und auf ihren Lippen setzte sich ein sanftes Lächeln fest, das gleiche zufriedene Lächeln, das Everett gesehen hatte, als sein Vater unter dem Sauerstoffzelt lag.

Das Netzwerk

Das Telefon – zwei Apparate, Modell ›Prinzess‹, einer lila, einer gelb – klingelte ungefähr alle dreißig Minuten in Frans kleiner Wohnung. Es klingelte so oft, weil Fran seit etwa einem Jahr die inoffizielle Mutter Oberin des Netzwerks war.

Das Netzwerk war eine Gemeinschaft von Freunden in New York, die sich gegenseitig moralisch aufrichteten, indem sie einander anriefen, ihrer Freundschaft versicherten und ihrer Solidarität inmitten eines Meeres von Feinden, Nicht-Freunden, potentiellen Dieben, Vergewaltigern und Halsabschneidern. Natürlich kamen sie auch häufig zusammen, viele hatten die Hausschlüssel von anderen und konnten sich gegenseitig Gefälligkeiten erweisen – Katzen füttern, Hunde spazierenführen, Blumen gießen. Aber das wichtigste war, daß sie einander vertrauen konnten. Das Netzwerk konnte das, und für einen aus der Gruppe hatten sie eine Lebensversicherung zu seinen Gunsten durchgeboxt, allen möglichen Schwierigkeiten zum Trotz. Einer konnte Hi-fi- und Fernsehapparate reparieren. Ein anderer war Arzt.

Fran war nichts Besonderes, sie war Sekretärin und Buchhalterin, aber sie hatte immer schon Zeit gehabt für andere, man konnte sich stets bei ihr ausweinen, und überdies arbeitete sie im Augenblick nicht und hatte daher noch mehr Zeit als sonst. Vor zehn Monaten hatte sie eine Gallenblasenoperation gehabt, unmittelbar gefolgt von einer Darmverwachsung, die ihrerseits eine Operation nach sich zog, und dann hatte sich das alte Bandscheibenleiden gemeldet, was diesmal ein Stützkorsett bedeutete, das Fran aber nicht immer trug. Sie war achtundfünfzig und auch an ihren besten Tagen nicht mehr so flink.

Sie war unverheiratet und seit siebzehn Jahren bei Consolidated Edison in der Kundendienst- (und Mahn-) Abteilung angestellt. Con Ed war großzügig mit Krankengeld und hatte auch eine gute Krankenhaus-Zusatzversicherung. Con Ed hielt die Stelle für sie offen, und Fran hätte ihre Arbeit jetzt wieder aufnehmen können, eigentlich schon seit zwei Monaten, aber sie fand es herrlich, frei und zu Hause zu sein. Und vor allem war es so nett, jederzeit den Hörer aufnehmen zu können, sobald das Telefon klingelte.

»Hallo? – Ach, du bist's, Freddie! Wie geht's *dir* denn?« Fran saß zusammengekauert am Telefon und sprach mit halblauter Stimme, als fürchte sie, daß jemand mithörte. Dabei barg sie den leichten Hörer in beiden Händen, als sei er ein kleines pelziges Tierchen oder die Hand des Freundes, mit dem sie gerade sprach. »Ja, ja, mir geht's gut. Und dir geht's auch wirklich gut, ja?«

»Oh, ja. Und dir auch?« Alle im Netzwerk hatten Frans Gewohnheit angenommen, sich bei jedem Gespräch zweimal zu vergewissern, daß es dem andern auch gut gehe. Freddie war Werbezeichner und hatte ein Atelier mit Wohnung auf der West 34th Street.

»Ja, alles bestens. Sag mal, hast du letzte Nacht die Polizeisirene gehört? Nein, nicht Feuerwehr, es war Polizei«, betonte Fran.

»Wann?«

»So um zwei Uhr früh. Junge, die waren dem vielleicht hinterher! Mindestens sechs Wagen, alle die Seventh runtergerast. Hast du nichts gehört?«

Nein, Freddie hatte nichts gehört, und man ließ das Thema fallen. Gedämpft sprach Fran weiter. »Sieht nach Regen aus, schade, ich muß noch was einkaufen...«

Als sie aufgelegt hatten, redete Fran zu sich selber weiter.

»Wo war ich –? Ach ja, der Pullover – einmal gespült, muß aber nochmal . . . Müll in den Müllschlukker . . .« Sie spülte den Pullover im Waschtisch im Bad, drückte ihn aus und hatte ihn gerade an einem aufblasbaren Gummibügel über der Badewanne aufgehängt, als das Telefon klingelte. Fran nahm den Hörer im Ankleideraum auf, der zwischen Bad und Eßecke lag, es war Marj (fünfundvierzig Jahre alt, gutbezahlte Einkäuferin bei Macy).

»Oh, Marj, Tag – du, bleib mal dran, bitte, ich geh rüber ins Wohnzimmer zum andern Apparat.«

Fran legte den Hörer auf den Frisiertisch und ging hinüber ins Wohnzimmer. Sie ging leicht vornüber gebeugt und hinkte, das hatte sie sich seit der Krankheit angewöhnt. Obwohl sie jetzt allein war, blieb die Gewohnheit haften, wie Fran merkte; um so besser, denn zweimal im Monat schickte Con Ed ihren Versicherungsagenten, der die Krankheitsfälle des Personals kontrollierte und Fran fragte, wann sie die Arbeit wohl wieder aufnehmen könne. »Hallo, Marj, wie geht's?«

Der nächste Anruf kam von einem Versandgeschäft für Sportartikel an der East 42nd Street, von dem Fran irgendwo mal gehört hatte. Die Firma bot ihr eine Stellung in der Buchhaltung an, Antritt am kommenden Montag, mit einem Gehalt von zweihundertzehn Dollar netto pro Woche, ohne Kranken- und Altersversicherung.

Fran erschrak. Wie kamen die Leute zu ihrem Namen? Sie suchte doch gar keine Arbeit.

»Danke, vielen Dank«, sagte sie liebenswürdig. »Sehr freundlich, aber ich nehme meine Arbeit bei Con Ed wieder auf, sobald ich ganz auf dem Damm bin.«

»Meines Wissens bieten wir Ihnen ein besseres Gehalt«, meinte die angenehme weibliche Stimme. »Vielleicht überlegen Sie sich unseren Vorschlag. Wir haben unsere Quote erreicht, und jetzt hätten wir gern noch jemand wie Sie bei uns.«

Fran war geschmeichelt, aber das Gefühl verflog schnell. Ob man ihr bei Con Ed die Stelle doch nicht offenhielt? Hatte Con Ed diese Firma auf Fran aufmerksam gemacht, um das Krankengeld nicht weiter zahlen zu müssen, das fast so hoch wie ihr Gehalt war?

»Nein, vielen Dank«, sagte Fran, »ich glaube, ich bleibe' doch lieber bei Con Ed. Man ist dort immer so nett zu mir gewesen.«

»Nun, wenn Sie meinen . . .«

Ein unbehagliches Gefühl beschlich Fran, nachdem sie aufgelegt hatte. Bei Con Ed anzurufen und geradeheraus zu fragen, was los war, dazu fehlte ihr der Mut. Angestrengt überlegte sie, wie das letzte Gespräch mit dem Versicherungsagenten verlaufen war. Zu dumm – sie hatte an dem Tag vergessen, daß er sich für halb fünf Uhr bei ihr angesagt hatte, und der Versicherungsmensch hatte unten in der Halle fast eine Stunde auf sie warten müssen, und sie war quietschvergnügt reingekommen, zusammen mit ihrer Freundin Connie, die abends als Kellnerin arbeitete und deshalb manchmal am Tag frei war. Sie waren zu einer Nachmittagsvorstellung im Kino gewesen. Als Fran den Inspektor in der großen Halle stehen sah (Möbel gab es dort unten keine, die waren alle gestohlen, obgleich sie mit Ketten an der Wand befestigt gewesen waren), fiel sie ins Hinken zurück und ging vornübergeneigt auf ihn zu. Sie sagte ihm, sie glaube, sie mache Fortschritte, aber einem Achtstundentag, einer Fünftagewoche fühle sie sich noch nicht gewachsen. Er hatte ein kleines Buch bei sich, in dem sie unterschreiben mußte als Beweis dafür, daß er bei ihr gewesen war. Er war ein Schwarzer, aber ganz nett. Er hätte viel übler sein können, fiese Bemerkungen und so, aber der hier war anständig.

Fran fiel jetzt auch ein, daß sie am selben Abend Harvey Cohen getroffen hatte, der bei ihr im Haus wohnte, und Harvey erzählte ihr, der Inspektor habe ihn in der Halle angeredet und gefragt, was er von Miss Covaks Gesundheitszustand wisse. Harvey sagte, er habe ›reichlich dick aufgetragen‹ und berichtet, daß Miss Covak immer noch hinke, sie schaffe es manchmal bis zum nächsten Lebensmittelladen, weil sie ganz einfach müsse, da

23

sie ja allein wohne, aber sie sähe nicht so aus, als könne sie schon wieder regelmäßig arbeiten. Harvey, du bist ein Goldstück, dachte Fran. Juden wußten eben, wie man sowas machte. Köpfchen. Fran hatte sich sehr herzlich bei Harvey bedankt und es auch so gemeint.

Ja, so war das – aber was zum Teufel war nun passiert? Sie wollte mal Jane Brixton deswegen anrufen. Jane hatte was im Kopf, war mehr als zehn Jahre älter als Fran (sie war eine pensionierte Lehrerin), und Fran war immer viel ruhiger nach einem Gespräch mit Jane. Jane hatte eine wunderbare große Wohnung in der West 11th Street, voll antiker Möbel.

»Ha, ha«, lachte Jane leise, nachdem sie Frans Geschichte gehört hatte. Fran hatte sie in allen Einzelheiten erzählt, auch die Bemerkung der Frau, daß die Sportartikel-Firma ihre Quote erreicht habe.

»Na klar«, sagte Jane heiter, »das heißt, daß sie die vorgeschriebene Anzahl Schwarzer eingestellt haben und jetzt unbedingt ein paar Weiße dazwischenschieben wollen, solange sie noch können.« Jane sprach mit leicht südlichem Akzent, obwohl sie aus Pennsylvania kam.

So ungefähr hatte sich Fran das auch gedacht.

»Wenn du noch nicht anfangen willst mit der Arbeit, dann tu's auch nicht«, sagte Jane. »Das Leben ist –«

»Eben, wir haben doch alle mal drüber gesprochen, das Geld, das ich jetzt kriege, hab ich ja schließlich selber eingezahlt, jahrelang. Auch die Krankenhausbeiträge. Du, Jane – du könntest mir nicht eine Bescheinigung oder so was ausstellen, daß du mir ein paar Rückenmassagen gegeben hast?«

»Nun – ich bin ja nicht zugelassen, weißt du. Eine Bescheinigung von mir würde dir wohl nichts nützen.«

»Ja, da hast du recht.« Fran hatte sich vorgestellt, daß ein weiteres Zeugnis dieser Art ihre Arbeitsunfähigkeit noch unterstreichen könnte.

»Ich hoffe, du kommst Samstag auch zu Marjs Party –«

»Na klar. Übrigens, mein Neffe ist gerade hier, er wohnt bei mir. Eigentlich ist er der Sohn meines Neffen, aber das spielt ja keine Rolle. Ich bring ihn mit.«

»Dein Neffe! Wie alt ist er? Wie heißt er?«

»Greg Kaspars. Er ist zweiundzwanzig, kommt aus Allentown. Möchte in New York arbeiten, als Möbeldesigner oder so. Er will jedenfalls mal sein Glück versuchen.«

»Mein Gott, wie aufregend! Ist er nett?«

Jane lachte wie eine ältliche Tante. »Ich denke schon. Sieh ihn dir mal an.«

Sie legten auf, und Fran seufzte beim Gedanken, zweiundzwanzig zu sein und in der Weltstadt New York ihr Glück zu versuchen. Sie schaltete den Fernsehapparat ein. Er war alt und taugte nicht viel, der Bildschirm war auch kleiner als heute üblich, aber sie hatte keine Lust, Geld auszugeben für einen neuen Apparat. Das einzige Programm mit einem anständigen Empfang war furchtbar, eine Quizsendung, alles abgekartet natürlich. Wie konnten sich erwachsene Menschen so aufführen, wenn es fünfzig Dollar oder einen Kühlschrank zu gewinnen gab! Sie schaltete aus und ging ins Bett, nachdem sie Decke und Kissen vom Sofa genommen und das schwere Metallgestell auseinandergeklappt hatte, auf dem das fertige Bett lag, bereit zum Hineinkriechen. Die Kissen lagen in einer halbkreisförmigen Vertiefung, die obenauf gepolstert war, was einen dekorativen Vorsprung oder sogar einen Sitz am Ende des Sofas abgab, wenn das Sofa als solches verwendet wurde. Lang ausgestreckt blätterte sie in ihrer neuesten Ausgabe des *National Geographic,* sah sich aber nur die Bilder an, weil immer noch ab und zu das Telefon klingelte und den Gedankenfluß unterbrach, wenn sie einen der Artikel zu lesen versuchte. Frans älterer Bruder war Tierarzt in San Francisco und schickte ihr zu jedem Geburtstag ein Jahresabonnement für das *National Geographic.*

Sie machte das Licht aus und war gerade eingeschlafen, als das Telefon wieder klingelte. Sie langte im Dunkeln nach dem Hörer – es machte ihr nichts aus, geweckt zu werden. Es war Verie (eigentlich Vera), eine andere Freundin aus dem Netzwerk, welche verkündete, sie sei total fertig und deprimiert.

»Ich hab heute mein Portemonnaie verloren«, sagte sie.

»*Was?* Wie denn?«

»Ich war gerade fertig im Supermarkt, und nachdem ich bezahlt und mein Wechselgeld eingesteckt hatte, legte ich das Portemonnaie einen Augenblick auf den Ladentisch – ich mußte doch meine Sachen einpacken – und als ich es mitnehmen wollte, war es weg. Ich könnte mir denken, daß der Kerl hinter mir – ach, ich weiß nicht.«

Fran stellte rasch einige Fragen. Nein, Verie hatte

niemand weglaufen sehen, auf dem Fußboden lag es nicht und hinter den Tisch konnte es auch nicht gerutscht sein (es sei denn, die Verkäuferin hatte es genommen), aber es war immerhin möglich, daß es der Mann direkt hinter ihr war, einer von jenen Leuten (weißen), die Verie einfach nicht beschreiben konnte, weil er weder besonders ehrlich noch unehrlich aussah, aber jedenfalls hatte sie mindestens siebzig Dollar verloren. Fran floß über vor Mitgefühl.

»Es tut gut, darüber zu reden, nicht?« sagte sie sanft im Dunkeln. »Das ist doch das Wichtigste im Leben, die Kommunikation . . . ja . . . ja . . . darauf kommt's doch schließlich an, die Kommunikation. Ist es nicht so?«

»Ja, und daß man Freunde hat«, fügte Verie mit etwas weinerlicher Stimme hinzu.

Fran war noch tiefer gerührt. »Verie – ich weiß – es ist schon spät«, murmelte sie, »aber willst du nicht herkommen? Du könntest hier schlafen, das Bett ist groß genug. Wenn es dir irgendwie helfen –«

»Nein, lieber nicht, ich danke dir, Fran, aber ich muß morgen arbeiten, wieder Geld verdienen.«

»Du kommst doch zu Marjs Party, ja?«

»Ja, natürlich, am Samstag.«

»Du, ich hab vorhin mit Jane gesprochen. Sie bringt ihren *Neffen* mit – oder den Sohn ihres Neffen.« Und Fran erzählte Verie alles, was sie über ihn wußte.

Es war zu schön, am Samstag abend bei Marj alle die vertrauten Gesichter wiederzusehen: Freddie, Richard, Verie, Helen, Mackie (dick und fröhlich, Geschäftsführer eines Schallplattenladens an der Madison Avenue;

er konnte jedes elektronische Gerät reparieren) und seine Frau Elaine, die etwas schielte und genauso herzlich war wie er. Toll, einander mit Umarmungen und freundlichen ›Wie geht's?‹ begrüßen zu können. Doch das Besondere an dieser Party war für Fran die Tatsache, daß jemand Neues und Junges da war – Janes Neffe.

Etwas förmlich schob sie sich, leicht hinkend, zum Ende des langen Bartisches vor, wo Jane sich mit einem jungen Mann in Cordhosen und Rollkragenpullover unterhielt. Er hatte dunkles gewelltes Haar und ein leicht amüsiertes Lächeln – vermutlich eine Form von Verteidigung, dachte Fran.

»Hallo, Fran. Hier – das ist Greg«, sagte Jane. »Fran Covak, Greg, eine aus unserer Bande.«

»Abend, Fran.« Greg streckte seine Hand aus.

»Wie geht's, Greg? Schön, einen Verwandten von Jane kennenzulernen! Wie gefällt Ihnen New York?« fragte Fran.

»Ich war schon mal hier.«

»Ja, natürlich. Aber jetzt wollen Sie hier arbeiten, wie ich höre.« Eilig ging Fran im Geist die Bekannten durch, die Greg vielleicht nützlich sein konnten. Richard – er war Designer, aber mehr fürs Theater. Marj – vielleicht kannte sie jemand in der Möbelabteilung bei Macy, der Greg mit jemand zusammenbringen konnte, der –

»Hallo, Fran! Wie geht's meiner Süßen?« Jeremys Arm legte sich um ihre Taille, spielerisch gab er ihr einen Klaps auf den Hintern. Jeremy war etwa fünfundfünfzig und hatte eine weiße Mähne.

»Jeremy! Fabelhaft siehst du aus!« sagte Fran ent-
zückt. »Dieses violette Hemd ist ja Spitze!«

»Wie geht's deinem Rücken?« fragte Jeremy.

»Danke, besser. Braucht eben Zeit. Hier – hast du
Greg schon kennengelernt? Janes Neffe.«

Nein, Jeremy hatte ihn noch nicht kennengelernt, und
Fran stellte sie einander vor.

»Was haben Sie für Pläne – ich meine für Ihre Arbeit,
Greg?« fragte sie dann.

»Ach, ich möchte heute abend nicht über meine Arbeit
sprechen«, sagte Greg mit ausweichendem Lächeln.

»Nun, ich dachte bloß –«, wandte sich Fran Jane zu,
ernst und deutlich sprechend, aber ebenso sanft wie am
Telefon – »wir kennen doch so viele Leute, da können
wir sicher für Greg etwas tun. Ich meine, ihn mit Leuten
aus der Brangsche zusammenbringen, weißt du. Sie sind
doch Möbeldesigner, nicht wahr, Greg?«

»Ja. Also wenn Sie meine Lebensgeschichte hören
wollen: ich habe etwas über ein Jahr für einen Kunsttischler gearbeitet. Alles Handarbeit, da habe ich natürlich auch selber ein paar Designs gemacht. Schränke zum
Beispiel, nach speziellen Angaben.«

Fran betrachtete seine Hände und sagte: »Sie sind
bestimmt stark. Ist er nicht nett, Jeremy?«

Jeremy nickte und kippte seinen Scotch.

»Laß nur, Fran«, sagte Jane. »Ich werd mal mit Marj
ein paar Worte reden wegen Greg, irgendwann heute
abend.«

Fran strahlte. »Genau was ich gedacht hab! Jemand
bei Macy –«

»Ich möchte nicht bei Macy arbeiten«, sagte Greg freundlich, aber bestimmt. »Ich bin gern unabhängig.«

Fran lächelte ihm mütterlich zu. »An Arbeit *bei* Macy hatten wir auch gar nicht gedacht, Greg. Lassen Sie uns nur machen.«

Gegen elf gab es etwas Musik und Tanz, aber nicht so laut, daß es die Nachbarn gestört hätte. Marjs Wohnung lag im vierzehnten (eigentlich im dreizehnten) Stock eines supereleganten Apartmentblocks in den East Forties; das Haus hatte einen Pförtner rund um die Uhr. Bei Fran saß nur von sechzehn Uhr bis Mitternacht ein Pförtner unten; es war daher nicht ganz ungefährlich für sie, nach Mitternacht nach Hause zu kommen, denn dann mußte sie selber die Haustür unten aufschließen. Als sie daran dachte, fiel ihr Susie ein, die sie nicht mehr gesehen hatte seit ihrem gräßlichen Erlebnis vor drei Wochen im East Village.

Fran fand Susie in einem Nebenzimmer, wo sie auf der breiten Couch saß und sich mit Richard und Verie unterhielt. Susie war etwa vierunddreißig, groß, schlank und hübsch. Zuerst mußte Fran natürlich ein paar Worte zu Verie sagen, wegen des verlorenen Portemonnaies.

»Ach, ich will gar nicht mehr daran denken«, meinte Verie. »Ist ja leider nichts Neues. Immer dieselbe Schweinerei. Wir sind von lauter Schweinen umgeben.«

»Hört! Hört!« sagte Richard. »Nicht alle sind Schweine. Es gibt ja immer noch *uns*!«

»Ganz recht«, sagte Fran, bereits beduselt, da sie selten Alkohol trank und ihr von dem, was sie getrunken hatte, warm ums Herz war. »Ich sagte schon neulich zu Verie, das Wichtigste im Leben ist die Kommunikation mit Menschen, die man lieb hat, stimmt doch, nicht?«

»Stimmt«, sagte Richard.

»Wißt ihr, als Verie mich anrief wegen des Portemonnaies –« Fran sah, daß ihr niemand zuhörte, und wandte sich jetzt direkt an Susie.

»Susie, Liebste, hast du dich ein bißchen erholt? Ich habe dich noch gar nicht gesehen seit der gräßlichen Sache im East Village, aber ich hab natürlich davon gehört.«

Von allen Freunden im Netzwerk telefonierte Susie vielleicht am wenigsten; Fran hatte nicht mal einen Bericht aus erster Hand erhalten, sondern alles nur von Verie und Jeremy erfahren.

»Ach, mir geht's wieder ganz gut«, sagte Susie. »Sie dachten erst, meine Nase sei gebrochen, war sie aber nicht. Bloß die Stelle auf dem Kopf haben sie ausrasiert, aber das ist kaum noch zu sehen, das wächst schon wieder.«

Sie neigte ein wenig den hübsch frisierten Kopf, damit Fran die Stelle sehen konnte, die tatsächlich von den rotbraunen Haarwellen fast verdeckt wurde.

Fran schauderte. »Wie viele Stiche?«

»Acht, glaub ich«, sagte Susie lächelnd.

Susie hatte damals eine Freundin mit dem Wagen nach Hause gebracht; als beide vor der Haustür standen und die Freundin den Schlüssel aus der Tasche zog, wurden sie von einem großen Schwarzen überfallen. Sie waren gefangen zwischen Haus- und Windfangtür,

31

der Kerl nahm ihnen Geld, Armbanduhren und Ringe ab (»Zum Glück ließen sich die Ringe leicht abziehen«, hatte Susie, Jeremys Bericht zufolge, gesagt, wie Fran sich erinnerte, »sonst schneiden sie einem manchmal die Finger ab, und der Kerl da hatte ein Messer«), dann hatte der Schwarze ihnen befohlen, sich auf den Boden zu legen, da er die Absicht hatte, sie zu vergewaltigen, aber Susie war ziemlich groß und begann, sich nach Leibeskräften zu wehren. Die Freundin schrie wie besessen, bis jemand im Haus sie hörte und rief, er hole die Polizei; daraufhin zog der Schwarze (»vermutlich weil er sah, daß das Spiel aus war«, hatte Jeremy gesagt) einen schweren Gegenstand aus der Tasche und haute Susie damit auf den Kopf. Blut war überall rumgespritzt, auf die Wände und bis zur Decke, drum waren die Stiche nötig gewesen. Fran fand es fabelhaft, daß eine von *ihnen* sich, unbewaffnet, zum Kampf gegen die Barbaren gestellt hatte.

»Ich möchte nicht mehr daran denken«, sagte Susie zu Frans staunendem Gesicht. »Ich nehme jetzt aber Judostunden – wir müssen ja schließlich hier leben.«

»Aber nicht ausgerechnet im East Village«, wandte Fran ein. »Du weißt doch, da gibt's wirklich alles, Schwarze, Puertoricaner, Spanier, das ganze Gesocks. Da bringt man niemand mehr nach Hause mitten in der Nacht!«

Inzwischen hatten alle dem kalten Buffet mit dem enormen gekochten Schinken, Roastbeef und Kartoffelsalat reichlich zugesprochen. Fran war beduselter denn je, als sie in einem von Marjs zwei (und diese Eleganz!)

Schlafzimmern auf dem Bett saß, zusammen mit anderen vom Netzwerk. Sie unterhielten sich über New York und das, was sie, abgesehen vom Geld, hier festhielt. Richard kam aus Omaha, Jeremy aus Boston. Fran war an der Ecke Seventh Avenue/53rd Street geboren – »bevor all die Hochhäuser gebaut wurden«, sagte sie. Für sie war ihr Geburtsort (heute ein Büroblock) das Herz der Stadt, aber es gab natürlich noch andere Herzen der Stadt, wenn man so wollte: West 11th Street, Gramercy Park oder Yorkville. New York war aufregend und gefährlich und dauernd im Wandel begriffen, zum Guten und zum Schlechten. Aber selbst in Europa mußten sie zugeben, daß New York heute der künstlerische Mittelpunkt der Welt war. Ein Jammer, daß die großzügige Sozialfürsorge den Abschaum Amerikas anlockte – und keineswegs nur Neger und Puertoricaner, sondern Schmarotzer jeder Sorte. Amerikas Zielsetzungen waren gut, man denke nur an die Verfassung, die allem, selbst Nixon, zu trotzen vermochte. Daß Amerika richtig *angefangen* hatte, stand außer Zweifel...

Als Fran am nächsten Morgen erwachte, wußte sie nicht mehr genau, wie sie nach Hause gekommen war, nur daß die liebe gute Susie sie in ihrem Cadillac hergefahren hatte (Susie war Fotomodell und verdiente sehr gut), und soweit sie sich erinnerte, war auch Verie mit im Wagen gewesen. In der Tasche ihres Anzugs, den sie gestern nicht mehr in den Schrank gehängt, sondern nur über einen Stuhl gelegt hatte, fand sie einen Zettel: »Fran, Liebes, ich rufe Carl bei Tricolor an, wegen

Greg, sei also ganz beruhigt. Jane hab ich Bescheid gesagt. Gruß, Richard.«

Wie reizend von Richard! »Ich wußte, ihm würde was einfallen«, sagte sie leise zu sich selbst und lächelte.

Das Telefon klingelte. Fran ging, noch im Pyjama, auf den Apparat zu und sah, daß die Uhr auf dem kleinen Tisch zwanzig nach neun zeigte.

»Hallo, du – Jane hier. Greg bringt dir den Braten vorbei, so gegen elf, ist das recht?«

»Ja, ja, ich bin hier. Vielen Dank, Jane.« Undeutlich erinnerte sich Fran an den versprochenen Braten. Die Freunde versorgten sie immer noch mit Essen, wie in den ersten schlimmen Tagen, als sie nicht selber einkaufen konnte. »Du, ich fand Greg furchtbar nett. Wirklich, der hat Charakter.«

»Er ist heute morgen mit einem Freund von Richard verabredet.«

»Ja, Tricolor, ich weiß. Ich drück ihm den Daumen.«

»Marj hat auch jemand, bei dem er vorsprechen soll. Nicht direkt bei Macy, soviel ich weiß«, berichtete Jane.

Sie unterhielten sich noch eine Weile über die Party; als sie aufgelegt hatten, goß sich Fran eine Tasse Pulverkaffee auf und füllte ein Glas mit Orangensaft aus der Dose. Sie klappte ihr Bett zusammen, zog sich an und murmelte dabei vor sich hin.

»Hab ich die Arthritispillen schon genommen – nein, muß ich noch . . . bißchen aufräumen. Ach was, sieht ja ganz ordentlich aus . . .«

Inzwischen klingelte natürlich das Telefon zwei-, dreimal und verzögerte all diese Tätigkeiten; und als sie wieder auf die Uhr sah, war es schon elf Uhr fünf, und unten läutete es an der Haustür.

Sicher war das Greg. Fran drückte auf den Summer, der unten die Haustür öffnete. Eine Gegensprechanlage zur Haustür gab es nicht. Als es an ihrer Wohnungstür läutete, spähte sie durch das Guckloch und sah, daß es Greg war.

»Greg?«

»Ja, ich bin's«, sagte Greg, und Fran öffnete die Tür.

Greg trug einen schweren roten Kochtopf mit Deckel. »Jane hat alles im Topf gelassen, damit Sie den Bratensaft mitkriegen.«

»Wunderbar, Greg. Vielen Dank.« Fran nahm ihm den Topf ab. »Ihre Tante ist eine fabelhafte Bratenköchin, wissen Sie, sie legt das Fleisch über Nacht in Marinade ein.« Sie stellte den Topf in die schmale kleine Küche. »Nehmen Sie doch Platz, Greg. Tasse Kaffee?«

»Nein, nein, danke schön. Ich hab gleich eine Verabredung.« Mit verschränkten Händen wanderte er durchs Wohnzimmer und schaute alles an.

»Da wünsche ich Ihnen viel Glück für heute, Greg. Ich hätte Sie gern bei mir untergebracht, wissen Sie, das hatte ich Jane auch gesagt. Klingt albern – schließlich hat sie eine viel größere Wohnung. Aber wenn Sie gerade mal in diesem Waldzipfel sind – eine Freundin von mir wohnt ganz in der Nähe, bei der könnte ich immer unterkommen. Dann könnten Sie hier übernachten. Gar kein Problem.«

»Ich wäre froh, Sie würden mich nicht alle wie ein

35

kleines Kind behandeln«, sagte Greg. »Ich nehme mir ein möbliertes Zimmer. Ich bin gern selbständig.«

»Ja, natürlich. Ich verstehe. Ganz *normal* so.« Aber sie verstand ihn eigentlich nicht. Sich so von seinen *Freunden* lossagen? »Ich betrachte Sie auch gar nicht als Kind, wirklich nicht.«

»Da muß ja jeder ersticken. Hoffentlich nehmen Sie es mir nicht übel, daß ich das sage. Aber dieser Klüngel – ich meine die Gruppe, gestern abend.«

Das höfliche Selbstschutzlächeln auf Frans Gesicht wurde noch breiter. Sie hätte fast gesagt, *Na schön, dann versuch's doch allein,* aber sie beherrschte sich und kam sich deswegen sehr wohlerzogen und überlegen vor. »Ja, ich weiß, Sie sind ein großer Junge, Greg.«

»Auch kein Junge. Ich bin erwachsen.«

Zur Bestätigung oder zum Abschied nickte Greg ihr zu und ging zur Tür. »Wiedersehen, Fran – ich hoffe, der Braten schmeckt Ihnen.«

»Viel Glück!« rief sie ihm nach und hörte noch, daß er die Treppen hinunterlief – sechs Stockwerke.

Zwei Tage vergingen. Dann rief Fran bei Jane an und erkundigte sich, wie Greg zurechtkomme.

Jane kicherte. »Nicht gerade glänzend. Er ist ausgezogen –«

»Ja, er sagte mir, daß er das wollte.« Fran hatte natürlich Jane angerufen, um zu sagen, wie gut der Braten geschmeckt habe, aber sie hatte nicht erwähnt, daß Greg ihr von seinem Vorhaben erzählt hatte.

»Na ja, und am selben Abend ist er ausgenommen worden – vorgestern abend war das.«

»Ausgenommen?« fragte Fran entsetzt. »Ist er verletzt?«

»Nein, zum Glück nicht. Es war –«

»Wo ist es passiert?«

»Ungefähr Ecke Twentythird und Third, um ein Uhr nachts, sagt er. Er kam gerade aus einer der Bars, wo man auch frühstücken kann. Betrunken war er nicht, das weiß ich, er trinkt ja kaum ein Glas Bier. Und als er da auf dem Weg zu seinem Zimmer war –«

»Wo ist denn sein Zimmer?«

»Irgendwo an der East Nineteenth. Da sind zwei Männer auf ihn losgesprungen und haben ihm die Jacke über den Kopf gezogen, weißt du, haben ihn auf den Gehsteig gesetzt, wie sie es immer mit älteren Leuten machen, und dann haben sie ihm alles Geld abgenommen, das er bei sich hatte. Es waren aber zum Glück nur zwölf Dollar, sagt er.« Wieder lachte Jane leise auf.

Aber Fran schmerzte es tief in ihrem Innern, als sei diese gemeine Erniedrigung einem Mitglied ihrer eigenen Familie angetan worden.

»Man kann nur hoffen, daß er eine Lehre daraus zieht«, sagte sie. »So spät nachts darf man auch als starker junger Mann nicht allein auf der Straße sein.«

»Er sagt, er hat sich gewehrt; das hat ihm ein paar gestauchte Rippen eingebracht. Aber das Schlimmste ist, er hat sich geweigert, den Mann aufzusuchen, mit dem Marj seinetwegen gesprochen hatte – ebenfalls ein Einkäufer, der allerhand Kunsttischler und solche Leute kennt. Greg hätte bestimmt gut bezahlte Arbeit bekommen können – wenigstens als Lackierer oder so.«

Für Fran war das unfaßbar. »So wird nie was aus ihm werden«, prophezeite sie feierlich.

Fran rief Jeremy an und erstattete Bericht. Jeremy war ebenso erstaunt wie sie, daß Greg von Marjs Starthilfe keinen Gebrauch machen wollte.

»Der Junge muß noch viel lernen«, meinte Jeremy. »Gut, daß er diesmal nur ein paar Dollar bei sich hatte. Wird ihm vielleicht nicht nochmal passieren, wenn er sich in acht nimmt.«

Fran beteuerte, genau das habe sie auch Jane gesagt. Ihr Herz, unerfüllt von Mutterschaft, litt Höllenqualen, seit Jane von dem Ereignis berichtet hatte.

»Ich kenne ein paar Maler in SoHo«, überlegte Jeremy weiter. »Die frag ich mal, ob sie einen Kunsttischler brauchen. Weißt du, wo ich ihn erreichen kann, falls sich was ergibt?«

»Nein, ich nicht, aber Jane weiß es bestimmt. Er wohnt irgendwo an der East Nineteenth.«

Sie legten auf. Fran hatte ein paar Besorgungen zu machen; sie brachte den Scheck für ihr Krankengeld zur Bank und kaufte in der Delikatessenabteilung des Supermarktes einiges ein. Als sie zurückkam, klingelte das Telefon, und sie kam gerade noch hin, bevor sie fand, daß es eigentlich aufhören müßte. Richard war am Apparat.

»Die Leute bei Tricolor hatten nichts für Greg«, sagte er. »Tut mir leid, aber mir wird schon was anderes einfallen. Wie geht's ihm denn, hast du was gehört?«

Fran erstattete ausführlich Bericht. Sie saß auf dem Sofa, rauchte eine Zigarette und sprach lange und eindringlich in den gelben Hörer, erläuterte ihre Philosophie, daß man nichts unversucht lassen und sich nie zu gut für etwas fühlen dürfe. »Ich will nicht sagen, daß Greg aufgeblasen ist – er ist bloß noch sehr unreif . . .« Er *mußte* einfach unter die kollektiven Fittiche der Gruppe kommen, sie durften nicht zulassen, daß er ihnen einfach entschlüpfte, oder besser, entflog, ins sichere Verderben. »Vielleicht solltest du mal mit ihm reden, Richard, von Mann zu Mann, du weißt schon? Vielleicht würde er eher auf dich hören als auf Jane . . .«

Als am Freitag die Putzfrau für zwei Stunden kam und die Wohnung saubermachte, meldete sich Fran bei Jane an, um den Bratentopf zurückzubringen. Sie liebte Janes Wohnung an der West Eleventh Street mit den schönen blankpolierten knorrigen Möbeln, den vielen Büchern und dem richtigen Kamin. Jane hatte Tee gemacht und meinte, die zweite Tasse könnten sie eigentlich mit Wodka würzen. Als Fran nach Greg fragte, legte Jane den Finger an die Lippen.

»Psst, er ist da drinnen«, flüsterte sie und zeigte auf eine Schlafzimmertür.

»Geht's ihm wieder gut?«

»Er ist noch ein bißchen durcheinander. Ich glaub, er möchte niemand sehen«, sagte Jane mit stillem Lächeln. Sie erklärte, daß Greg gestern abend, als er nach dem Kino in sein Zimmer zurückkehrte, feststellen mußte, daß man bei ihm eingebrochen und seine sämtlichen Sachen gestohlen hatte, die Reiseschreibmaschine, seine Kleider, Schuhe – alles.

»Wie furchtbar!« flüsterte Fran und beugte sich vor.

»Ich glaube, das Schlimmste für ihn ist, daß sie das Kästchen mit den Manschettenknöpfen seines Vaters mitgenommen haben. Mein Neffe – Gregs Vater – ist vor zwei Jahren gestorben, weißt du. Ein Ring war da auch noch drin – von seiner Freundin in Allentown. Es hat ihn schwer getroffen.«

»Ja, das versteh ich –«

»Es ist auch wirklich ein Jammer, weil ich ihm noch vorgeschlagen hatte, alles irgendwie Wertvolle hier bei mir zu lassen. Hier im Haus ist noch nie eingebrochen worden – toi-toi-toi.«

»Hat er denn – was will er jetzt machen?«

»Er versucht's weiter, das weiß ich. ›Zerschunden zwar, doch ungebrochen‹.«

»Wir müssen ihm helfen, das ist klar.«

Jane sagte nichts, aber Fran sah, daß sie auch nachdachte. Jane stand auf und holte die Wodkaflasche.

»Ich denke, die Sonne steht tief genug«, meinte sie lächelnd, mit einem Blick auf die Flasche.

Was für ein Glück war es doch, Freunde wie Jane zu haben, dachte Fran.

Das Telefon klingelte. Der Apparat stand neben dem Kamin, und Fran hörte Jeremys etwas heisere Stimme fragen, ob Jane wisse, wo er Greg erreichen könne.

»Er ist hier, aber ich glaube, er schläft. Er hatte einen harten Tag. Kann ich ihm was ausrichten?«

Dann sprach Jeremy, Jane nahm einen Bleistift zur Hand und fing an zu lächeln. »Vielen, vielen Dank, Jeremy. Das hört sich ja geradezu ideal an. Ich werd's ihm gleich sagen, wenn er aufwacht.« Als sie aufgelegt hatte, sagte sie zu Fran: »Jeremy hat festgestellt, daß Paul Ridley in SoHo jemand braucht, der ihm eine Menge Regale aufstellt, gleich jetzt, eine ganze Wand voll. Du weißt ja, wie groß die Ateliers dort unten sind. Scheint mir genau das Richtige für Greg.«

»Der gute alte Jeremy!«

»Und Ridley – der ist momentan groß im Geschäft. Das führt dann bestimmt zu anderen Sachen – alles freelance, so will Greg ja am liebsten arbeiten.«

»Hoffentlich lehnt er es nicht ab, bloß weil es von uns kommt«, murmelte Fran.

»Ha! Vielleicht hat er was gelernt. Durch Schaden wird man klug, das gilt auch für die Jungen.« Jane strich sich das lange, ergrauende Haar aus der Stirn und griff nach ihrem Wodkaglas.

Fran fühlte sich plötzlich sehr – anständig, das war das einzige Wort, das ihr einfiel. Und stark. Und fest. Und alles nur, weil es Menschen wie Jane gab, alles nur wegen der *Kommunikation*. Glücklich strahlend machte sie sich auf den Heimweg und fuhr mit dem Bus die Eighth Avenue hinauf. Die Untergrundbahn ratterte genau unter dem Gehsteig vor ihrem Wohnblock durch, eine U-Bahn-Station war ganz in der Nähe, aber Fran fuhr nie mit der U-Bahn, die Autobusse waren sicherer und sauberer. Oft nahm sie eine Tageskarte, drei Fahrten für siebzig Cent statt einen Dollar zehn, gültig zwischen zehn und sechzehn Uhr, also außerhalb der Stoßzeit. Einmal in der Woche war auch der Eintritt zum Museum of Modern Art frei, man konnte dann spenden, soviel man wollte, oder auch gar nichts.

Fran zwang sich, zwei Tage zu warten, bevor sie Jane anrief und fragte, wie es Greg ergangen sei.

»Hat alles wunderbar geklappt«, sagte Jane in ihrer gedehnten Sprechweise. »Er hat Arbeit für die nächsten sechs Wochen und ist vergnügt wie ein Osterhase. Die ungezwungene Atmosphäre dort unten gefällt ihm besonders, und die Leute da scheinen ihn auch zu mögen.«

Fran lächelte. »Du, sag ihm – du mußt ihm meine herzlichen Glückwünsche ausrichten, Jane, tust du das? Egal ob ihm dran liegt, sag's ihm jedenfalls, ja?« Sie lachte vor Freude.

Die gute Nachricht heiterte sie richtig auf und zerstreute auch ihre leise Sorge wegen des schwarzen Versicherungsinspektors, der morgen vormittag um elf kommen wollte. Er war zwar bei Columbia Fire Insurance angestellt, aber die Columbia Fire arbeitete offenbar für Con Ed. Gregs Erfolg gab Fran eine geballte Ladung Selbstvertrauen.

Am nächsten Morgen legte sich Fran wieder ihr Hinken zu, ließ den schwarzen Inspektor in ihre sauber aufgeräumte Wohnung ein und bot ihm sogar eine Tasse Kaffee an.

»Braucht eben seine Zeit«, sagte sie dann, »aber der Arzt meint, es gehe den Umständen entsprechend gut. Glauben Sie mir, Inspektor, ich melde mich sofort bei Con Ed, sobald ich wieder arbeiten kann. Das ewige Nichtstun macht weiß Gott keinen Spaß.«

Mit dem System arbeiten, dachte sie, lehn dich nicht auf dagegen, laß es für dich arbeiten. Das Geld, das ich kriege, habe ich alles selber einbezahlt, jahrelang, warum soll ich es nicht jetzt brauchen, wer weiß ob ich lang genug lebe, um ...

»Okay, Miss Covak, würden Sie dann bitte hier unterschreiben? Dann werd ich mich wieder auf den Weg machen. Freut mich, daß es Ihnen besser geht.«

Diese Erleichterung, wieder allein zu sein! Das Telefon klingelte. Verie. Fran erzählte ihr von Greg. Dann machte sie sich daran, eine Kommode aus- und aufzuräumen, was sie schon seit Monaten vorgehabt hatte. Um sechs klingelte es an der Wohnungstür, und als Fran durch das Guckloch spähte, sah sie Buddy, den schwarzen Portier, wie üblich mit Schirmmütze und in Hemdsärmeln.

»Blumen für Sie, Miss Covak.«

Fran öffnete. »Blumen?«

»Ja, genau. Eben abgegeben worden. Ich wollt sie Ihnen gleich raufbringen. Geburtstag?«

»Nein.« Fran suchte im vorderen Schrank in den Manteltaschen nach fünfzig Cents für Buddy und fand zwei Vierteldollar.

»Danke schön, Buddy. Hübsch, nicht?« Durch das grüne Seidenpapier waren rosa Blüten zu erkennen.

»Wiedersehen«, sagte Buddy.

An den Blumen steckte ein kleiner Umschlag mit einer Karte. Fran sah, daß sie von Greg unterschrieben war, bevor sie das Übrige gelesen hatte. »Tut mir leid, daß ich etwas kurz angebunden war. Ich weiß Ihre Freundschaft zu schätzen. Auch die Ihrer Freunde. Alles Gute. Greg«.

Eilig stellte Fran die langstieligen Gladiolen in der

größten Vase, die sie hatte, auf den kleinen Glastisch vor dem Sofa und stürzte zum Telefon, um Jeremy anzurufen.

Jeremy war zu Hause.

»Jeremy!« sagte Fran atemlos. »Ich glaube, Greg gehört jetzt richtig zu uns... ja, ist das nicht fabelhaft?«

Der Teich

Elinor Sievert schaute auf den Teich hinunter. Sie war halb in Gedanken, halb in Träumen oder Vorstellungen. War er ungefährlich? Für Chris? Eins zwanzig tief, hatte der Makler gesagt. Jedenfalls war er völlig verunkrautet, die Oberfläche war fast ganz bedeckt mit Algen oder wie die kleinen ovalen grünen Dinger hießen, die oben auf dem Wasser schwammen. Eins zwanzig: darin konnte ein Vierjähriger ertrinken. Sie mußte Chris warnen.

Sie hob den Kopf und ging zurück in das weiße zweistöckige Haus. Sie hatte es selber gemietet und war erst seit gestern hier. Sie war mit dem Auspacken noch nicht fertig. Hatte der Makler nicht etwas gesagt vom Trockenlegen des Teichs, daß es nicht allzu schwierig oder teuer wäre? Ob da womöglich eine Quelle im Boden war? Hoffentlich nicht, dachte Elinor, sie hatte das Haus für sechs Monate genommen.

Es war zwei Uhr nachmittags; Chris hielt seinen Mittagsschlaf. Mehrere Kartons mit Küchensachen waren noch auszupacken, ebenso der Plattenspieler in seinem festen, mit Klebstreifen verschlossenen Karton. Elinor fischte den Plattenspieler heraus, schloß ihn an und suchte eine LP mit New-Orleans-Jazz hervor, zur Aufmunterung. Sie hob einen weiteren Satz Schüsseln auf das Abtropfbrett.

Es klingelte an der Haustür.

Vor Elinor stand eine junge Frau, etwa im gleichen Alter wie sie. Sie lächelte Elinor an und sagte:

»Guten Tag, ich bin Jane Caldwell – wir sind Nachbarn, ich wollte Sie nur willkommen heißen. Wir sind Freunde von Jimmy Adams, Ihrem Makler, der hat uns gesagt, daß Sie hier eingezogen sind.«

»Ja. Ich bin Elinor Sievert. Bitte kommen Sie doch herein.« Elinor hielt die Tür offen. »Ich bin noch nicht ganz fertig mit dem Auspacken, aber wir können doch eine Tasse Kaffee trinken, in der Küche.«

Nach wenigen Minuten saßen sie einander am hölzernen Tisch gegenüber und tranken Nescafé. Jane erzählte, sie habe zwei Kinder, einen Jungen und ein Mädchen; das Mädchen sei gerade in die Schule gekommen, ihr Mann sei Architekt und arbeite in Hartford.

»Wie sind Sie nach Luddington gekommen?« fragte Jane.

»Ich brauchte eine andere Umgebung – weg von New York. Ich bin Journalistin, freelance. Ich wollt's mal ein paar Monate auf dem Land versuchen. Für mich ist dies das Land, wissen Sie, verglichen mit New York.«

»Ja, das verstehe ich. Ich hab das gehört, von Ihrem Mann«, sagte Jane ernster. »Es tut mir sehr leid – vor allem weil Ihr Sohn noch so klein ist. Ich wollte Ihnen sagen, daß wir hier uns alle gut verstehen, aber daß wir uns nicht aufdrängen wollen, wenn Sie lieber allein sind. Betrachten Sie Ed und mich einfach als Nachbarn, und wenn Sie etwas brauchen, sagen Sie uns Bescheid.«

»Schönen Dank«, sagte Elinor. Sie entsann sich jetzt,

sie hatte dem Makler erzählt, daß ihr Mann kürzlich gestorben sei, weil Adams sie gefragt hatte, ob ihr Mann ebenfalls hier wohnen werde. Jane hatte ihren Kaffee noch nicht ausgetrunken, brach aber jetzt auf.

»Nein, nein, Sie haben noch viel zu tun, ich will Sie nicht länger aufhalten«, sagte Jane. Sie hatte kastanienbraunes Haar und rosige Wangen. »Hier, das ist Eds Geschäftskarte, aber da steht auch unsere Privatnummer drauf. Wenn Sie irgendwas wissen möchten, rufen Sie uns nur an. Wir wohnen hier schon sechs Jahre – wo ist denn Ihr kleiner Sohn?«

»Er ist –«

Wie auf ein Stichwort rief Chris jetzt: »Mami!« von oben an der Treppe.

Elinor sprang auf. »Komm runter, Chris! Hier ist eine nette neue Nachbarin.«

Etwas schüchtern kam Chris die Treppe herunter, die kleine Hand am Geländer.

Jane stand unten neben Elinor am Fuß der Treppe.

»Hallo, Chris. Ich bin Jane. Guten Tag.«

Chris' blaue Augen sahen sie prüfend an. »Tag.«

Elinor lächelte. »Ich glaube, er ist gerade aufgewacht und weiß noch nicht ganz, wo er ist. Sag bitte Guten Tag, Chris.«

»Guten Tag«, sagte Chris.

»Ich hoffe, dir wird's hier gefallen«, sagte Jane. »Du mußt mal rüberkommen zu meinem kleinen Jungen, er heißt Bill und ist gerade so alt wie du. Wiedersehen, Elinor. Wiedersehen, Chris!« Jane trat durch die Haustür nach draußen.

Elinor setzte Chris sein Glas Milch vor und den Lekkerbissen – heute ein Schüsselchen Apfelkompott. Sie war gegen Schokoladenkuchen für jeden Tag, auch wenn Chris ihn im Augenblick für die größte aller Erfindungen hielt. »War sie nicht nett? Jane?« fragte Elinor und trank ihren Kaffee aus.

»Wer war das?«

»Sie ist eine neue Nachbarin.« Elinor fuhr jetzt fort mit dem Auspacken. Der Artikel, an dem sie schrieb, behandelte Selbsthilfe bei juristischen Problemen. Sie brauchte dazu die Bibliothek in Hartford, dort gab es ein Zeitungsarchiv, wo sie einiges nachsehen konnte. Hartford war eine halbe Autostunde entfernt. Sie hatte einen guten gebrauchten Wagen gekauft. Vielleicht kannte Jane ein Mädchen, das ab und zu zum Babysitten kommen konnte. »Ist es hier nicht viel schöner als in New York?«

Chris hob den blonden Kopf. »Ich will jetzt rausgehen.«

»Aber klar! Die Sonne scheint, du brauchst keinen Pullover. Wir haben jetzt einen Garten, Chris! Wir können was pflanzen – Radieschen oder sowas.« Ihr fiel ein, wie sie als kleines Mädchen im Garten ihrer Großmutter Radieschen gepflanzt hatte, mit welcher Freude sie die dicken rot-weißen eßbaren Wurzeln aus dem Boden gezogen hatte. »Komm, Chris.« Sie nahm ihn bei der Hand.

Seine Stirn glättete sich, und er packte ihre Hand.

Elinor betrachtete den Garten mit neuen Augen – Chris' Augen. Offensichtlich hatte sich monatelang nie-

48

mand darum gekümmert. Stachliges Unkraut stand zwischen den Narzissen, die sich gerade öffneten, und die Päonien waren im letzten Jahr nicht geschnitten worden. Dafür war ein Apfelbaum schon so groß, daß Chris hinaufklettern konnte.

»Unser Garten«, sagte Elinor. »Schön und unordentlich, nicht? Du kannst spielen, wo du willst, Chris, und der Sommer fängt gerade erst an, denk mal.«

»Wie groß ist das?« fragte Chris. Er hatte sich losgemacht und stand am Teich, über das Wasser gebeugt.

Elinor wußte, er meinte, wie tief der Teich sei. »Das weiß ich nicht – nicht sehr tief. Aber geh nicht rein. Es ist nicht wie der Sandstrand an der See – das hier ist lauter Schlamm, weißt du.« Elinor sprach schnell. Angst hatte sie gepackt wie ein körperlicher Schmerz. War es immer noch der Aufprall des Flugzeugs, den sie durchlebte – Cliffs Flugzeug, zerschellt an einem Berg in Jugoslawien, den sie nie sehen würde? Gesehen hatte sie zwei, drei Fotos davon, in den Zeitungen, ein verschmiertes schwarzweißes Chaos, das laut den Bildunterschriften das Wrack der Maschine darstellte; es hatte keine Überlebenden gegeben von den hundertsieben Passagieren und acht Besatzungsmitgliedern. Keine Überlebenden. Und Cliff unter ihnen. Elinor hatte immer gedacht, bei Flugzeugkatastrophen kämen nur Fremde um, niemals jemand, den man selber kannte, nicht mal ein Freund von Freunden. Und dann auf einmal war es Cliff, auf einem ganz normalen Flug von Ankara. Er war schon mindestens siebenmal in Ankara gewesen.

»Ist das eine Schlange? Schau mal, Mami!« rief Chris und beugte sich vor. Ein Fuß sank ein, mit den Armen versuchte er das Gleichgewicht zu halten, und plötzlich stand er bis zu den Hüften im Wasser. »Uuhh! Ha-ha!« Er rollte seitwärts auf den schlammigen Uferrand und hatte sich schon auf die Höhe des Rasens zurückgewälzt, bevor seine Mutter ihn erreichte.

Elinor stellte ihn auf die Füße. »Chris, ich hab dir doch gesagt, du sollst nicht hineingehen! Nun mußt du in die Badewanne. Siehst du?«

»Neiiin!« schrie Chris lachend und rannte mit nackten Beinen und fliegenden Sandalen über den Rasen davon, als hätten ihm die schlammbedeckten Shorts zusätzlichen Schwung verliehen.

Elinor mußte lächeln. Was für eine Energie! Sie schaute auf den Teich hinunter. In schwarzbraunen Schlammwirbeln rührten sich lange Rankenarme und schwappten die Algen. Er war wohl reichlich zwei Meter breit im Durchmesser, der Teich. Eine Ranke hatte sich um Chris' Fuß geschlungen, als sie ihn aufhob. Widerlich! Die Pflanzenarme wuchsen sogar aus dem Teich heraus und ins Gras, bis zu einer Länge von einem Meter oder mehr.

Noch vor fünf Uhr rief Elinor den Hausmakler an und fragte, ob es dem Eigentümer wohl recht sei, wenn sie den Teich drainieren ließ. Auf den Preis kam es ihr dabei nicht an, aber das sagte sie Mr. Adams nicht.

»Es könnte aber wieder durchsickern«, sagte Mr. Adams. »Das Land liegt ziemlich tief. Vor allem wenn es regnet und –«

»Ich möchte es aber versuchen. Vielleicht hilft es«, sagte Elinor. »Sie wissen, wie es ist, mit einem kleinen Kind. Ich hab das Gefühl, es ist nicht ganz sicher.«

Mr. Adams versprach, gleich morgen früh eine Firma anzurufen. »Vielleicht erreiche ich sie heute noch.«

Nach zehn Minuten rief er zurück und berichtete, die Arbeiter kämen am nächsten Morgen, wahrscheinlich schon ganz früh.

Die Arbeiter kamen um acht. Elinor sprach mit den beiden Männern und nahm dann Chris im Wagen mit in die Bibliothek nach Hartford. Sie setzte Chris in der Kinderbuchabteilung ab und sagte zu der Bibliothekarin, die Aufsicht hatte, sie werde Chris in einer Stunde abholen. Falls er unruhig würde, sei sie im Zeitungsarchiv zu finden.

Als sie mit Chris nach Hause kam, war der Teich leer, aber schlammig. Er sah eher noch schlimmer aus als vorher, viel häßlicher. Es war ein Krater voll nassem Morast und langen grünen Ranken am Rand, manche so dick wie eine Zigarette. Die Mulde im Garten war knapp eins zwanzig tief. Aber wie tief war der Schlamm?

»Schade«, sagte Chris. Er stand am Rand und blickte nach unten.

Elinor lachte. »Schade –? Wir haben doch noch mehr Sachen zum Spielen. Schau mal die Bäume! Und die Samen, die wir gekauft haben – was meinst du, wollen wir ein Stück umgraben und Möhren und Radieschen pflanzen – gleich jetzt?«

Elinor zog ihre Blue jeans an. Das Jäten und Pflanzen dauerte länger, als sie angenommen hatte, fast zwei

Stunden. Als Geräte hatte sie eine Gartenforke und eine Kelle, beide schon etwas rostig, die sie im Schuppen hinter dem Hause gefunden hatte. Am Garten-Wasserhahn füllte Chris einen Eimer mit Wasser und schleppte ihn hinüber zu ihr, aber als sie dann behutsam die Samen in den Boden legten, etwa drei Zentimeter tief, lief ein Donnergrollen über den Himmel. Die Sonne war verschwunden, in Sekunden stürzte der Regen in so großen Tropfen nieder, daß sie beide ins Haus rannten.

»Ist das nicht herrlich? Schau mal!« Elinor hielt Chris hoch, so daß er aus dem Küchenfenster blicken konnte. »Wir brauchen unsere Samen gar nicht zu gießen. Das macht die Natur für uns.«

»Wer ist die Natur?«

Elinor lächelte, sie war jetzt müde. »Die Natur regiert alles. Die Natur weiß es am besten. Morgen früh sieht der Garten ganz neu und frisch aus.«

Am nächsten Morgen sah der Garten wirklich verjüngt aus, das Gras war grüner, die kargen Rosenbüsche hielten sich aufrecht. Wieder schien die Sonne. Und Elinor bekam ihren ersten Brief, von Cliffs Mutter in Evanston. Er lautete:

Liebste Elinor,
wir hoffen beide, daß es Dir jetzt besser geht in Deinem Haus in Connecticut. Schreib uns doch eine Zeile oder ruf uns an, wenn du Zeit hast, aber wir wissen, Du brauchst Zeit, um Dich einzugewöhnen, und Du mußt ja auch Deine Arbeit wiederaufnehmen. Wir wünschen Dir von Herzen alles Gute für Deine näch-

sten Artikel, und bitte gib uns Bescheid. Über die
Farbfotos von Chris in der Badewanne haben wir
uns sehr gefreut! Du mußt aber nicht sagen, daß er
Cliff ähnlicher sieht als Dir. Er sieht Euch beiden
ähnlich . . .

Der Brief hob Elinors Stimmung. Sie ging nach draußen, um nachzusehen, ob die Möhren- und Radieschen-
samen vom Regen an die Oberfläche geschwemmt worden waren – dann wollte sie sie wieder eindrücken,
wenn sie zu sehen waren –, aber das erste, auf das ihr
Blick fiel, war Chris, der wieder am Teich stand, sich
vornüber beugte und mit einem Stock an etwas herum-
polkte. Und das zweite, was sie sah, war, daß der Teich
wieder voll war. Fast so hoch wie vorher. Na ja, klar,
das kam von dem Regenguß, ganz natürlich. Oder war
es gar nicht natürlich? Doch, bestimmt. Vielleicht war
unten eine Quelle. Jedenfalls sah sie nicht ein, warum
sie die Trockenlegung bezahlen sollte, wenn der Teich
nicht trocken wurde. Sie mußte die Firma heute gleich
anrufen. Miller Brothers, so hieß sie.

»Chris – was machst du da eigentlich?«

»Ein Frosch!« schrie er zurück. »Ich glaub, da war ein
Frosch.«

»Nun versuch ja nicht, ihn zu fangen, hörst du?«
Zum Teufel mit den Wasserpflanzen! Sie waren alle
wieder da, in voller Stärke, als habe die Drainage ihnen
geradezu gutgetan. Elinor ging in den Geräteschuppen.
Sie meinte sich zu erinnern, daß auf dem Zementboden
eine Heckenschere gelegen hatte.

53

Elinor fand die Schere, ebenfalls rostig, und hätte sich am liebsten sofort auf die langen Pflanzenarme gestürzt, aber sie zwang sich, erst in die Küche zu gehen und ein paar Tropfen Salatöl auf die mittlere Schraube der Schere zu träufeln. Dann ging sie hinaus und nahm die langen weinstockartigen Stiele in Angriff. Die Heckenschere war stumpf, aber besser als nichts; es ging leichter als mit einer anderen Schere.

»Warum machst du das?« fragte Chris.

»Die Dinger sind böse«, sagte Elinor. »Sie verstopfen uns den Teich. Wir wollen doch keinen verschmutzten Teich haben, nicht wahr?« *Wack-wack-wack!* Elinors Schuhe sanken in das weiche Ufer ein. Wofür, um Himmelswillen, hatte der Hauseigentümer oder der vorige Mieter den Teich benutzt? Goldfische? Enten?

Ein Karpfen, dachte Elinor plötzlich. Wenn der Teich ein Teich blieb, dann mußte ein Karpfen her, der würde ihn sauber halten, etwas von dem Grünzeug wegnagen. Ja – sie wollte einen Karpfen kaufen.

»Falls du mal reinfällst, Chris –«

»Was?« Chris stand jetzt an der anderen Seite über das Wasser gebeugt. Er warf seinen Stock weg.

»Fall um Gotteswillen nicht rein, aber wenn du doch mal fällst –« Elinor zwang sich weiterzureden –, »dann halte dich an diesen langen Stielen fest – hier, siehst du sie? Die sind ganz stark, sie wachsen am Rand, daran kannst du dich rausziehen.« In Wahrheit kam es ihr vor, als wüchsen die Pflanzenarme auch unter dem Wasser hervor, und wenn Chris daran riß, zogen sie ihn vielleicht in den Teich.

Chris verzog den Mund zu einem schiefen Lachen. »Das ist gar nicht tief. Nicht mal so tief wie ich.«

Elinor sagte nichts.

Den Rest des Vormittags arbeitete sie an ihrem Artikel. Dann rief sie Miller Brothers an.

»Ja, der Boden ist dort etwas tief, Madam. Außerdem ist da noch die alte Klärgrube in der Nähe, und der Abfluß vom Küchenausguß führt auch noch hinein, obgleich die Toilettenleitung in die Kanalisation verlegt worden ist. Wir kennen das Haus. Wenn Sie eine Waschmaschine in der Küche haben, läuft das Wasser auch noch in den Teich.«

Elinor hatte keine. »Sie meinen also, eine Trockenlegung hat gar keinen Zweck.«

»Darauf läuft's wohl hinaus, Madam.«

Elinor versuchte, ihren Ärger herunterzuschlucken. »Dann verstehe ich allerdings nicht, warum Sie sich darauf eingelassen haben.«

»Weil Sie es durchaus wollten, Madam.«

Sekunden später legten sie auf. Und wenn sie die Rechnung schickten, was sollte sie damit machen? Vielleicht konnte sie sie etwas herunterhandeln. Aber es blieb eine ungeklärte Situation. So etwas haßte sie.

Mittags, als Chris schlief, fuhr Elinor schnell nach Hartford, fand ein Fischgeschäft und kam mit einem Karpfen zurück, für den sie einen roten Plastikeimer im Wagen mitgenommen hatte. Der Fisch schlug heftig um sich, und Elinor mußte langsam fahren, damit der Eimer nicht umkippte. Sie ging sofort an den Teich und setzte den Fisch ins Wasser.

Es war ein fetter silbriger Karpfen. Sein Schwanz zuckte an der Oberfläche, als er tauchte, dann kam er hoch und tauchte wiederum, offenbar zufrieden in größeren Gewässern. Elinor lächelte. Ganz sicher würde der Karpfen einiges von den Algen und Wasserpflanzen wegfressen. Brot sollte er auch haben – Karpfen fressen alles. Cliff hatte immer gesagt, nichts sei so gut wie Karpfen, wenn man einen Teich oder See sauberhalten wollte. Vor allem gefiel Elinor die Vorstellung, daß jetzt etwas Lebendiges im Teich war außer den Pflanzen. Sie wollte ins Haus zurückgehen und merkte, daß eine Schlingpflanze sich um ihr linkes Fußgelenk gelegt hatte. Als sie danach trat und den Fuß freimachen wollte, zog sich der Arm enger zusammen. Sie bückte sich und wand ihn los. Offenbar war das einer, den sie heute morgen nicht durchgeschnitten hatte. Oder war er seitdem fast dreißig Zentimeter gewachsen? Nein, unmöglich. Aber als sie jetzt über das Wasser und über den Uferrand blickte, fand sie, daß sie nicht viel geschafft hatte, obgleich sie doch einen ganzen Haufen herausgefischt hatte. Der Haufen lag noch da im Gras, falls sie Zweifel hatte, nur wenige Schritte weit weg. Elinor blinzelte. Sie hatte das Gefühl, daß sie, wenn sie den Teich nicht aus den Augen ließ, die langen Greifarme wachsen sehen würde. Bei der Vorstellung war ihr unbehaglich.

Ob sie Chris von dem Karpfen erzählen sollte? Dann polkte er vielleicht im Wasser herum und versuchte, ihn zu finden; das wollte sie nicht. Andererseits, wenn sie gar nichts sagte, würde er ihn vielleicht entdecken und auf die verrückte Idee kommen, ihn zu fangen. Es war wohl besser, es ihm zu sagen.

Als Chris aufgewacht war, erzählte sie ihm von dem Fisch.

»Du kannst ihm Brot ins Wasser werfen«, sagte sie. »Aber du mußt nicht versuchen, ihn zu fangen, er will gern im Teich bleiben, weißt du. Er hilft uns, das Wasser sauberzuhalten.«

»Willst du ihn nie, nie fangen?« fragte Chris, die Oberlippe weiß von Milch.

Er dachte an Cliff, das wußte Elinor. Cliff war so gern fischen gegangen. »Nein, diesen fangen wir nicht, Chris – der ist unser Freund, weißt du.«

Danach arbeitete Elinor. Sie hatte ihre Schreibmaschine oben in einem Eckzimmer aufgestellt, das nach vorn hinausging und zwei Fenster hatte. Mit dem Artikel kam sie gut voran. Sie hatte eine Menge Originalmaterial aus Zeitungsausschnitten. Der Artikel wies das Publikum auf kostenlose Beratung durch Rechtsauskunftsstellen hin, von deren Existenz die meisten Leute keine Ahnung hatten. Viele schrieben Beträge wie 250 Dollar in den Schornstein, weil sie fanden, es lohne sich nicht, solche Summen einzuklagen. Elinor arbeitete bis halb sieben. Das Essen war heute einfach, Makkaroni mit Schinken und Käse, eins von Chris' Lieblingsgerichten. Als sie die Form in den vorgewärmten Herd geschoben hatte, nahm Elinor schnell ein Bad und zog blaue Slacks und eine frische Bluse an. Sie blieb einen Augenblick vor dem Frisiertisch stehen und blickte auf das Foto von Cliff – ein Foto in silbernem Rahmen, ein

Weihnachtsgeschenk von seinen Eltern. Es war eine normale Vergrößerung in Schwarzweiß, Cliff saß am Flußufer, an einen Baum gelehnt, einen alten Strohhut auf den Hinterkopf geschoben. Das Bild hatten sie irgendwo außerhalb von Evanston aufgenommen, auf einem sommerlichen Besuch bei seinen Eltern. Cliff hielt einen Strohhalm oder Grashalm nachlässig zwischen den Lippen. Der Kragen des Baumwollhemds stand offen. Wer ihn so sah, in dieser sorglosen Hillbilly-Aufmachung, würde kaum glauben, daß er mehrmals im Monat in Paris, Rom, London oder Ankara in dunklem Anzug und weißer Krawatte auftreten mußte. Cliff war im diplomatischen Dienst gewesen, Adjutant oder Vertreter amerikanischer Staatsmänner, mit besonderer Begabung für Takt und für Sprachen. Auch mit der Pistole verstand er umzugehen, einmal im Monat war er in New York zum Üben in einen bestimmten Schießstand gegangen. Worin bestand seine Arbeit? Elinor kannte nur ein paar knappe Anekdoten, die er ihr erzählt hatte. Jedenfalls hatte er so viel geleistet, daß man ihn für seine Arbeit gut bezahlte, auch für sein Stillschweigen, selbst ihr gegenüber. Einmal war ihr der Gedanke gekommen, sein Flugzeug sei vielleicht zum Absturz gebracht worden, um ihn zu töten, aber das war natürlich absurd. So wichtig war Cliff nicht gewesen. Der Absturz war ein Unfall, an dem nicht das Wetter, sondern ein Defekt in der Maschine schuld gewesen war.

Was Cliff wohl von dem Teich halten würde? Elinors Lächeln war ein wenig verzerrt. Ob er ihn aufgefüllt und einen Steingarten daraus gemacht hätte? Mit Erde aufgeschüttet? Vielleicht hätte er sich gar nicht weiter um den Teich gekümmert, einfach ›Natur‹ dazu gesagt?

Zwei Tage später, als Elinor die Schlußfassung ihres Artikels tippte, unterbrach sie mittags die Arbeit, um im Garten frische Luft zu schöpfen. Sie hatte die Küchenschere mitgenommen und schnitt zwei rote Rosen und eine weiße, die sie zum Mittagessen auf den Tisch stellen wollte. Dann fiel ihr Blick auf den Teich, der leuchtend chartreusegrün in der Sonne lag.

»Mein Gott!« flüsterte sie.

Die Ranken! Die Schlingpflanzen! Sie bedeckten die ganze Oberfläche. Und sie krochen auch wieder ans Ufer. Nun, hier konnte und würde sie etwas tun: ein Schädlingsbekämpfer mußte her. Egal, was für ein Gift in den Teich kam, wenn er nur sauber wurde. Erst würde sie natürlich den Karpfen herausnehmen und in den Eimer stecken, bis der Teich wieder sicher war.

Vielleicht kannte Jane einen Schädlingsbekämpfer.

Elinor rief Jane an, bevor sie sich ans Mittagessen machte. »Also dieser *Teich*«, sagte sie und stockte, weil so viel dazu zu sagen war. »Vor ein paar Tagen habe ich ihn drainieren lassen, und nun ist er schon wieder voll... Nein, darum geht's gar nicht. Das Drainieren hab ich aufgegeben – es geht um die Schlingpflanzen, das ist ganz unglaublich, wie die wachsen. Ich wollte Sie fragen, ob Sie eine Firma kennen, die Unkraut vertilgt. Ich glaube, das sollte ein Profi machen – es genügt sicher nicht, daß ich einfach irgendein flüssiges Giftzeug hineinschütte, das würde nichts nützen. Wer den Teich nicht sieht, der glaubt's einfach nicht – der reine Dschungel.«

»Ja, da kenne ich die richtigen Leute«, sagte Jane.
»Es ist eine Firma, die nennt sich ›Unkraut-Killer‹ –
leicht zu behalten. Haben Sie ein Telefonbuch?«

Das hatte Elinor. Jane sagte, die Firma sei sehr ent-
gegenkommend und werde sie auch nicht erst acht Tage
warten lassen. »Wollen Sie nicht mit Chris heute nachmittag zum Tee herüberkommen?« fragte Jane. »Ich
hab gerade einen Nußkuchen gebacken.«

»Schrecklich gern – vielen Dank.« Elinors Stimmung
hob sich.

Sie machte das Mittagessen fertig und erzählte Chris,
Jane habe sie beide zum Tee eingeladen, und da werde
er auch einen Jungen kennenlernen, der Bill hieß. Nach
dem Essen schlug Elinor die Firma Unkraut-Killer im
Telefonbuch nach und rief sie an.

»Wir haben einen Teich voller Unkraut«, sagte sie.
»Können Sie da etwas machen?«

Der Mann versicherte, sie seien Fachleute in Sachen
Unkrautvernichtung, und versprach am nächsten Morgen zu kommen. Elinor hätte gern noch eine Stunde
gearbeitet, bevor sie zu Jane gingen, aber erst mal mußte
sie jetzt wohl den Karpfen einfangen oder es jedenfalls
versuchen. Gelang es ihr nicht, dann wollte sie es morgen früh den Männern sagen, die brachten wahrscheinlich ein Netz mit einem langen Griff mit und konnten
ihn fangen. Jetzt nahm sie ihr Gemüsesieb, dessen Griff
knapp dreißig Zentimeter lang war, mit in den Garten
und auch ein paar Stückchen Brot.

Der Karpfen war nicht zu sehen. Elinor warf das
Brot auf das Wasser. Einige Stücke schwammen oben-

auf, andere sanken ein und wurden von den Pflanzen festgehalten. Elinor ging um den Teich herum, das Sieb hielt sie in der Hand bereit, den Plastikeimer hatte sie halb gefüllt, er stand am Ufer.

Auf einmal sah sie den Fisch. Er trieb horizontal und ganz reglos ein paar Zentimeter unter der Oberfläche. Er war tot, das sah sie; nur die Schlingpflanzen hielten ihn unter Wasser. Tot – wovon? Das Wasser sah nicht schmutzig aus, es war sogar ziemlich klar. Woran konnte ein Karpfen sterben? Cliff hatte doch immer gesagt –

Elinors Augen standen voller Tränen. Weinte sie um den Karpfen? Unsinn. Eher waren es Tränen der Enttäuschung. Sie bückte sich und versuchte, den Fisch mit dem Sieb heranzuholen. Aber das Sieb war dreißig Zentimeter zu kurz, und sie hatte keine Lust, mit den Tennisschuhen ins schlammige Wasser zu waten. Jedenfalls nicht jetzt. Lieber heute nachmittag noch etwas arbeiten. Morgen früh konnten ihn die Arbeiter herausholen.

»Was machst du, Mami?« kam Chris angetrottet.

»Nichts. Ich will jetzt noch etwas arbeiten. Ich dachte, du siehst fern –?«

»Da ist nichts. Wo ist der Fisch?«

Elinor nahm ihn am Handgelenk und drehte ihn um. »Dem Fisch geht's gut. Komm, wir schauen nochmal, was es im Fernsehen gibt.« Elinor versuchte zu überlegen, was ihm sonst noch Spaß machen würde. Mit seinem Mittagsschlaf war heute offenbar nichts. »Paß mal auf, Chris, ich weiß was. Du suchst jetzt ein Spielzeug aus, von deinen Sachen, und das bringst du Bill mit, als Geschenk. Was meinst du?«

»Von *meinen* Sachen?«

Elinor lächelte. Chris war von Natur aus freigebig, er schenkte gern, und ihr lag daran, diesen Zug zu unterstützen. »Ja, von deinen Sachen. Irgendwas, was du selber gern hast – den Fallschirmspringer zum Beispiel. Oder eins von deinen Büchern. Du suchst es ganz allein aus. Bill soll doch dein Freund werden, da willst du doch gleich den richtigen Anfang machen, nicht wahr?«

»Ja.« Chris schien bereits nachzudenken, er ging im Geist den Vorrat an Spielsachen durch, den er oben in seinem Zimmer hatte.

Elinor schob an der Hintertür den Riegel vor, der in Augenhöhe angebracht war. Sie wollte nicht, daß Chris in den Garten ging und womöglich den Karpfen entdeckte. »Ich bin oben in meinem Zimmer, Chris – wir sehen uns dann um vier, ja? Du könntest um vier ein Paar saubere Jeans anziehen, wenn du dran denkst.«

Elinor arbeitete und kam gut weiter. Es war nett, sich auf eine Einladung zum Tee freuen zu können. Bald wollte sie Jane und ihren Mann zu einem Drink zu sich bitten. Sie wollte nicht, daß die Leute sie für eine melancholische Witwe hielten. Seit Cliffs Tod waren drei Monate vergangen, und den schlimmsten Kummer, so meinte sie, hatte sie nach den ersten beiden Wochen überwunden, in den Wochen direkt nach dem Schock. Aber war das wirklich so? In den letzten sechs Wochen war sie imstande gewesen zu arbeiten. Das war nicht wenig. Cliffs Lebensversicherung und dazu seine Pension machten sie finanziell unabhängig, aber zum Glücklichsein brauchte sie Arbeit.

Sie warf einen Blick auf die Uhr und sah, daß es zehn Minuten vor vier war. »Chrissy!« rief sie durch die halboffene Tür. »Hast du andere Jeans angezogen?«

Sie stieß die Tür zu Chris' Zimmer auf der anderen Flurseite auf. Er war nicht im Zimmer, und auf dem Fußboden lagen mehr Spielsachen und Bücher als sonst, er war also wohl dabei gewesen, etwas für Bill herauszusuchen. Elinor ging nach unten, wo der Fernseher leise angestellt war, aber im Wohnzimmer war Chris auch nicht. Auch nicht in der Küche. Sie sah, daß die Hintertür noch verriegelt war. Chris war auch nicht vorn auf dem Rasen. Er konnte natürlich auch durch die Vordertür in den Garten gegangen sein. Elinor schob an der Küchentür den Riegel zurück und ging hinaus.

»Chris –?« Sie blickte sich überall um, dann faßte sie den Teich ins Auge. Sie hatte in der Mitte einen hellen Fleck gesehen. »Chris!« Sie rannte hin.

Er lag mit dem Gesicht nach unten, die Füße sah man nicht, der blonde Kopf lag fast ganz unter Wasser. Elinor stürzte hinein, sie stand kniehoch, schenkelhoch, packte seine Beine und zog ihn heraus, sie rutschte im Schlamm aus, saß im Wasser und war bis zur Brust völlig durchnäßt. Sie kam auf die Füße, den Jungen hielt sie an der Taille fest. Mußte sie nicht etwas tun, damit das Wasser aus seinem Mund herauslief? Elinor keuchte.

Sie drehte Chris auf den Bauch und hob den kleinen Körper vorsichtig an der Hüfte hoch, in der Hoffnung, daß Wasser aus Nase und Mund laufen werde, aber sie war kopflos vor Schreck und konnte nicht nachsehen. Er war schlaff und weich. Panische Angst packte sie. Sie drückte auf den Brustkasten, ließ los, hob ihn etwas hoch. Künstliche Atmung einleiten, methodisch, zählen, fiel ihr ein . . . Sie zählte: *fünfzehn . . . sechzehn . . .* Jemand mußte einen Arzt anrufen. Sie konnte nicht zwei Dinge gleichzeitig tun.

»*Hilfe!*« schrie sie laut. »Helft mir doch, *bitte*!« Ob die Nachbarn sie hörten? Das Haus lag zwanzig Meter entfernt – war da überhaupt jemand zu Hause?

Sie drehte Chris um und drückte ihren Mund auf die kalten Lippen. Sie blies Luft ein und ließ dann die Rippen los, hoffte, daß er aufseufzte, nur einmal hustete und ihr zeigte, daß Leben in ihm war. Er blieb schlaff. Sie drehte ihn auf den Bauch und versuchte es von neuem mit künstlicher Atmung. Es hieß jetzt oder nie, das wußte sie. Es war sinnlos, Zeit damit zu vergeuden, daß sie ihn ins Haus trug und wärmte. Er konnte eine Stunde im Teich gelegen haben – und sie wußte, dann war keine Hoffnung.

Elinor hob ihren Sohn auf und trug ihn ins Haus, in die Küche. An der einen Wand stand ein altes Sofa, da legte sie ihn hin.

Dann rief sie Jane Caldwell an; ihre Nummer stand auf der Karte neben dem Telefon, wo Elinor sie vor Tagen liegengelassen hatte. Da Elinor keinen Arzt in der Gegend kannte, war es ebenso praktisch, Jane anzurufen, wie zu versuchen, den Namen eines Arztes festzustellen.

»Hallo, Jane!« sagte Elinor mit überschlagender Stimme, »ich glaube, Chris ist ertrunken! Ja! *Ja!* Können Sie einen Arzt herschicken, jetzt sofort?« Plötzlich war die Leitung tot. Elinor legte auf, ging sofort zu Chris und fing wieder an mit dem Zusammenpressen der Rippen, wobei Chris reglos auf dem Sofa lag, den Kopf zur Seite gewandt. Die Betätigung ließ sie etwas ruhiger werden.

Es klingelte, und gleichzeitig hörte Elinor, wie die Haustür geöffnet wurde. Dann rief Jane:

»Elinor?«

»In der Küche!«

Der Arzt hatte dunkles Haar und trug eine Brille. Er hob Chris etwas hoch und versuchte, den Puls zu fühlen. »Wie lange – wie lange war er –«

»Ich weiß es nicht. Ich habe oben gearbeitet. Es war – es war der Teich, unten im Garten.«

Der Rest verschwamm vor Elinors Augen. Sie merkte kaum, daß die Nadel in ihren Arm eindrang, obgleich das minutenlang für sie das deutlichste Gefühl war. Jane machte Tee. Vor Elinor stand eine Tasse. Als sie zum Sofa hinüberblickte, war Chris nicht mehr da.

»Wo ist er?« fragte Elinor.

Jane faßte Elinors Hand; sie saß ihr gegenüber. »Der Arzt hat Chris mitgenommen, ins Krankenhaus. Chris ist in guten Händen, darauf können Sie sich verlassen, Elinor. Der Arzt hat Bill zur Welt verholfen. Er ist unser Hausarzt.«

Aber am Ton ihrer Stimme hörte Elinor, daß alles vergeblich war und Jane das auch wußte. Elinors Blick ging weiter. Sie sah ein Buch, das auf dem Rohrstuhl neben Jane lag. Chris hatte sein Zahlenmalbuch für Bill herausgesucht – es war ein Buch, das Chris liebte. Er war mit dem Ausmalen noch lange nicht fertig gewesen. Chris konnte zählen und auch schon etwas lesen. *Ich glaube, ich war noch nicht so weit in seinem Alter,* hatte Cliff vor gar nicht langer Zeit gesagt.

Elinor fing an zu weinen.

»Das ist gut. Das wird dir guttun«, sagte Jane. »Ich bleibe bei dir. Wir werden jetzt auch bald vom Krankenhaus hören. Willst du dich nicht hinlegen, Elinor? Ich muß mal telefonieren.«

Das Beruhigungsmittel begann zu wirken. Benommen saß Elinor auf dem Sofa, den Kopf gegen ein Kissen gelehnt. Das Telefon klingelte, und Jane nahm ab. Das Krankenhaus, dachte Elinor. Sie beobachtete Janes Gesicht, und wußte Bescheid. Elinor nickte, sie wollte es Jane ersparen, etwas zu sagen, aber Jane sagte:

»Sie haben alles versucht. Ich bin sicher, sie haben alles Menschenmögliche getan.«

Sie werde die Nacht hierbleiben, sagte Jane; sie habe mit Ed vereinbart, daß er Bill bei den Freunden abholte, zu denen sie ihn gebracht hatte.

Am Morgen erschienen die Leute der Firma Unkraut-Killer, und Jane fragte Elinor, ob die Arbeit auch jetzt noch gemacht werden sollte.

»Ich dachte, du wolltest vielleicht von hier wegziehen«, sagte Jane.

Hatte sie das gesagt? Möglich. »Es soll aber gemacht werden.«

Die beiden Männer machten sich an die Arbeit.

Jane führte noch ein Telefongespräch und berichtete dann, zu Mittag werde eine Freundin von ihr, Millie, herüberkommen. Als Millie kam, machte Jane für alle drei Spiegeleier mit Schinken zum Mittagessen. Millie hatte blondgelocktes Haar und blaue Augen und war heiter und mitfühlend.

»Ich bin beim Arzt vorbeigegangen«, sagte sie, »und die Sprechstundenhilfe hat mir diese Tabletten für Sie mitgegeben. Ein leichtes Beruhigungsmittel, er sagte, es würde Ihnen guttun. Täglich zwei, eine vor dem Mittagessen, eine vor dem Schlafengehen. Eine müssen Sie also jetzt nehmen.«

Sie hatten mit dem Essen noch nicht angefangen. Elinor nahm eine Tablette. Die Arbeiter draußen wollten gerade gehen; der eine steckte den Kopf in die Tür und sagte lächelnd:

»Alles geschafft, Madam. Sie werden jetzt keine Schwierigkeiten mehr haben.«

Beim Essen sagte Elinor: »Ich muß mich um die Beerdigung kümmern.«

»Wir helfen dir. Denk jetzt erstmal gar nicht daran«, sagte Jane. »Versuch etwas zu essen.«

Elinor aß etwas und schlief danach auf dem Sofa in der Küche. Sie hatte nicht nach oben in ihr Schlafzimmer gehen wollen. Als sie aufwachte, saß Millie mit einem Buch im Korbsessel und las.

»Geht's ein bißchen besser? Möchten Sie Tee?«

»Ja, gleich. Sie sind so nett – ich danke Ihnen sehr.« Sie stand auf. »Ich möchte den Teich sehen.« Sie sah Millies bedenklichen Blick. »Die Leute haben doch heute die ganzen Schlingpflanzen ausgerottet. – Ich möchte sehen, wie es jetzt aussieht.«

Millie ging mit ihr in den Garten. Elinor betrachtete den Teich und sah zu ihrer Befriedigung, daß keine Pflanzen auf der Oberfläche schwammen und daß einige nach unten gesackt waren, als seien sie ertrunken. Rundherum am Ufer lagen welkende Stiele, die sich schon gelb und bräunlich färbten. Vor ihren Augen drehte sich ein abgeschnittener Pflanzenarm zur Seite und dann abwärts, als hielte der Tod ihn umfangen. Ein Gefühl primitiver Freude stieg in ihr auf, ein Gefühl der Rache, der Vergeltung für ein Unrecht.

»Ein scheußlicher Teich«, sagte sie zu Millie. »Sogar der Karpfen ist darin umgekommen, können Sie sich sowas vorstellen? Ich hab noch nie gehört, daß ein Karpfen –«

»Ja, ich weiß. Die Dinger müssen wie wahnsinnig hochgeschossen sein. Aber jetzt sind sie bestimmt erledigt.« Millie hielt Elinor die Hand hin. »Denken Sie nicht daran.«

Millie wollte ins Haus zurück. Elinor ergriff ihre Hand nicht, aber sie kam mit. »Mir ist jetzt besser. Sie müssen nicht all Ihre Zeit für mich verschwenden. Es ist sehr lieb von Ihnen, wo Sie mich doch gar nicht kennen. Aber ich muß mit meinen Problemen allein fertig werden.«

Millie erwiderte etwas Höfliches.

Elinor fühlte sich tatsächlich besser. Sie mußte noch die Beerdigung, Chris' Beerdigung, durchstehen, aber sie spürte in sich etwas wie Beharrung, Rückgrat – wie immer man es nennen wollte. Nach der Trauerfeier – die man ja einfach halten konnte – wollte sie die neuen

Nachbarn – auch wenn es nur wenige waren – zu sich zum Kaffee oder zu Drinks oder zu beidem bitten. Auch was zu essen. Elinor merkte, ihre Verfassung hatte sich gebessert, weil der Teich besiegt war. Den würde sie mit Steinen auffüllen lassen, wenn der Makler und der Hauseigentümer nichts dagegen hatten. Warum sollte sie hier wegziehen? Wenn die Steine gerade eben aus dem Wasser herausschauten, war das bestimmt ebenso hübsch, wenn nicht noch hübscher, und ganz gefahrlos für das nächste Kind, das hier vielleicht einmal wohnen würde.

Die Trauerfeier für Chris fand in einer kleinen örtlichen Kirche statt. Der Geistliche hielt eine kurze, nicht konfessionsgebundene Ansprache. Etwas später, gegen Mittag, hatte Elinor dann acht oder zehn Gäste bei sich bei Kaffee, Drinks und Sandwiches. Die Fremden schienen sich wohl zu fühlen. Ein paarmal hörte Elinor sogar, wie jemand in der Gruppe lachte, und das freute sie. Sie hatte noch keinen ihrer New Yorker Bekannten angerufen und ihnen von Chris berichtet. Gewiß hielten das manche Leute für merkwürdig; aber ihre Freunde würde es nur traurig machen, wenn sie es ihnen erzählte, und es sähe dann aus wie eine Bitte um Mitgefühl. Lieber hatte sie die Fremden hier, denen ihr Kummer nicht weiter naheging, weil sie sie oder Chris gar nicht kannten.

»Sie müssen sich in den nächsten Tagen richtig ausruhen«, sagte eine freundliche Frau mittleren Alters, deren Ehemann mit ernstem Gesicht neben ihr stand. »Sie haben sich sehr tapfer gehalten, das finden wir alle . . .«

Elinor gab Jane das Malbuch für Bill mit.

In der Nacht darauf schlief Elinor mehr als zwölf Stunden und fühlte sich morgens besser und ruhiger. Jetzt machte sie sich an die Briefe, die geschrieben werden mußten: an ihre eigenen und an Cliffs Eltern und an drei nahe Freunde in New York. Sie tippte ihren Artikel zu Ende. Am nächsten Morgen ging sie zur Post, steckte die Briefe ein und schickte den Artikel an ihren Agenten in New York. Den Rest des Tages verbrachte sie damit, Chris' Kleider und seine Bücher und Spielsachen zu sortieren; sie wusch einige Sachen aus, die sie Jane weitergeben wollte, für Bill, vorausgesetzt, daß Jane nicht meinte, das brächte Unglück. Aber das glaubte Elinor nicht. Jane rief nachmittags an und fragte, wie es ihr gehe.

»Erwartest du Besuch, aus New York? Freunde oder so?«

Elinor berichtete, sie habe an einige Bekannte geschrieben, aber sie erwarte jetzt niemanden. »Alles ganz in Ordnung, Jane, wirklich. Mach dir keine Gedanken.«

Bis zum Abend hatte Elinor für Jane einen ganzen Karton mit Kleidern bereitgestellt, zwei weitere Kartons waren mit Büchern und einer mit Spielsachen gefüllt. Wenn die Sachen Bill nicht paßten, kannte Jane vielleicht ein anderes Kind, für das sie in Frage kamen. Elinor fühlte sich deutlich besser. Dies war doch besser, als in Kummer zu versinken, dachte sie. Natürlich war es furchtbar, eine Tragödie, wie sie nicht alle Tage vorkam – in kaum mehr als drei Monaten Mann und Kind zu verlieren. Aber Elinor wollte sich nicht niederdrücken lassen. Die geplanten sechs Monate würde sie hier im Haus bleiben und irgendwie mit ihrem Verlust fertig werden und danach erstarkt imstande sein, anderen Menschen etwas zu geben und nicht nur zu nehmen.

Sie hatte zwei Ideen für künftige Artikel. Welche sollte sie zuerst verarbeiten? Sie beschloß, in den Garten zu gehen und die Gedanken schweifen zu lassen. Vielleicht waren die Radieschen schon zu sehen? Sie wollte sich auch den Teich ansehen. Vielleicht war er jetzt ganz klar und durchsichtig. Die Unkraut-Killer-Leute konnten ihr sicher sagen, wann sie ohne Gefahr wieder einen Karpfen hineinsetzen konnte – oder auch zwei.

Als sie den Teich sah, hielt sie den Atem an. Die Schlingpflanzen waren wieder da. Sie sahen stärker aus als vorher – nicht länger, aber dichter. Während sie noch da stand, bewegte sich tatsächlich ein langer Greifarm und gleich darauf ein zweiter, bog sich auf das Ufer zu und schien dabei ein Stück zu wachsen. Das lag nicht am Wind. Die Ranken wuchsen sichtbar. Wieder steckte ein grüner Stengel den Kopf aus der Oberfläche des Wassers. Wie gebannt sah Elinor zu, es war, als habe sie lebende Wesen vor sich, Schlangen oder dergleichen. Alle paar Zentimeter sproß ein kleines grünes Blatt aus dem langen Rankenarm, und Elinor meinte zu sehen, wie sich einige vor ihren Augen entfalteten. Das Wasser sah sauber aus, aber sie wußte, das war eine Täuschung. Das Wasser war giftig. Es hatte den Karpfen getötet. Es hatte Chris getötet. Und sie meinte noch den scharfen Geruch von dem Zeug zu spüren, das die Unkraut-Killer hineingegossen hatten.

Es mußte doch um Himmelswillen möglich sein, die Wurzeln auszugraben, selbst wenn das Zeug, das die Arbeiter hineingetan hatten, nichts genützt hatte. Elinor holte die Gartenforke aus dem Geräteschuppen und nahm auch die Heckenschere mit. Sie dachte daran, ihre Gummistiefel aus dem Hause zu holen, aber sie wollte jetzt keine Zeit mehr verlieren. Sie fing damit an, daß sie rund um den Rand mit der Schere alles wegschnitt. Ein paar neue Schlingarme schoben sich über den Teich und verfingen sich in anderen Pflanzen. Die Stiele kamen ihr so zäh vor wie eine Wäscheleine aus Plastik, als habe der Unkrautvertilger sie noch stärker gemacht. Einige hatten im Gras Wurzeln geschlagen, ein ganzes Stück weit weg vom Teich. Elinor ließ die Schere fallen und griff zur Forke. Sie mußte tief einstechen, um an die Wurzeln zu kommen, und als sie mit den Händen zog, brachen die Stiele, und die Wurzeln blieben im Boden. Sie glitt aus, der rechte Fuß rutschte ab, sie fiel auf das linke Knie und kam wieder hoch. Beide Beine waren jetzt naß. Sie ließ sich nicht unterkriegen.

Als sie die Forke in den Boden stieß, sah sie Cliffs liebe lächelnde Augen auf dem Foto im Schlafzimmer, Cliff, wie er den Gras- oder Heuhalm zwischen den Lippen hielt. Ganz leise schien er ihr ermutigend zuzunicken. Die Arme taten ihr weh, die Hände wurden müde. Als sie wieder den rechten Fuß aus dem Wasser zog, blieb der Schuh stecken; sie ließ ihn, wo er war. Dann rutschte sie noch einmal aus und saß auf dem Boden, das Wasser reichte ihr jetzt bis zur Taille. Müde, gereizt machte sie weiter, versuchte mit der Forke die

Wurzeln loszureißen. Das Wasser gurgelte schlammig und böse. Womöglich tat sie den verdammten Wurzeln einen Gefallen damit, dachte sie. Verschaffte ihnen Luft oder sowas. Waren die Dinger unbesiegbar? Warum sollten sie? Die brennende Sonne erschöpfte Elinor und ließ, wie Elinor wußte, alles Grüne gedeihen.

Die Natur weiß Bescheid. Sie hörte Cliffs Stimme. Sie klang sorglos und glücklich.

Elinor konnte kaum sehen vor Tränen – oder waren es Schweißtropfen? *Chan-nnk* – die Forke stieß in die Erde. In einer oder zwei Minuten, wenn die Arme versagten, wollte sie hinübergehen und die andere Seite des Teichs in Angriff nehmen. Ein paar hatte sie immerhin losgerissen. Die Unkraut-Killer mußten noch einmal kommen, vielleicht konnten sie Brennöl auf das Wasser gießen und dann anzünden.

Mit verkrampften Beinen stand sie auf und stolperte auf die andere Seite. Die Schultern wurden warm in der Sonne, aber die Füße waren kalt. In den wenigen Sekunden, da sie hinüberging, veränderten sich ihre Haltung und auch ihre Gedanken, obgleich sie es nicht gleich merkte. Es war weder Sieg noch Niederlage, was sie spürte. Noch einmal stach sie die große Forke in den Boden, und noch einmal glitt sie aus und kam wieder hoch. Wieder verfingen sich Wurzeln in den Zinken der Forke und wurden nicht mehr entfernt. Ein Fangarm, dicker als die meisten andern, kroch auf sie zu und legte sich um den rechten Fuß. Sie trat um sich, die Ranke zog an, und Elinor fiel vornüber.

Sie fiel mit dem Gesicht ins Wasser, aber das Wasser

fühlte sich weich an. Einen Augenblick kämpfte sie, drehte sich auf die Seite, um Luft zu holen, und eine Ranke kitzelte sie am Hals. Wieder sah sie, wie Cliff ihr zunickte, mit seinem lieben, wissenden, fast unmerklichen Lächeln. Es war die Natur. Es war Cliff. Und es war Chris. Eine Ranke kroch ihr am Arm hoch – lose oder mit dem Erdreich verwurzelt, das wußte sie nicht und das kümmerte sie auch nicht. Sie atmete ein, und viel von dem, was sie einatmete, war Wasser. *Alle Dinge kommen aus dem Wasser,* hatte Cliff einmal gesagt. Ihr kleiner Sohn Chris lächelte ihr zu, beide Mundwinkel nach oben gezogen. Sie sah ihn gebückt am Teich stehen, er langte mit einem Zweig nach dem toten Karpfen, der langsam weiter weg trieb. Dann hob Chris wieder sein Gesicht und lächelte.

Man muß damit leben

Vergiß nicht, alle Türen abzuschließen«, sagte Stan. »Sonst könnte einer denken, es ist niemand im Haus, weil der Wagen nicht da ist.«

»Alle Türen? Du meinst zwei. Und überhaupt hast du noch gar nicht nach – nach ästhetischen Dingen gefragt, zum Beispiel, wie das Haus jetzt aussieht.«

Stan lachte. »Na, die Bilder sind sicher alle schon aufgehängt, und die Bücher stehen auch längst im Regal.«

»Noch nicht ganz, aber deine Sachen, die Hemden und Pullover – und auch die Küchensachen, das alles. Es sieht wirklich – ach Stan, ich bin so froh! Und Cassie auch: sie geht überall herum und schnurrt. Dann also bis morgen vormittag. Um elf ungefähr?«

»Ja, um elf ungefähr. Kümmer dich nicht ums Essen, ich bring alles mit.«

»Grüß deine Mutter vielmals, ja? Ich freue mich, daß es ihr besser geht.«

»Danke, Darling.« Stan legte auf.

Cassie, ihre rötlich-weiß gescheckte, vier Jahre alte Katze, saß da und betrachtete Ginnie, als ob sie noch nie ein Telefon gesehen hätte. Sie schnurrte schon wieder. Wahrscheinlich noch ganz benommen von so viel Platz, dachte Ginnie. In einer Ekstase des Wohlbehagens begann Cassie, mit den Pfötchen den Teppich zu bearbeiten, und Ginnie sah ihr lachend zu.

Nach sechs Jahren in New Yorker Apartments hatten
Ginnie und Stan Brixton ein Haus in Connecticut gekauft. Ihre Möbel waren schon vor einer Woche gekommen; sie und Stan waren dann noch eine Woche in New
York geblieben, um alles Restliche zu erledigen. Gestern
hatten sie nun die letzten Sachen ins neue Haus geschafft, das Silber, Geschirr, einige Bilder und Koffer,
Küchengeräte und die Katze. Heute morgen war Stan
mit dem Jungen nach New Hope in Pennsylvania ge-
fahren, wo Stans Mutter wohnte: dort wollten sie über
Nacht bleiben. Seine Mutter hatte einen zweiten Herzanfall gehabt und erholte sich nun zu Hause. »Jedesmal
wenn ich sie sehe, denk ich, daß es vielleicht das letztemal ist. Du hast doch nichts dagegen, daß ich hinfahre,
nicht wahr, Ginnie? Du bist dann auch Freddie los,
während du herumpusselst.« Ginnie hatte nichts dagegen gehabt.

Herumpusseln war Stans Bezeichnung für Ordnung
schaffen und selbst für Putzen. Ginnie fand, sie habe
allerhand geleistet, seit Stan und Freddie heute morgen
weggefahren waren. Die wunderschöne blau-weiße französische Vase, die Ginnie an Monets Bilder erinnerte,
stand jetzt, sogar mit roten Rosen aus dem Garten, auf
dem Bücherregal im Wohnzimmer. Auch in der Küche
war Ginnie gut weitergekommen, hatte die Sachen so
untergebracht, wie sie sie haben wollte und wie sie bleiben sollten. Cassies Kiste mit Katzenstreu stand in einer
Ecke der Toilette im Erdgeschoß. Sie hatten jetzt auch
noch ein Badezimmer oben. Das Haus lag auf einer An-
höhe, die nächsten Häuser waren fast eine Meile ent-

fernt. Das Land ringsum gehörte ihnen nicht, es waren Wiesen und Felder, und als sie im Juni zum erstenmal herkamen, hatten in der Nähe Schafe und Ziegen geweidet. Das Haus hatte es ihnen beiden sofort angetan.

Stanley Brixton war Schriftsteller und Buchkritiker, und Ginnie schrieb Zeitungsartikel und war jetzt bei ihrem zweiten Roman, der halb fertig war. Der erste war erschienen, hatte aber nur mäßigen Erfolg gehabt. Beim ersten Roman kann man keinen Riesen-Hit erwarten, sagte Stan, wenn nicht enorm viel Werbung gemacht wird. Erledigt und abgetan. Ginnie ging es jetzt mehr um den Roman, den sie in Arbeit hatte. Sie hatten eine Hypothek auf das Haus genommen, und mit ihrer beider freiberuflichen Arbeit hofften sie, ohne New York auszukommen, jedenfalls ohne Achtstundentätigkeit. Von Stan waren bereits drei Bücher erschienen, Abenteuergeschichten mit politischem Akzent. Er war zweiunddreißig und war drei Jahre lang Überseekorrespondent für einen Zeitungskonzern gewesen.

Ginnie bückte sich und hob ein dickes Stück Bindfaden vom Wohnzimmerteppich auf. Der Rücken tat ihr etwas weh von den Anstrengungen des Tages. Sie hatte den Fernseher einschalten wollen, aber die Nachrichten waren gerade vorbei, das sah sie auf ihrer Uhr, und vielleicht war es besser, gleich zu Bett zu gehen und morgen dann früh aufzustehen.

»Cassie?«

Cassies Antwort war ein höflich-zurückhaltendes »M-wah-h?«

»Hunger?« Das Wort kannte Cassie. »Nein, du hast

eigentlich genug gehabt. Weißt du, daß du schon korpulent wirst wie eine ältere Dame? Na komm schon. Willst du mit ins Bett?« Ginnie ging zur vorderen Haustür, die bereits mit einem Sicherheitsschloß versperrt war, aber sie legte auch noch die Kette vor. Dann machte sie gähnend überall unten das Licht aus und stieg die Treppe hinauf. Cassie folgte ihr.

Ginnie nahm schnell ein Bad, das zweite heute, zog ihr Nachthemd an, putzte die Zähne und schlüpfte ins Bett. Sie merkte gleich, sie war zu müde für eine der englischen Wochenzeitungen – politische Sachen, Stan las sie besonders gern –, die sie sich neben dem Bett bereitgelegt hatte. Sie machte das Licht aus. *Daheim.* Sie und Stan hatten am letzten Wochenende, als der große Umzug gemacht wurde, eine Nacht hier geschlafen. Dies war die erste Nacht, die sie allein hier zubrachte in ihrem neuen Haus, das noch keinen Namen hatte. *Vielleicht Goldener Käfig oder sowas,* hatte Stan gesagt. *Denk du dir mal was aus.* Ginnie versuchte nachzudenken und schlief darüber schnell ein.

Sie erwachte von einem knirschenden Geräusch, wie es Autoreifen auf Kies machten. Sie richtete sich etwas auf. Hatte sie es wirklich gehört? Auf der Einfahrt unten lag doch kaum Kies, nur ungepflasterter Sandboden. Aber –

Da – war das nicht ein Klicken, irgendwo? Vorn oder hinten? Oder war es ein Zweig gewesen, der aufs Dach gefallen war?

Sie hatte doch die Türen abgeschlossen, oder?

Plötzlich wußte Ginnie: die Hintertür hatte sie nicht

abgeschlossen. Sie horchte. Eine Minute lang war alles still. Zu blöd, jetzt mußte sie nochmal runter. Aber das mußte sein, damit sie es Stan mit gutem Gewissen berichten konnte. Ginnie fand den Schalter der Nachttischlampe, machte Licht und schlüpfte aus dem Bett.

Jetzt war sie schon überzeugt, daß das Geräusch vorhin nur in ihrer Phantasie existierte. Sie hatte es geträumt. Aber die Art, wie Cassie ihr folgte, schnell und argwöhnisch, fiel ihr auf.

Das Treppenhaus war schwach erleuchtet, so daß Ginnie den Weg in die Küche fand, wo sie das starke Deckenlicht anmachte. Sie ging sofort zur hinteren Tür und sperrte sie mit dem Sicherheitsschloß zu. Dann horchte sie. Alles war still. Die geräumige Küche sah genau so aus wie vorher mit der halb modernen, halb altmodischen Einrichtung: elektrischer Herd, großer weißer Holzschrank, unten mit Schubladen und oben mit Regalen, Doppelspüle, mächtiger neuer Kühlschrank.

Ginnie ging wieder nach oben, und Cassie folgte ihr. Cassie war eine Abkürzung von Cassandra; den Namen hatte Stan ihr gegeben, als sie noch ein kleines Kätzchen war, weil sie so düster aussah, so unbeirrbar pessimistisch. Ginnie war schon fast wieder eingeschlafen, als sie von unten einen dumpfen Ton hörte, so als ob jemand gestolpert wäre. Sie knipste die Nachttischlampe an und erschrak, als sie Cassie sah, die zusammengeduckt auf dem Bett saß und starr auf die offene Schlafzimmertür blickte.

Jetzt kam wieder ein dumpfer Stoß von unten, und dann das deutliche Geräusch einer Schublade, die herausgezogen wurde – es mußte die Schublade im Eßzimmer sein, wo das Silber aufbewahrt wurde.

Sie hatte jemand mit eingeschlossen im Haus!

Ihr erster Gedanke war das Telefon – die Polizei anrufen. Aber der Apparat stand unten im Wohnzimmer. *Mutig runtergehen und ihm mit irgendwas drohen – oder denen,* sagte sie sich. Vielleicht war es ein Jugendlicher, irgendein Junge aus der Gegend; wenn sie ihm etwas Angst einjagte, war er vielleicht froh, so davonzukommen, ohne Anzeige. Ginnie sprang aus dem Bett, griff sich Stans Bademantel aus festem blauem Flanell und zog den Gürtel eng zusammen. Als sie die Treppe hinunterging, hörte sie weitere Geräusche.

»Wer ist da?« rief sie mutig.

»Hm-hm. Bloß ich, Lady.« Die Stimme war ziemlich tief.

Im Wohnzimmer und im Eßzimmer brannten alle Lampen.

Im Eßzimmer sah sich Ginnie einer Gestalt mit Strumpfmaske gegenüber, angetan mit Motorradkluft: schwarze Hose, schwarze Stiefel, schwarze Plastikjacke. Der Strumpf hatte Schlitze für die Augen. Die Gestalt hatte einen unsauberen Leinensack, ähnlich einem Postsack, bei sich, darin war das Silber offensichtlich schon verschwunden, denn die Schublade war weit herausgezogen und leer. Er mußte sich irgendwo in einer Eßzimmerecke versteckt haben, als sie heruntergekommen war, um die Hintertür abzuschließen. Die maskierte Gestalt schob die Schublade nachlässig ins Fach zurück. Sie ging nicht ganz zu.

»Schön den Mund halten, dann geschieht Ihnen gar nichts. Verstanden?« Die Stimme hörte sich an wie die eines Mannes von mindestens fünfundzwanzig.

Ginnie sah keine Schußwaffe und auch kein Messer. »Was fällt Ihnen – was machen Sie da eigentlich?«

»Na, was meinen Sie wohl, was ich mache?« Der Mann ließ sich nicht stören. Jetzt verschwanden die beiden Leuchter, die auf dem Eßzimmertisch standen, in seinem Sack. Ebenso der silberne Tischanzünder.

Hatte er noch jemand bei sich? Ginnie blickte zur Küche hinüber und sah niemand. Es war auch nichts zu hören.

»Ich rufe jetzt die Polizei an«, sagte sie und wandte sich zum Wohnzimmer.

»Leitung ist durchgeschnitten, Lady. Seien Sie still, hier hört Sie keiner, auch nicht, wenn Sie schreien.«

Stimmte das? Ach ja, leider. Sekundenlang konzentrierte sie sich auf die Erscheinung des Mannes, um sie sich einzuprägen: etwa einsfünfundsiebzig groß, mittlerer Körperbau, vielleicht eher schlank, breite Hände – aber die steckten in blauen Gummihandschuhen, waren sie wirklich breit? –, ziemlich große Füße. Blond oder dunkel, das konnte sie nicht sehen wegen der Strumpfmaske. Meistens wurde man von solchen Einbrechern gefesselt und geknebelt. Das wollte Ginnie vermeiden, wenn sie irgend konnte.

»Geld haben wir nicht viel im Haus, falls Sie danach suchen«, sagte Ginnie. »Höchstens das in meiner Handtasche oben – vielleicht dreißig Dollar oder so. Das können Sie sich holen.«

»Dazu komm ich schon noch«, sagte er lachend. Er ging jetzt langsam durchs Wohnzimmer und ließ die Augen umherschweifen. Er nahm den Brieföffner vom Couchtisch und dann Freddies Foto, das einen silbernen Rahmen hatte und auf dem Klavier stand.

Ginnie dachte daran, ihm irgendwas auf den Kopf zu schlagen – aber was? Sie sah nichts Greifbares, das ihr schwer genug erschien, außer vielleicht einen der Eßzimmerstühle. Und wenn sie ihn beim ersten Schlag nicht richtig traf? War die Telefonleitung wirklich durchgeschnitten? Sie ging auf den Apparat zu, der in der Ecke stand.

»Nicht an die Tür gehen! Sie bleiben in Sicht!«

»Maa-uau-uau-*uauu*!« Das war Cassie – ein hoher Klagelaut, mit dem sie sonst anzeigte, daß sie sich gleich übergeben mußte, aber jetzt lag die Sache anders. Cassie sah aus, als sei sie im Begriff, sich auf den Mann zu stürzen.

»Na komm, Cassie, nur ruhig. Geh zurück, komm«, sagte Ginnie.

»Ich mag keine Katzen«, sagte der Maskierte über die Schulter.

Aus dem Wohnzimmer konnte er jetzt nicht mehr viel mitnehmen, dachte Ginnie. Die Bilder an den Wänden waren viel zu groß. Und welcher Einbrecher interessierte sich schon für Bilder, jedenfalls für Bilder wie diese: ein paar Ölbilder, die von befreundeten Malern stammten, zwei oder drei Aquarelle. – War es denn wirklich wahr, was da geschah? Ein fremder Mann nahm den alten Nähkorb ihrer Mutter, tat einen Blick hinein, warf ihn wieder hin? Nahm die französische Vase, goß das Wasser mit den Rosen vor dem Kamin aus und steckte die Vase in den Sack?

»So – und was ist oben?« Der häßliche Kopf wandte sich ihr zu. »Gehen wir mal rauf.«

»*Gar nichts* ist oben!« rief Ginnie schrill. Sie stürzte auf das Telefon zu, obgleich sie wußte, daß die Leitung durchgeschnitten war, aber sie wollte es sehen, mit eigenen Augen, und hatte dennoch die Hand danach ausgestreckt. Sie sah den abgetrennten Draht – etwa vier Fuß vom Apparat entfernt – durchgeschnitten.

Der Kapuzenmann lachte. »Hab's doch gesagt.«

In seiner hinteren Hosentasche steckte eine rote Taschenlampe. Er war jetzt in der Diele und begann, die Treppe hinaufzugehen. Im Treppenhaus brannte Licht, aber er zog die Stablampe aus der Tasche.

»Da oben ist gar nichts, ich sag's Ihnen doch!« Ginnie folgte ihm, ohne nachzudenken. Auf der Treppe hob sie den Saum des Bademantels etwas hoch, um nicht zu stolpern.

»Gemütliches Zimmerchen!« sagte der Kapuzenmann, als er ins Schlafzimmer trat. »Und was gibt's hier für uns – irgendwas von Interesse?«

Die silberne Haarbürste und der Kamm auf dem Frisiertisch waren von Interesse, ebenso der Handspiegel, und alles verschwand in dem Sack, der nun auf dem Boden schleifte.

»Ahh – das gefällt mir!« Er hatte den schweren Holzkasten mit den Messingecken entdeckt, worin Stan seine Manschettenknöpfe und Taschentücher und einige wei-

ße Krawatten aufbewahrte, aber er war dem Kapuzenmann offenbar etwas zu groß, denn er stand davor,
wiegte sich hin und her und sagte: »Hol ich nachher.« Er
sah sich nach kleineren Gegenständen um, nahm Ginnies
schwarzledernes Schmuckkästchen und ihren Zigaretten-
anzünder vom Nachttisch und versenkte beides in seinem Sack. »Können froh sein, daß ich Sie nicht dran-
nehme. Keine Zeit.« Der Ton war scherzhaft.

Mein Gott, dachte Ginnie, das ist ja, als ob wir reiche
Leute wären! Nie hatte sie sich und Stan für reich gehalten oder geglaubt, sie besäßen etwas, wofür sich ein
Einbruch lohnte. Sicher hatten sie in New York sechs
Jahre lang Glück gehabt – kein einziger Einbruch in
der ganzen Zeit – und für einen Drogensüchtigen war
schon eine Schreibmaschine ein Wertgegenstand. Nein,
sie waren nicht reich, aber der da nahm ihnen alles, was
sie besaßen, alle die *hübschen Dinge*, die sie seit Jahren
zusammengetragen hatte. Ginnie sah ihm zu, wie er ihre
Handtasche aufmachte und die Dollarnoten aus der
Geldbörse nahm. Aber das war das wenigste.

»Wenn Sie etwa glauben, Sie kommen damit durch –
in so einer kleinen Gemeinde wie *dieser*«, sagte Ginnie.
»Sie haben nicht die geringste Chance. Wenn Sie nicht
alles hierlassen, was Sie da eingesteckt haben, dann melde ich –«

»Ach, halten Sie doch die Klappe, Lady. Was sind
hier sonst noch für Zimmer?«

Cassie fauchte. Sie war beiden nach oben gefolgt.

Ein schwarzer Stiefel schlug seitwärts aus und traf sie
in die Rippen.

»*Lassen Sie die Katze in Ruhe!*« rief Ginnie empört.
Fauchend sprang Cassie oben auf den Stiefel des
Mannes, an sein Knie. Ginnie war verblüfft und, sekundenlang, stolz auf Cassie.

»Blödes Vieh!« sagte der Kapuzenmann. Die behandschuhte Hand packte die Katze an der losen Rückenhaut
und schleuderte sie an die Wand. Die Katze fiel zu
Boden, keuchte, und der Mann stampfte auf ihre Seite
und trat ihr auf den Kopf.

»*Schweinehund!*« schrie Ginnie.

»Das hast du davon, du ekelhaftes Vieh!« sagte der
Kapuzenmann und trat die Katze noch einmal. Die
Stimme war heiser vor Wut. Jetzt pirschte er mit der
Taschenlampe durch den Flur, um sich in den anderen
Zimmern umzusehen.

Starr, benommen, folgte Ginnie.

Im Gästezimmer stand nur eine Kommode, die leer
war, aber der Mann riß mehrere Schubladen heraus und
blickte hinein. In Freddies Zimmer gab es nichts als ein
Bett und einen Tisch. Dort verlor der Kapuzenmann
keine Zeit.

Vom Flur aus blickte Ginnie ins Schlafzimmer. Da
lag ihre Katze. Sie zuckte und lag dann still. Der eine
Fuß hatte gezuckt. Ginnie stand starr wie eine Säule.
Sie wußte, sie hatte eben Cassie sterben sehen.

»Bin sofort zurück«, sagte der Kapuzenmann und
ging schnell mit dem Sack die Treppe hinunter. Der
Sack war jetzt so schwer, daß er ihn auf der Schulter
tragen mußte.

Endlich bewegte sich Ginnie, ruckweise, wie jemand,

der aus einer Betäubung erwacht. Ihr Körper und Geist schienen gar nicht zusammenzugehören. Die eine Hand langte nach dem Geländer und griff vorbei. Sie hatte jetzt keine Angst mehr, obgleich ihr das nicht zum Bewußtsein kam. Sie trottete einfach hinter dem Kapuzenmann her, der ihr Feind war, und sie wäre immer weiter hinter ihm her gegangen, auch wenn er sie mit einem Revolver bedroht hätte. Als sie in der Küche ankam, war er nicht mehr zu sehen. Die Küchentür stand offen, ein kühler Luftzug wehte herein. Ginnie ging durch die Küche, blickte nach links auf den Einfahrtsweg und sah den Strahl einer Taschenlampe, als der Mann den Sack in einen Wagen hob. Sie hörte zwei Männerstimmen. Er hatte also noch jemand bei sich!

Und jetzt kam er zurück.

Schnell und ohne zu überlegen, nahm Ginnie einen Küchenstuhl, der einen Resopalsitz und verchromte Beine hatte. Als der Kapuzenmann auf die Schwelle der Küche trat, schwang sie den Stuhl in die Höhe und schlug ihm die Sitzkante mit voller Kraft in die Stirn.

Noch vorwärtsgehend, sackte der Mann ein, taumelnd, und Ginnie, die zwei Stuhlbeine in den Händen hielt, krachte ihm noch einmal mit aller Kraft die Stuhlkante auf den Schädel. Mit dumpfem Gepolter fiel er auf den Linoleumboden. Ein letzter Schlag auf den Hinterkopf des verhüllten Schädels. Ginnie fühlte sich froh und erleichtert, als sie sah, wie Blut durch das helle Material zu sickern begann.

»Frankie? Bist du okay? *Frankie* –?!« Die Stimme kam von draußen, vom Wagen.

Ohne jede Angst blieb Ginnie reglos stehen und wappnete sich für den nächsten Ankömmling. In der rechten Hand hielt sie ein Stuhlbein, die linke faßte den Sitz. Knapp zwei Fuß von der offenen Tür entfernt wartete sie auf das Geräusch von Schritten in der Einfahrt, auf eine weitere Gestalt im Türrahmen.

Statt dessen hörte sie, wie ein Motor angelassen wurde, und sah die Scheinwerfer durch die Tür. Der Wagen fuhr rückwärts die Einfahrt hinunter.

Endlich stellte Ginnie den Stuhl auf den Boden. Das Haus war wieder still. Der Mann lag da und rührte sich nicht. War er tot?

Mir egal. Ist mir völlig schnuppe, sagte sich Ginnie.

Aber es war ihr nicht ganz egal. Wenn er nun aufwachte? Wenn er einen Arzt brauchte, sofort ins Krankenhaus mußte? Und sie hatte kein Telefon. Das nächste Haus war fast eine Meile, das Dorf etwas mehr als eine Meile entfernt. Wenn sie loszog, mußte sie mit der Taschenlampe gehen. Wenn sie natürlich unterwegs einen Wagen traf, würde der vielleicht anhalten und fragen, was los war, dann konnte sie darum bitten, daß man einen Arzt oder einen Krankenwagen holte. In Sekunden zog das alles durch Ginnies Kopf, dann kam sie zu den Tatsachen zurück. Tatsache war, daß der Mann *vielleicht* tot war. Von ihr getötet.

Auch Cassie war tot. Ginnie sah ins Wohnzimmer. Cassies Tod war realer, wichtiger als der Mann, der da lag und nur vielleicht tot war. Ginnie füllte sich am Spülstein ein Glas Wasser.

Draußen war alles ganz still. Ginnie war jetzt überlegt genug, um wahrzunehmen, daß der Kumpel des Einbrechers es für das beste gehalten hatte, das Weite zu suchen. Er kam sehr wahrscheinlich nicht zurück, auch nicht mit Verstärkung. Er hatte ja auch die gestohlenen Sachen im Wagen – das Silber, ihr Schmuckkästchen, all die hübschen Sachen.

Ginnie blickte starr auf die lange schwarze Gestalt auf dem Küchenboden. Der Mann hatte sich nicht bewegt. Die rechte Hand lag unter ihm, der linke Arm war nach oben ausgestreckt. Der Kopf mit der Strumpfmaske war ihr leicht zugewandt, man sah den einen Schlitz. Was hinter dem irren Schlitz vorging, konnte sie nicht erkennen.

»Sind Sie *wach*?« fragte sie laut.

Sie wartete.

Sie wußte, sie kam nicht drum herum. Am besten fühlte man den Puls am Handgelenk, dachte sie und zwang sich sofort dazu. Sie schob den Gummihandschuh etwas zurück und packte das blondbehaarte Handgelenk, das ihr erstaunlich breit vorkam, jedenfalls viel stärker als das ihres Mannes. Es war kein Puls zu fühlen. Sie schob den Daumen auf eine andere Stelle und versuchte es noch einmal. Kein Pulsschlag.

Sie hatte also jemand ermordet. Aber die Tatsache drang noch nicht ein.

Zwei Gedanken schwirrten ihr durch den Kopf: sie mußte Cassie dort wegbringen, wo sie lag, und sie dazu in ein Handtuch oder sonstwas einwickeln, und sie konnte nicht schlafen oder auch nur hier im Hause bleiben, solange in der Küche eine Leiche lag.

Von einem Stapel im Küchenbord nahm Ginnie ein zusammengelegtes sauberes Geschirrtuch und dann noch ein zweites, ging in den Flur und stieg die Treppe hinauf. Cassie blutete jetzt. Oder vielmehr, sie hatte geblutet. Das Blut auf dem Teppich sah dunkel aus. Das eine Auge stand aus der Augenhöhle hervor. Ginnie nahm sie so behutsam auf, als sei sie noch am Leben und nur verletzt, schob ein paar heraushängende Eingeweide zurück und legten den kleinen Körper in das Tuch, nahm das zweite Tuch und hüllte Cassie auch darin ein. Sie trug Cassie nach unten ins Wohnzimmer, zögerte und legte sie dann auf den Fußboden seitlich vor dem Kamin. Es traf sich, daß eine rote Rose in der Nähe lag.

Jetzt das Blut, sagte Ginnie sich. Aus der Küche holte sie einen Plastikeimer, ließ kaltes Wasser hineinlaufen und nahm einen Schwamm. Oben machte sie sich auf Händen und Knien an die Arbeit, frisches Wasser wurde im Badezimmer geholt. Die Arbeit wirkte beruhigend, das hatte sie gewußt.

Und jetzt: anziehen und zum nächsten Telefon gehen. Ginnie ging hin und her, sie wußte kaum, was sie tat, und dann stand sie in der Küche in Blue jeans, Turnschuhen, Pullover und Jacke. Die Geldbörse steckte in einer Tasche. Leer, fiel ihr jetzt ein. Die Hausschlüssel hielt sie in der linken Hand, und ohne besonderen Grund beschloß sie, das Licht in der Küche brennen zu lassen. Die vordere Eingangstür war noch versperrt, das sah sie. Auch die Taschenlampe fand sich in ihrer Jackentasche – sie mußte sie vom Tisch im Flur mitgenommen haben, als sie die Treppe herunterkam.

Sie trat hinaus, schloß die Küchentür von außen zu und schlug den Weg zur Landstraße ein.

Kein Mondlicht. Mit Hilfe der Taschenlampe ging sie auf der linken Straßenseite auf das Dorf zu. Einmal ließ sie den Lichtstrahl auf ihre Uhr fallen und sah, daß es zwanzig nach eins war. Im Licht der Sterne und ihrer Stablampe konnte sie weit links in den Feldern ein Haus erkennen, es war dunkel und sehr weit entfrent, so daß sie lieber auf der Straße blieb und weiterging.

Sie ging weiter. Dunkle Straße, Schritt für Schritt. Ging denn *jeder* hier so früh ins Bett?

Weit vor sich sah sie jetzt zwei oder drei weiße Lichter, die Straßenlaternen im Dorf. Sicher kam noch vorher ein Auto.

Es kam kein Auto. Ginnie ging immer noch mühsam auf der Landstraße, als sie den Dorfeingang erreichte, wo auf beiden Straßenseiten ein deutliches weißes Schild mit dem Namen East Kindale stand.

Mein Gott, dachte Ginnie, *ist es wirklich wahr, was ich jetzt tue – und was ich sagen muß?*

In keinem der hübschen, meist weißen Häuser brannte ein Licht, nicht mal im Connecticut Yankee Inn, dem einzig funktionierenden Lokal am Platze, wie Stan einmal bemerkt hatte. Trotzdem stieg Ginnie die Stufen hinauf und klopfte an die Tür. Als sie die Taschenlampe zur Hand nahm, erblickte sie einen Messingklopfer an der weißen Tür und setzte ihn in Bewegung: *Rap-rap-rap*!!

Minuten vergingen. *Geduld,* sagte sich Ginnie. *Du bist übererregt.*

Aber sie konnte nicht anders, sie klopfte noch einmal.

»Wer ist da?« kam jetzt eine Männerstimme.

»Eine Nachbarin – es ist was passiert!«

Ginnie fiel der Gestalt, die gleich darauf die Tür öffnete, fast in die Arme. Es war ein Mann in schottischkariertem Hausrock und Schlafanzug. Sie wäre auch einer Frau oder einem Kind in die Arme gefallen.

Dann saß sie in einer Art Wohnzimmer auf einem Stuhl. Sturzbachartig hatte sie alles berichtet.

»Jaa – dann rufen wir am besten gleich die Polizei an, Ma'am. Oder den Krankenwagen, wie Sie schon sagten. Aber aus Ihren Worten –« Der Mann war etwa sechzig und sehr müde.

Seine Frau, die gewandter aussah, war hinzugekommen; sie hatte einen Morgenrock und rosa Hausschuhe an. »Nein, Jake – die Polizei. Was die Dame sagt – da muß der Mann tot sein. Auch wenn er nicht tot ist, weiß die Polizei, was zu tun ist.«

»Hallo, Ethel, sind Sie das?« sagte der Mann ins Telefon. »Hören Sie, wir brauchen die Polizei, und zwar sofort. Sie kennen doch das Haus, wo die Hardwicks früher gewohnt haben? Ja . . . ja, da sollen sie hinkommen. Nein, *kein* Brand. Ich kann's jetzt nicht weiter erklären. Sie sollen gleich kommen, in – in ungefähr fünf Minuten wird jemand da sein und die Tür aufmachen.«

Die Frau schob Ginnie ein Glas in die Hand. Ginnie merkte, daß ihre Zähne klapperten. Ihr war kalt, obgleich es draußen nicht kalt war. Es war Anfang September, fiel ihr jetzt ein.

»Sie wollen sich mit Ihnen unterhalten.« Der Mann,

der vorher den karierten Hausrock angehabt hatte, stand jetzt in Hosen und Sportjackett mit Gürtel vor ihr. »Sie müssen ihnen die Uhrzeit angeben, wann es passiert ist und so.«

Ginnie verstand. Sie bedankte sich bei der Frau und ging mit dem Mann zu seinem Auto, einem normalen viertürigen Wagen. Auf dem Beifahrersitz lag eine leere Erdnußschachtel.

In der Einfahrt stand ein Streifenwagen. Jemand klopfte gerade an die Hintertür, und Ginnie sah, daß sie das Licht in der Küche angelassen hatte.

»He, Jake, was 'n los?« rief ein zweiter Polizist, der eben aus dem schwarzen Wagen stieg.

»Hier ist eingebrochen worden«, erklärte Ginnies Begleiter. »Die Dame glaubt – Sie haben doch die Schlüssel, nicht wahr, Mrs. Brixton?«

»Ja, ja, natürlich.« Ginnie suchte. Sie rang schon wieder nach Luft. Sie mußte jetzt ruhig bleiben, sagte sie sich, sie mußte die Fragen richtig beantworten. Sie öffnete die Küchentür.

Ein Polizeibeamter hockte sich neben die ausgestreckte Gestalt. »Tot«, sagte er.

»Die – Mrs. Brixton sagt, sie hat ihn mit einem Küchenstuhl erschlagen. Der da, Ma'am?« Der Mann Jake zeigte auf den gelben Resopalstuhl.

»Ja. Er kam ja nochmal zurück, wissen Sie. Er –« Ginnie schluckte und gab es für den Augenblick auf.

Jake räusperte sich. »Mrs. Brixton und ihr Mann sind hier gerade erst eingezogen. Ihr Mann ist heute abend nicht hier. Sie hatte die Küchentür nicht abgeschlossen,

92

und da – da sind die beiden – also da ist der eine Kerl reingekommen. Der da. Hat 'n ganzen Sack voll Sachen zusammengerafft, hat ihn in den Wagen getan, der draußen wartete, und ist dann zurückgekommen, um noch mehr zu holen, und da hat sie dann auf ihn eingeschlagen.«

»M-hm«, sagte der Polizeibeamte, der immer noch auf den Fersen hockte. »Ich kann den Mann hier nicht anfassen, bis der Kollege kommt. Darf ich mal telefonieren, Mrs. Brixton?«

»Die Leitung haben sie durchgeschnitten«, sagte Jake. »Deshalb mußte sie ja zu Fuß zu mir kommen.«

Der andere Polizeibeamte ging hinaus, um von seinem Wagen aus zu telefonieren. Der zurückbleibende Beamte setzte Wasser für Kaffee auf (oder hatte er Tee gesagt?) und unterhielt sich mit Jake über Touristen, über jemand, der gerade geheiratet hatte und den sie beide kannten – es war, als seien sie alte Bekannte. Ginnie saß auf einem der Eßzimmerstühle. Der Beamte fragte, wo der Nescafé sei, wenn sie welchen hätte, und Ginnie erhob sich und zeigte ihm die Kaffeedose, die sie in den Schrank neben dem Herd gestellt hatte.

»Schlimmer Anfang im neuen Haus!« meinte der Polizeibeamte, die dampfende Tasse in der Hand. »Aber wir wünschen Ihnen –« Die Worte schienen plötzlich zu vertrocknen. Seine Augen flackerten und wandten den Blick ab von Ginnie.

Zwei Männer in Zivil erschienen. Aufnahmen von dem Toten wurden gemacht. Ginnie ging mit einem der Männer durchs Haus, und er notierte sich die Sachen,

die sie als gestohlen angab. Nein, sie hatte die Farbe des
Wagens nicht gesehen und erst recht nicht das Num-
mernschild. Der Tote auf dem Boden wurde zugedeckt
und auf einer Bahre hinausgebracht. Ginnie sah das nur
flüchtig, der Kriminalbeamte bemühte sich, ihr den Anblick zu ersparen. Ginnie stand gerade im Eßzimmer
und versuchte festzustellen, wieviel Silber gestohlen
worden war.

»Ich wollte ihn nicht töten!« brach es plötzlich aus ihr
hervor. »*Töten* nicht – ganz bestimmt nicht!«

*

Stan kam schon früh mit Freddie, gegen acht Uhr, und
ging gleich ins Yankee Inn, um Ginnie zu holen. Sie
hatte die Nacht dort verbracht, und irgend jemand hatte Stan unter der Nummer angerufen, die Ginnie ge-
nannt hatte.

»Sie hat einen Schock gehabt«, sagte Jake zu Stan.

Stan sah noch ganz verstört aus, aber er hatte wenigstens schon alles erfahren, und Ginnie brauchte es nicht
noch einmal zu erzählen.

»All unsere hübschen Sachen«, sagte Ginnie. »Und
Cassie –«

»Die Polizei kann die Sachen vielleicht zurückkrie-
gen, Ginnie. Und wenn nicht, dann kaufen wir neue.
Wenigstens sind wir alle wohlauf.« Stan schob das Kinn
vor, aber er lächelte dabei. Er blickte zu Freddie hinüber, der in der Tür stand und etwas müde aussah, weil
er zuwenig geschlafen hatte. »Komm – wir gehen jetzt
nach Hause.« Er faßte Ginnies Hand. Seine Hand fühl-

te sich warm an, und sie merkte, daß ihre Hände schon wieder ganz kalt waren.

Ginnie wußte, man wollte ihr den Namen des Toten vorenthalten, aber am übernächsten Tag sah sie ihn zufällig gedruckt vor sich: in einer zusammengefalteten Zeitung, die auf dem Ladentisch im Lebensmittelgeschäft lag. Ein Foto von ihm war auch dabei – ein blonder Mann mit welligem Haar und etwas trotzigem Gesichtsausdruck. *Frank Collins, 24, aus Hartford ...*

Stan meinte, sie sollten auch weiterhin in ihrem Haus wohnen, sollten nach und nach alle die ›hübschen Sachen‹ wieder kaufen, von denen Ginnie unablässig redete. Stan sagte auch, sie sollte die Arbeit an ihrem Roman wiederaufnehmen.

»Ich will keine hübschen Sachen mehr. Nicht noch einmal.« Es war ihr gewiß Ernst damit, aber es war nicht alles. Das schlimmste war, daß sie jemanden umgebracht, daß sie ein Leben ausgelöscht hatte. Sie faßte es nicht ganz, was das hieß, und konnte es daher noch nicht ganz glauben oder verstehen.

»Wir könnten uns doch wenigstens wieder eine Katze anschaffen.«

»Noch nicht«, sagte sie.

Oft sagten Leute (wie etwa Mrs. Gladys Durham, die eine Meile außerhalb von East Kindale, auf der entgegengesetzten Seite, wohnte) zu Ginnie: »Sie dürfen sich keine Vorwürfe machen. Sie haben es getan, um Ihr Haus zu schützen. Glauben Sie mir, mancher von uns wünschte sich so viel Mut, wenn auf einmal ein Einbrecher vor ihm steht ...«

»Ich würd's genau so machen wie Sie!« Dies kam von Georgia Hamilton, einer beherzten jungverheirateten Frau mit schwarzen Locken, die mitten in East Kindale wohnte und aktiv an der Lokalpolitik teilnahm. Sie suchte Ginnie eigens auf, um sie und Stan kennenzulernen. »Diese Gauner – ausgerechnet aus Hartford! – kommen einfach rüber und brechen bei uns ein, weil sie meinen, hier wäre noch was zu holen, Familiensilber und auch sonst noch ein paar *hübsche* Sachen . . .«

Da war es wieder: *hübsche* Sachen.

Stan kam eines Tages nach Hause und brachte zwei silberne Leuchter für den Eßtisch mit. »Keine hundert Dollar, das können wir uns leisten«, sagte er.

In Ginnies Augen waren sie nichts als ein Anreiz für einen zweiten Einbruch. Zugegeben, sie waren hübsch. Georgianisch. Moderne Kopien, trotzdem schöne Arbeit. Aber mehr als ästhetische Freude empfand sie nicht.

»Hast du dich heute nachmittag an dein Buch gemacht?« fragte Stan fröhlich. Er war nachmittags fast drei Stunden fort gewesen und hatte sich – Ginnies wegen – beim Weggehen vergewissert, daß alle Türen abgeschlossen waren. Er hatte für den Garten eine metallene Schubkarre gekauft, die noch oben auf dem Wagendach festgebunden war.

»Nein«, sagte Ginnie. »Aber ich glaube, ich komme schon weiter. Ich muß mich erst mal wieder richtig konzentrieren, weißt du.«

»Klar weiß ich das«, sagte Stan. »Ich bin ja auch ein Schreiber.«

Die Polizei hatte nichts wiederbeschafft von den Sil-

bersachen, auch nicht Ginnies Lederkästchen mit ihrem
Verlobungsring (er war ihr zu klein geworden, und sie
war noch nicht dazu gekommen, ihn weiten zu lassen),
mit der goldenen Halskette ihrer Großmutter und den
anderen Sachen. Stan hatte berichtet, sie hätten sämt-
liche Kumpel des Einbrechers, deren sie habhaft werden
konnten, überprüft, aber ohne Ergebnis. Die Polizei
hielt es für möglich, daß der Tote seinen Freund erst
ganz kürzlich kennengelernt hatte, vielleicht erst am
Abend des Einbruchs.

»Darling«, sagte Stan, »meinst du, wir sollten das
Haus aufgeben und woanders hinziehen? Ich bin einverstanden, wenn es dir . . .«

Ginnie schüttelte den Kopf. Am Haus lag es nicht. Sie
dachte (jetzt nach zwei Monaten) gar nicht mehr an die
Leiche auf dem Fußboden, wenn sie in die Küche ging.
Es war etwas in ihr. »Nein«, sagte sie.

»Tja – ich glaube, du solltest mal mit einem Psychiater
reden, Liebes. Vielleicht nur ein Besuch«, fügte er schnell
hinzu, als Ginnie protestieren wollte. »Daß die Nachbarn dir sagen, du hättest dich ganz richtig verhalten,
das genügt nicht. Vielleicht muß ein Profi dir das
sagen.« Stan lachte – er hatte Tennisschuhe und alte
Sachen an und war heute mit seiner Arbeit an der
Schreibmaschine gut vorangekommen.

Stan zuliebe willigte Ginnie ein.

Der Psychiater war in Hartford; ein Arzt im Ort hatte ihn Stan empfohlen. Stan fuhr Ginnie hin und wartete im Wagen. Eine Stunde war für den Besuch abgemacht,
aber Ginnie erschien wieder nach vierzig Minuten.

»Er hat mir Tabletten gegeben«, sagte sie.

»*Das* ist alles? Was hat er denn gesagt?«

»Ach –« Ginnie zuckte die Achseln. »Dasselbe, was sie alle sagen. Daß keiner mir irgendwas verargt, daß nicht mal die Polizei was draus gemacht habe, also –« Wieder zuckte sie die Achseln, blickte Stan an und sah in seinen Augen die schreckliche Enttäuschung, als er von ihr weg und durch die Windschutzscheibe in die Weite blickte.

Ginnie wußte, er dachte wieder an »Schuld«, die er gar nicht gelten ließ; er ließ schon das Wort nicht gelten. Sie hatte erklärt, sie fühle sich nicht schuldig – das war's nicht, das wäre viel zu einfach gewesen. Sie war verstört, das hatte sie immer wieder gesagt, und sie konnte nichts dagegen tun.

»Du müßtest wirklich ein Buch darüber schreiben. Einen Roman«, sagte Stan jetzt – mindestens zum viertenmal.

»Wie denn, wenn ich mit mir selber nicht klarkommen kann? Ich kann es ja nicht mal analysieren.« Das hatte Ginnie schon mindestens dreimal, vielleicht auch schon viermal erwidert. Es war, als habe sie ein unlösbares Rätsel in sich. »Man kann doch kein Buch schreiben, indem man einfach auf dem Papier herumstammelt.«

Stan ließ den Wagen an.

Die Tabletten waren eine Kombination aus leichten Beruhigungs- und milden Aufputschmitteln. Viel Wirkung verspürte Ginnie nicht.

Zwei Monate vergingen. Ginnie blieb fest und kaufte

keinerlei ›hübsche Sachen‹; so hatten sie nur die beiden schönen Leuchter. Sie aßen mit rostfreien Chromstahlbestecken. Freddie überwand seine Periode der Spannung und unterdrückten Erregung (er wußte sehr gut, was in der Küche vor sich gegangen war) und wurde in Ginnies Augen wieder zu einem normalen Jungen – was immer ›normal‹ bedeuten sollte. Ginnie arbeitete wieder an ihrem Buch, das sie vor dem Umzug angefangen hatte. Nie träumte sie von dem Mord oder Totschlag, und manchmal dachte sie sogar, es wäre besser, wenn sie davon träumte.

Aber in Gegenwart anderer – und die Nachbarschaft war überraschend freundlich, sie hatten so viel Gesellschaft, wie sie nur wünschten – fühlte sie manchmal in einer Gesprächspause den Zwang zu sagen:

»Wissen Sie übrigens, daß ich mal einen Mann umgebracht habe?«

Dann blickten alle sie an – außer denen natürlich, die das schon einmal von ihr gehört hatten, vielleicht auch schon dreimal.

Stan saß dann wie auf Nadeln, ohne einen anderen Gedanken, als daß es ihm wieder nicht gelungen war, rechtzeitig in die Bresche zu springen, bevor Ginnie loslegte. Nervöse Unruhe packte ihn, wenn sie mit anderen Leuten zusammen waren; immer versuchte er wie ein Fechter, indem er etwas, irgend etwas sagte, im voraus zu parieren, wenn Ginnie zu ihrem großen Stoß ausholte. *Damit mußten sie einfach leben, er und Ginnie,* sagte sich Stan.

Und es würde wohl so weitergehen, immer weiter,

vielleicht auch noch, wenn Freddie zwölf oder sogar zwanzig wäre. Es hatte in der Tat ihre Ehe halb ruiniert. Aber es war ganz bestimmt keine Scheidung wert. Er liebte Ginnie immer noch. Sie war schließlich immer noch Ginnie. Sie war nur etwas verändert. Schließlich hatte Ginnie das sogar selbst von sich gesagt.

»Ich muß einfach damit leben«, sagte Stan leise zu sich selber.

»Was?« Georgia Hamilton saß links von ihm. Sie fragte, was er gesagt habe. »Ach ja, ich weiß, ich weiß.« Sie lächelte verständnisvoll. »Wissen Sie, vielleicht ist es gut für sie.«

Ginnie war mitten in ihrer Geschichte. Wenigstens faßte sie sich stets kurz und brachte es sogar fertig, an ein paar Stellen zu lachen.

Leise, leise im Wind

Den größeren Teil seines Daseins verlebte Edward (Skip) Skipperton in tobendem Zorn. Das lag in seiner Natur. Er war schon als Junge jähzornig gewesen, und auch als Mann brachte er keine Geduld auf, wenn jemand langsam oder dumm oder untüchtig war. Jetzt war Skipperton zweiundfünfzig. Seine Frau hatte ihn vor zwei Jahren verlassen – sie hatte seine Wutanfälle nicht mehr ertragen können. Sie hatte einen sehr ruhigen Universitätsprofessor aus Boston kennengelernt, sich wegen tiefer Zerrüttung und Unvereinbarkeit der Charaktere von Skipperton scheiden lassen und den Professor geheiratet. Skipperton war entschlossen, das Sorgerecht für seine damals fünfzehnjährige Tochter Margaret zu bekommen; und mit Hilfe gewitzter Anwälte und der Begründung, daß seine Frau ihn wegen eines anderen Mannes verlassen hatte, war ihm das auch gelungen. Ein paar Monate nach der Scheidung hatte Skipperton einen Herzanfall, einen Schlaganfall mit teilweiser Lähmung, wovon er sich wie durch ein Wunder nach sechs Monaten wieder erholte, aber die Ärzte warnten ihn.

»Es geht um Tod oder Leben, Skip. Wenn Sie nicht jetzt sofort mit Rauchen und Trinken aufhören, werden Sie Ihren nächsten Geburtstag nicht mehr erleben«, erklärte der Herzspezialist.

»Skip, du bist es Margaret schuldig«, sagte sein Hausarzt. »Setz dich zur Ruhe – du hast Geld genug. Für deine Natur hast du dir den falschen Beruf ausgesucht – ja, ja, ich weiß, du hast viel Erfolg gehabt. Aber was dir jetzt noch vom Leben bleibt, das ist doch wichtiger, oder? Du könntest dir eine Farm zulegen – Gentleman-Farmer oder sowas, was meinst du?«

Skipperton war Unternehmensberater. Hinter den Kulissen des Big Business war er ein bekannter Mann. Er arbeitete freiberuflich. Firmen, die auf der Kippe standen, ließen ihn kommen, damit er reorganisierte, reformierte, verwarf: was Skip vorschlug, wurde gemacht. »Ich komm rein und geb ihnen 'n Tritt in den Hintern«, war die wenig elegante Charakterisierung seiner Tätigkeit, wenn er einmal interviewt wurde, was nicht oft geschah, weil er es vorzog, im Hintergrund zu bleiben.

Skipperton kaufte in Maine eine Farm von sieben Morgen, Coldstream Heights, mit modernisiertem Wohnhaus; dazu heuerte er einen Mann aus der Gegend an, Andy Humbert, der dort wohnen und arbeiten sollte. Skipperton kaufte auch einen Teil der Landmaschinen, die der Vorbesitzer verkaufen mußte, aber nicht alle: er hatte nicht die Absicht, sich ausschließlich dem Farmbetrieb zu widmen. Die Ärzte hatten ihm Bewegung verordnet und keinerlei Anstrengung. Sie hatten gewußt, daß Skipperton nicht von heute auf morgen alle Beziehungen zu seinen Klienten, denen er früher geholfen hatte, abbrechen konnte oder wollte. Er mochte gelegentlich noch eine kurze Reise nach Chicago oder

Dallas unternehmen, aber offiziell hatte er sich zur Ruhe gesetzt.

Skipperton nahm Margaret aus ihrer Privatschule in New York und schickte sie auf ein Internat in der Schweiz. Er kannte die Schweiz und hatte sie gern und hatte Bankkonten dort.

Skipperton gab Rauchen und Trinken auf. Seine Ärzte staunten über so viel Willenskraft, aber es war typisch für ihn, über Nacht damit aufzuhören, wie ein Soldat. Er kaute jetzt auf seiner Pfeife und verbrauchte pro Woche einen Pfeifenstiel. Er verbrauchte auch zwei Zähne im Unterkiefer und ließ sich in Bangor Stahlkronen einsetzen. Skipperton und Andy hatten zwei Ziegen, die das Gras kurzhielten, und eine Sau, die trächtig gewesen war, als Skip sie kaufte, und die jetzt zwölf Ferkel hatte. Margaret schrieb liebe töchterliche Briefe, daß ihr die Schweiz gut gefalle und ihr Französisch sich enorm verbessert habe. Skipperton trug jetzt Flanellhemden ohne Schlips, Stiefel mit Schnürsenkeln und Waldarbeiterjacken. Er hatte mehr Appetit als früher und mußte zugeben, daß er sich besser fühlte.

Der einzige Pfahl in seinem Fleisch – und ohne einen Pfahl ging es bei ihm nicht – war der Mann, dem das Nachbarland gehörte, Peter Frosby, und der sich weigerte, ihm einen Streifen Land zu verkaufen, für den ihm Skip das Dreifache des normalen Preises bot. Es war ein schräg abfallendes Landstück, begrenzt von einem kleinen Fluß, dem Coldstream; der Fluß trennte hier Skippertons Grundstück von Frosbys Land im Norden. Dagegen hatte Skipperton gar nichts: ihm lag an dem Flußufer, das auf seiner Seite lag und das man von seinem Haus aus sehen konnte. Skipperton wollte dort ein wenig fischen gehen, er wollte sagen können, daß ihm dieser Landstrich gehörte und er für das Ufer die Anliegerrechte besaß. Aber nach Auskunft der Grundstücksmakler wollte Frosby nicht, daß jemand in seinem Fluß fischte, obgleich sein Haus weiter flußaufwärts lag und man es von Skippertons Haus aus gar nicht sehen konnte.

Eine Woche nachdem er die Ablehnung erhalten hatte, lud Skipperton Peter Frosby zu sich ein. »Einfach zum Kennenlernen, als Nachbarn«, hatte er am Telefon zu Frosby gesagt. Skipperton lebte jetzt schon seit vier Monaten in Coldstream Heights.

Skipperton hatte seinen besten Whisky und Brandy, ausgesuchte Zigarren und Zigaretten – alles Dinge, die er selber sich nicht mehr leisten durfte – bereitgestellt, als Frosby in seinem staubigen, aber neuen Cadillac erschien. Am Steuer saß ein junger Mann, den Frosby als seinen Sohn Peter vorstellte.

»Die Frosbys verkaufen ihr Land nicht«, sagte Frosby zu Skipperton. »Seit fast dreihundert Jahren ist das Land in unserem Besitz, und der Fluß hat immer uns gehört.« Frosby war ein hagerer, aber kräftig aussehender Mann mit kalten grauen Augen; er zog vorsichtig an seiner Zigarre und hatte seinen ersten Whisky nach zehn Minuten noch nicht ausgetrunken. »Versteh eigentlich gar nicht, was Sie damit wollen.«

»Bißchen fischen«, sagte Skipperton und setzte ein freundliches Lächeln auf. »Von meinem Haus aus liegt das Stück gerade in Sichtweite. Man könnte auch mal drin waten, im Sommer.« Skipperton blickte zu dem jungen Peter Frosby hinüber, der mit verschränkten Armen etwas hinter seinem Vater saß. Skipperton hatte als einzige Stütze den Schlaks Andy bei sich – er war ein zuverlässiger Allround-Arbeiter, aber kein Teil seiner Dynastie. Skipperton hätte alles (bis auf sein Leben) darum gegeben, wenn er in der einen Hand einen Whisky pur und in der anderen eine gute Zigarre hätte halten dürfen. »Nun, dann tut's mir leid«, sagte Skipperton schließlich. »Aber Sie müssen zugeben, der Preis, den ich Ihnen biete, ist nicht schlecht: zwanzigtausend bar auf den Tisch für zweihundert Meter Anliegerrechte. Ich glaube nicht, daß Ihnen das zu Ihren Lebzeiten nochmal geboten wird.«

»Bin nicht interessiert an meinen Lebzeiten«, sagte Frosby mit schmalem Lächeln. »Hab hier noch einen Sohn.«

Der Sohn war ein hübscher Junge: dunkel, mit festen Schultern, größer als der Vater. Er hielt immer noch die Arme über der Brust verschränkt, wie zur Illustration der ablehnenden Haltung seines Vaters. Er hatte sich nur einmal kurz entspannt, als er eine Zigarette anzündete, die er aber bald wieder ausdrückte. Immerhin lächelte der Junior, als er und sein Vater sich verabschiedeten, und sagte:

»Sie haben viel gemacht aus dem Haus, Mr. Skipperton. Ist kaum wiederzuerkennen.«

»Danke«, sagte Skipperton erfreut. Er hatte den Raum neu ausgestattet mit guten Ledersesseln, schweren bodenlangen Vorhängen und Messing-Feuerböcken und -zangen.

»Manches ist auch hübsch altmodisch«, meinte der alte Frosby in einem Ton, der sich, wie Skipperton fand, auf der Grenze hielt zwischen Kompliment und Hohn. »Eine Vogelscheuche – sowas haben wir hier nicht gesehen seit – ach, ich glaube, solange ich lebe.«

»Ja, ich mag Altmodisches – wie zum Beispiel Fischen«, sagte Skipperton. »Ich will hier Mais anpflanzen. Hab mir sagen lassen, das Land sei geeignet für Mais. Und da muß doch eine Vogelscheuche her, nicht wahr? In ein Maisfeld?« Er gab sich so liebenswürdig wie möglich, aber innerlich kochte er. Halsstarrig wie ein Maulesel, dieser Frosby, saß stur auf seinen paar hundert Morgen, die er bloß seinen tatkräftigeren Vorfahren zu verdanken hatte.

Frosby junior betrachtete ein Foto von Maggie, das in silbernem Rahmen auf dem Tisch in der Eingangshalle stand. Bei der Aufnahme war sie erst dreizehn oder vierzehn gewesen, aber das schmale Gesicht, eingerahmt von langen dunklen Haaren, zeigte die scharfgeschnittene Nase und Stirn und das weiche Lächeln, die sie später zu einer Schönheit werden lassen mußten. Jetzt war Maggie fast achtzehn, und die Erwartungen des Vaters hatten sich bestätigt.

»Hübsches Mädchen«, sagte Frosby junior, zu Skipperton gewandt, und warf dann einen Blick auf seinen Vater, der mit ihnen in der Halle stand.

Skipperton sagte nichts. Die Zusammenkunft war ein Fehlschlag gewesen. An Fehlschläge war Skipperton nicht gewöhnt. Er blickte Frosby gerade in die graugrünen Augen und sagte: »Mir kommt noch ein Gedanke. Wie wäre es, wenn wir eine Vereinbarung treffen: ich pachte das Land von Ihnen für die Dauer meines Lebens, danach geht es zurück an Sie oder Ihren Sohn. Dafür zahle ich Ihnen fünftausend pro Jahr. Wollen Sie sich das überlegen?«

Wieder erschien das kühle Lächeln auf Frosbys Gesicht. »Ich glaube nicht, Mr. Skipperton. Aber besten Dank jedenfalls.«

»Vielleicht sprechen Sie mal mit Ihrem Anwalt. Hat ja keine Eile.«

Jetzt lachte Frosby. »Wir kennen das Gesetz genau so gut wie die Anwälte hier. Jedenfalls kennen wir unsere Grenzen. War nett, Sie kennenzulernen, Mr. Skipperton. Vielen Dank für den Whisky. Wiedersehen.«

Kein Händeschütteln. Der Cadillac startete und fuhr ab.

»Verdammter Hund«, sagte Skipperton zwischen den Zähnen zu Andy, aber er lächelte dabei. Das Leben war schließlich ein Spiel – mal gewann man, mal verlor man.

Es war Anfang Mai. Der Mais war im Boden, und Skipperton hatte drei oder vier starke Triebe entdeckt, die sich durch die umgepflügte helle Erde drängten. Das freute ihn, es erinnerte ihn an die Indianer, die alten Maya. Mais! Und jetzt hatte er auch eine richtige klassische Vogelscheuche, er und Andy hatten sie vor ein paar Wochen zusammengeschustert. Über die Querstäbe hatten sie eine alte Jacke gezogen, zwei Stöcke wurden an den senkrechten Pfahl genagelt und in eine braune

Hose gesteckt. Skip hatte die alten Kleider in einer Bodenkammer entdeckt. Ein Strohhut oben drauf, mit einem Nagel befestigt, vervollständigte das Bild.

Skip fuhr nach San Francisco, wo er sich fünf Tage mit einer Firma für Aeronautik beschäftigte, die von Gewerkschaften und Vertragskündigungen bedroht und durch einen Prozeß fast ruiniert war. Skip ließ die Firma mit mehr überzähligen Angestellten und drei Vizepräsidenten weniger, aber auch in viel besserer Verfassung zurück, und steckte für seine Bemühungen fünfzigtausend ein.

Zur Feier seines Erfolgs und des nahenden Sommers, der Maggie heimbringen würde, erschoß Skip einen von Frosbys Jagdhunden, der durch den Fluß geschwommen und auf Skips Grundstück gelaufen war, um einen Vogel zu apportieren. Skipperton hatte geduldig oben am Schlafzimmerfenster gewartet; er hatte die Schüsse gehört und wußte, daß drüben eine Jagd im Gang war. Er hatte sein Fernglas und ein Gewehr mit guter Reichweite. Mochte Frosby sich beschweren! Übertretung war Übertretung.

Skip freute sich fast, als Frosby ihn wegen des Hundes verklagte. Auf seine Anordnung hatte Andy den Hund begraben, aber Skipperton gab die Tat ohne weiteres zu. Und der Richter entschied zu seinen Gunsten.

Frosby wurde blaß vor Empörung. »Es ist vielleicht das Gesetz, aber es ist nicht menschlich. Nicht fair.«

Und damit konnte nun Frosby viel anfangen!

Skippertons Mais stand nun bis zu den Hüften der Vogelscheuche und wuchs noch weiter. Skip stand oft lange oben am Schlafzimmerfenster, Fernglas und geladenes Gewehr neben sich, falls noch irgendwas, das Frosby gehörte, sich auf seinem Land zeigen sollte.

»Sei bloß vorsichtig, daß du mich nicht triffst«, sagte Andy mit etwas unsicherem Lachen. »Du schießt da immer in die Ecke vom Maisfeld, und du weißt, da bin ich manchmal am Jäten.«

»Du meinst wohl, ich kann nicht mehr richtig sehen«, gab Skip zurück.

Ein paar Tage später bewies Skip, daß er noch richtig sehen konnt als er eine graue Katze erschoß, die auf seiner Seite des Flusses im hohen Gras einem Vogel oder einer Maus auflauerte. Er tötete sie mit einem einzigen Schuß. Er war nicht einmal sicher, daß es eine von Frosbys Katzen war.

Auf den Schuß folgte am nächsten Tag ein Besuch des jungen Peter Frosby.

»Ich möchte nur etwas fragen, Mr. Skipperton. Mein Vater und ich hörten gestern einen Schuß, und abends ist eine unserer Katzen nicht zum Füttern gekommen – auch heute morgen nicht. Wissen Sie etwas davon?« Einen Stuhl hatte Frosby junior abgelehnt.

»Die Katze hab ich erschossen. Sie war auf meinem Grundstück«, sagte Skipperton ruhig.

»Aber die Katze – was hatte sie Ihnen getan?« Der junge Mann sah Skipperton gerade in die Augen.

»Gesetz ist Gesetz. Mein Grundstück ist mein Grundstück.«

Frosby junior schüttelte den Kopf. »Sie sind ein harter Mann, Mr. Skipperton.« Er verließ das Haus.

Wieder ging Peter Frosby vor Gericht, und derselbe Richter entschied, daß nach altem englischem und auch nach amerikanischem Gesetz eine Katze von Natur aus ein Streuner ist und nicht, wie ein Hund, Einschränkungen unterworfen ist. Er verurteilte Skipperton zur Höchstgeldstrafe von hundert Dollar und warnte ihn davor, sein Gewehr weiterhin so bedenkenlos zu benutzen.

Das verdroß Skipperton, obgleich er natürlich über die geringfügige Geldstrafe nur lachen konnte und das auch tat. Wenn ihm bloß mal eine Schikane einfiele, etwas richtig Einschneidendes, dann würde der alte Frosby vielleicht nachgeben und ihm wenigstens einen Teil des Flusses verpachten, dachte Skip.

Doch er vergaß die Fehde, als Margaret kam. Skip holte sie in New York vom Flughafen ab, und sie fuhren hinauf nach Maine. Sie schien ihm größer und auch etwas voller geworden zu sein, mit rosigen Wangen. Sie war wirklich eine Schönheit.

»Ich hab eine Überraschung für dich, zu Hause«, sagte Skip.

»Mmm – vielleicht ein Pferd? Ich hab dir doch geschrieben, daß ich Springreiten gelernt hab, nicht wahr?«

Hatte sie das? »Nein, nein, kein Pferd«, sagte Skip.

Die Überraschung war ein roter Toyota mit Schiebedach. Skip hatte jedenfalls noch gewußt, daß Maggie in ihrer Schule Autofahren gelernt hatte. Sie war begeistert und flog ihm um den Hals.

»Du bist schrecklich lieb, Daddy! Und weißt du was: richtig gut siehst du aus.«

Margaret war zu Ostern zwei Wochen zu Hause gewesen, aber Coldstream Heights sah jetzt viel gepflegter aus als damals. Es war fast Mitternacht, als die beiden ankamen; Andy saß in seinem kleinen Häuschen noch vor dem Fernsehschirm, und Margaret bestand darauf, hinüberzugehen und ihn zu begrüßen. Andys Augen weiteten sich bei ihrem Anblick, und Skip freute sich.

Am nächsten Tag machten Skip und Margaret eine Probefahrt mit dem neuen Wagen. Sie fuhren in eine kleine Stadt, etwa zwanzig Meilen entfernt, und aßen dort zu Mittag. Als sie nachmittags wieder zu Hause waren, fragte Margaret ihren Vater, ob er eine Angelrute hätte, eine ganz einfache, sie wollte gern den Fluß mal ausprobieren. Skip besaß natürlich vielerlei Angeln, aber er mußte ihr sagen, daß das nicht ginge. Er erklärte ihr auch den Grund und berichtete, er habe sogar versucht, einen Teil des Flusses zu pachten.

»Dieser Frosby ist ein krummer Hund«, sagte er. »Keinen Zoll gibt der her.«

»Macht nichts, Daddy. Ich kann ja was anderes tun.«

Margaret war ein Mädchen, das gern spazierenging, las oder sich im Hause zu schaffen machte und Kleinigkeiten umstellte, damit es hübscher aussah. So war sie beschäftigt, wenn Skip manchmal eine Stunde lang mit Dallas oder Detroit telefonierte.

Skipperton war etwas erstaunt, als Margaret eines Tages gegen sieben Uhr abends in ihrem Toyota ankam und drei Forellen, aufgereiht auf einer Leine, mitbrachte. Sie war barfuß, und die Manschetten des blauen Kittels waren feucht. »Wo hast du die her?« fragte er. Sein erster Gedanke war, daß sie eine seiner Angelruten genommen und entgegen seiner Anweisung im Fluß gefischt hatte.

»Ich hab den Jungen getroffen, der da wohnt«, sagte Maggie. »Wir waren beide unten an der Tankstelle zum Tanken, da stellte er sich vor und sagte, er hätte mein Foto gesehen, hier in unserem Haus. Dann haben wir eine Tasse Kaffee getrunken in dem kleinen Lokal neben der Tankstelle –«

»Der junge Frosby?«

»Ja. Er ist schrecklich nett, Daddy. Vielleicht ist bloß der Vater so unangenehm. Jedenfalls sagte er, ich sollte heute nachmittag mit ihm zum Fischen kommen, und das hab ich getan. Er sagt, weiter oben füllt sein Vater den Bestand immer wieder auf.«

»Ich möchte – also, Maggie, ich möchte *nicht*, daß du mit den Frosbys zusammenkommst.«

»Es sind ja nur zwei«, sagte Margaret etwas befremdet. »Seinen Vater habe ich kaum gesehen. Sie haben aber ein schönes Haus, Daddy.«

»Mit dem Alten hab ich unangenehme Erfahrungen gemacht, das sagte ich schon, Maggie. Es gehört sich einfach nicht, daß du dich nun mit dem Sohn anfreundest. Bitte tu mir doch diesen Sommer diesen einen Gefallen, Maggie-Herz.« So nannte er sie, wenn er ihr ganz nahe sein wollte, wenn er wollte, daß sie sich ihm nahe fühlte.

Gleich am nächsten Tag ging Maggie aus dem Haus und kam erst nach fast drei Stunden zurück, und Skip merkte es. Sie hatte gesagt, sie wollte ins Dorf und Turnschuhe kaufen, und sie hatte die Turnschuhe auch an, als sie zurückkam, aber warum sie für die acht Kilometer drei Stunden gebraucht hatte, das wußte er nicht. Es kostete ihn viel Überwindung, keine Fragen zu stellen. Dann kam Sonnabend früh, und Maggie erzählte von einer Tanzerei in Keensport. Sie wolle hingehen, sagte sie.

»Und ich hab auch eine Ahnung, mit wem du hingehst«, sagte Skip. Er fühlte, wie Adrenalin sein Herz hämmern ließ.

»Daddy, ich schwör's dir, ich geh allein. Mädchen brauchen heute keinen Begleiter. Ich könnte in Blue jeans gehen, aber ich tu's nicht, ich habe noch ein paar weiße Hosen.«

Skipperton wußte, er konnte ihr nicht verbieten hinzugehen. Aber er wußte auch sehr wohl, daß der junge Frosby dort sein und vermutlich Maggie am Eingang treffen würde. »Bin froh, wenn du in die Schweiz zurückfährst.«

Skip sah den weiteren Verlauf klar vor sich. Er sah es von weitem. Seine Tochter hatte sich vergafft, und er konnte nur hoffen, daß sie darüber hinwegkam und daß nichts passierte, bevor sie zurückfuhr in die Schweiz (bis dahin ging es noch einen ganzen Monat), weil er keine Lust hatte, sie im Hause gefangenzuhalten. Er wollte sich in den eigenen Augen und auch in den Augen des braven Andy nicht durch strenge Vorschriften lächerlich machen.

Margaret kam an dem Abend offenbar sehr spät nach Hause, und so leise, daß Skip nicht aufgewacht war, obgleich er bis zwei Uhr aufgeblieben war und hatte horchen wollen, wann sie kam. Beim Frühstück sah sie strahlend frisch aus, was ihn erstaunte.

»Der junge Frosby war doch sicher auch dabei, gestern abend?«

Maggie ließ sich Rühreier und Speck schmecken. »Ich weiß gar nicht, was du gegen ihn hast, Daddy – bloß weil sein Vater kein Land verkaufen will, das schon ewig im Besitz der Familie ist.«

»Ich will nicht, daß du dich in einen Bauernlümmel verliebst! Ich habe dich auf eine gute Schule geschickt – du hast Kinderstube und Bildung – jedenfalls hab ich vor, sie dir zu verschaffen!«

»Weißt du vielleicht, daß Pete drei Jahre in Harvard studiert hat und jetzt einen Fernkursus in Elektronik macht?«

»Ach nein! Da lernt er wohl, wie man Computer programmiert? Leichter als Stenografie!«

Maggie erhob sich. »In vier Wochen werde ich achtzehn, Daddy. Ich laß mir nicht mehr vorschreiben, mit wem ich zusammenbin.«

Skip erhob sich ebenfalls und schrie sie an: »*Die sind kein Umgang für mich, und für dich auch nicht!*«

Maggie ging hinaus.

Skipperton wütete tagelang und verbrauchte mehrere Pfeifenstiele. Andy spürte seine Unruhe, das wußte er, aber Andy sagte nichts. Andy verbrachte seine freien Stunden allein, bei Kitschsendungen im Fernsehen. Skip bereitete eine Rede vor, die er Maggie halten wollte; daran dachte er, wenn er mit großen Schritten über seine Felder ging, einen Blick auf die Sau und ihre Ferkel und

auf Andys hübschen Gemüsegarten warf, ohne irgend
etwas zu sehen. Skip suchte nach einem Ansatz, nach
einer Waffe, wie er sie im Geschäftsleben noch stets gefunden hatte und mit der er die Ereignisse nach seinem
Willen bestimmen konnte. Er konnte Maggie nicht jetzt
in die Schweiz zurückschicken, obwohl ihre Schule auch
in den Sommerferien offen blieb für Mädchen, deren
Zuhause zu weit entfernt war. Wenn er ihr drohte, sie
nicht wieder auf die Schweizer Schule zu schicken, so
hatte sie wahrscheinlich gar nichts dagegen. Skipperton
behielt noch eine Wohnung in New York, mit zwei
ständigen Dienstboten, aber dahin würde Maggie kei-
nesfalls gehen, das wußte er, und er selber hatte auch
keine Lust dazu. Der hiesige Schauplatz interessierte
ihn im Moment viel zu sehr: er spürte, daß eine Schlacht
bevorstand.

Am folgenden Sonnabend, eine Woche nach dem
Tanzfest in Keensport, war Skipperton keinen Schritt
weitergekommen. Er war erschöpft. An dem Abend sagte Maggie, sie ginge zu einer Party, die Leute hießen
Willmers, sie hatte sie auf dem Tanzfest kennengelernt.
Skip fragte nach der Adresse, und Maggie kritzelte sie
auf den Telefonblock in der Halle. Es erwies sich, daß
Skip nicht grundlos gefragt hatte, denn am Sonntag
morgen war Maggie noch nicht zu Hause. Skip war
schon um sieben Uhr auf, unruhig wie ein Hornissen-
schwarm und siedend vor Zorn, bis er um neun Uhr
ans Telefon ging, was am Sonntag morgen wohl nicht
zu früh war für einen Anruf, obwohl es ihn viel Überwindung gekostet hatte, so lange zu warten.

Eine Jungenstimme sagte, Maggie sei dagewesen, aber schon früh wieder gegangen.

»War sie allein?«

»Nein, sie kam mit Pete Frosby.«

»Das wollte ich bloß wissen«, sagte Skip, und das Blut schoß ihm zu Kopf, als wollte es die Adern sprengen. »Moment noch! Wissen Sie, wo sie hingefahren sind?«

»Keine Ahnung.«

»Ist meine Tochter in ihrem Wagen weggefahren?«

»Nein, in Petes. Maggies Wagen ist noch hier.«

Skip bedankte sich und legte den Hörer auf. Seine Hand zitterte, aber das lag an der Entschlossenheit, die alle Nerven und Muskeln seines Körpers durchdrang. Er nahm den Hörer auf und wählte Frosbys Nummer.

Der alte Frosby meldete sich.

Skipperton nannte seinen Namen und fragte, ob vielleicht seine Tochter dort sei.

»Nein, sie ist nicht hier, Mr. Skipperton.«

»Ist Ihr Sohn da? Ich möchte –«

»Nein, mein Sohn ist im Augenblick nicht hier.«

»Was soll das heißen? Er war da und ist fortgegangen?«

»Mr. Skipperton, mein Sohn geht seine eigenen Wege, er hat ein eigenes Zimmer, einen eigenen Hausschlüssel, und ein eigenes Leben. Ich kann –«

Skipperton legte eilig den Hörer auf. Seine Nase blutete heftig, und das Blut tropfte auf den Tischrand. Er lief ins Badezimmer und holte ein nasses Handtuch.

Maggie war auch Sonntag abend und Montag morgen

116

noch nicht wieder da. Der Gedanke an eine Meldung bei der Polizei widerstrebte Skipperton, ihn schreckte ab, daß ihr Name vielleicht mit Frosbys Namen verknüpft werden könnte, wenn man die beiden irgendwo zusammen entdeckte. Am Dienstag morgen war dann alles klar. Mit der Post kam ein Brief von Maggie, in Boston aufgegeben. Darin stand, sie und Pete hätten sich davongemacht, um zu heiraten und um ›unerfreulichen Szenen‹ aus dem Wege zu gehen.

... Du wirst das vielleicht für übereilt halten, aber wir lieben uns und sind auch ganz sicher. In die Schule wollte ich ohnehin nicht zurück, Daddy. In etwa acht Tagen melde ich mich. Bitte versuche nicht, mich zu finden. Ich habe Mommie besucht, aber bei ihr sind wir nicht. Es tat mir leid, meinen schönen neuen Wagen dort zu lassen, aber der Wagen ist in Ordnung.

Alles Liebe
Maggie

Zwei Tage lang tat Skipperton keinen Schritt aus dem Hause und aß auch kaum etwas. Er hatte kein Leben in sich. Andy war in Sorge um ihn und brachte ihn schließlich dazu, mit ihm ins Dorf zu fahren, weil sie einiges brauchten. Skipperton kam mit, wie eine aufrechtsitzende Leiche saß er auf dem Sitz neben Andy. Während Andy in den Drugstore und zum Schlachter ging, blieb Skipperton mit glasigen Augen und in Gedanken versunken im Wagen sitzen. Jetzt kam jemand auf dem Gehweg heran, und Skippertons Augen verengten sich. Der alte Frosby! Er trug einen neuen Tweed-anzug mit schwarzem Filzhut, in der Hand hielt er eine Zigarre. Skipperton hoffte, Frosby werde ihn im Wagen nicht sehen, aber Frosby sah ihn.

Frosby verlangsamte seinen Schritt nicht, er lächelte nur sein dünnes enervierendes Lächeln und nickte kurz, als wollte er sagen –

Nun, Skip *wußte*, was Frosby vielleicht hatte sagen wollen, was er mit seinem dreckigen Lächeln auch ohne Worte gesagt hatte. Skip begann zu kochen – und jetzt war er wieder der alte. Als Andy zurückkam, stand Skip auf dem Bürgersteig, die Hände in den Taschen und die Beine gespreizt.

»Was gibt's heute abend zu essen, Andy? Ich hab Appetit!«

An diesem Abend ließ sich Andy von Skipperton dazu überreden, nicht nur den Samstagabend freizuneh-men, sondern – wenn er Lust hatte – irgendwo über Nacht zu bleiben. »Ich geb dir ein paar hundert Dollar, Andy – hau mal auf die Pauke, du hast es verdient.« Skip schob ihm drei Hundertdollarscheine in die wider-strebende Hand. »Kannst auch Montag noch dazuneh-men, wenn du willst. Ich werd schon allein fertig.«

Samstag abend nahm Andy den Lieferwagen und fuhr nach Bangor.

Darauf ging Skip ans Telefon und rief Frosby senior an. Frosby meldete sich, und Skipperton sagte: »Mr. Frosby, ich meine, wie die Dinge jetzt liegen, sollten wir Frieden schließen. Finden Sie nicht?«

Frosby schien erstaunt, sagte aber zu, am Sonntag

morgen gegen elf zu einem Gespräch herüberzukommen. Er erschien in demselben Cadillac, allein.

Und Skipperton verlor keine Zeit. Er ließ Frosby anklopfen und öffnete ihm die Tür, und sobald er drinnen war, krachte er ihm den Gewehrkolben auf den Kopf. Er zog Frosby in die Halle, für den Fall, daß die Sache noch nicht ganz erledigt war: in der Halle lag Fliesenboden, und Skip wollte Blutflecken auf den Teppichen vermeiden. Rache war süß, und fast lächelte Skip. Er entkleidete Frosby und wickelte die Leiche in mehrere Jutesäcke, die er vorher bereitgelegt hatte. Die Kleidungsstücke verbrannte er im Kamin, wo schon ein kleines Feuer prasselte. Frosbys zwei Ringe, die Armbanduhr und die Brieftasche legte er einstweilen in eine Schublade, zur späteren Erledigung.

Er hatte entschieden, daß für die Ausführung seines Plans Tageslicht besser sei als die Nacht, da womöglich jemandem der zuckende Strahl der Taschenlampe aufgefallen wäre, die er dann benutzen mußte. Skip legte also einen Arm um Frosbys Körper und schleppte ihn über das Feld, bis dahin, wo die Vogelscheuche stand. Nahezu einen Kilometer mußte er ihn schleppen. Skip hatte ein Seil und ein Messer in der Hosentasche. Er nahm die alte Vogelscheuche ab, durchschnitt die Schnüre, die die Kleider mit dem Kreuz verknüpften, zog Frosby die alte Hose und Jacke an, schlang einen Jutesack um seinen Kopf und über das Gesicht und rammte ihm den Hut auf den Schädel. Der Hut mußte festgebunden werden, sonst hielt er nicht; Skip bohrte also mit der Messerspitze Löcher in den Hutrand und band den Hut fest. Dann nahm Skip die Jutesäcke und machte sich über den Abhang auf den Heimweg, wobei er oft einen Blick zurückwarf, um seine Arbeit zu bewundern, und oft lächelte. Die Vogelscheuche sah fast so aus wie vorher. Er hatte da ein Problem gelöst, das viele Leute für sehr schwierig hielten: was mit der Leiche anzufangen war. Außerdem konnte er sie genüßlich vom oberen Fenster aus mit dem Fernglas betrachten.

Skip verbrannte die Jutesäcke im Kamin und vergewisserte sich, daß auch die Schuhsohlen zu weichflockiger Asche verbrannt waren. Wenn die Asche abgekühlt war, wollte er nach den Knöpfen und der Gürtelschnalle sehen und sie entfernen. Er nahm eine Gartenforke, ging hinter den Schweinestall, machte ein Loch von etwa drei Fuß Tiefe und vergrub die Brieftasche (die Papiere darin hatte er schon vorher verbrannt), die Armbanduhr und die Ringe. Es war eine Stelle mit zähem Gras, wo nur die Ziegen angepflockt wurden – kein Platz, an dem man jemals etwas anpflanzen würde.

Jetzt wusch sich Skip Gesicht und Hände, aß eine dicke Scheibe Roastbeef und überlegte, was mit dem Wagen zu machen war. Es war nun halb eins geworden; Skip wußte nicht, ob Frosby eine Bedienung hatte, irgend jemand, der ihn zum Essen erwartete, aber es war sicherer, damit zu rechnen. Skips Abneigung hatte ihn davon abgehalten, Maggie irgendwelche Fragen nach Frosbys Haushalt zu stellen. Skip setzte sich in Frosbys Wagen – ein Küchentuch zum Abwischen von Fingerabdrücken hatte er in die Tasche gesteckt – und fuhr in ein Waldgelände, das er kannte, weil er häufig daran vorbeigefahren war. Von der Hauptstraße führte ein ungepflasterter Weg in den Wald, und den schlug er ein. Gottseidank war kein Mensch zu sehen, weder ein Forstmann noch ein Ausflügler. Skip hielt an und stieg aus, wischte das Lenkrad, die Tür und selbst den Zündschlüssel ab; dann ging er zurück auf die Landstraße.

Für den Heimweg brauchte er eine gute Stunde. Unterwegs hatte er einen Stock gefunden – Wandersleute nannten so etwas früher einen Stab, dachte er – und trabte damit durch die Gegend, damit ihn die wenigen Autofahrer, denen er begegnete, für einen Naturfreund oder Vogelbeobachter hielten. Er warf keinen Blick auf die Wagen. Noch war Sonntagsdinnerzeit.

Gegen sieben rief die Polizei an und fragte, ob sie mal vorbeikommen könnten. Natürlich, sagte Skipperton.

Die Knöpfe und die Schnalle hatte er aus der Asche im Kamin herausgenommen. Kurz nach halb zwei hatte eine Frau angerufen, vom Hause Frosby aus, hatte sie gesagt (Skip nahm an, es war das Dienstmädchen), sie wollte wissen, ob Mr. Frosby dort sei. Skipperton erwiderte, Mr. Frosby habe sein Haus bald nach zwölf Uhr verlassen.

»Meinen Sie, Mr. Frosby wollte von hier aus direkt nach Hause fahren?« fragte der untersetzte Polizeibeamte. Er mochte ein Sergeant sein, nahm Skipperton an, und er wurde von einem jüngeren Polizisten begleitet.

»Er hat mir nicht gesagt, wohin er wollte«, erwiderte Skipperton. »Und ich hab auch nicht gesehen, in welche Richtung er fuhr.«

Der Beamte nickte. Skip sah ihm an, er war im Begriff, etwas zu sagen wie »Die Haushälterin gibt an, Sie und Mr. Frosby standen nicht sehr gut miteinander«, er äußerte jedoch nichts, sah sich nur in Skips Wohnzimmer um, ging etwas verwirrt nach draußen und warf einen Blick auf den Platz vor dem Haus und auf den Hof dahinter. Dann verabschiedeten sich die beiden Beamten.

Um Mitternacht wurde Skip aus dem Schlaf gerissen: das Telefon neben seinem Bett klingelte. Es war Maggie, in Boston. Sie und Pete hatten von dem Verschwinden des alten Frosby gehört.

»Daddy, er war anscheinend gerade vorher bei dir gewesen, heute morgen. Was ist da geschehen?«

»Gar nichts ist geschehen. Ich hatte ihn zu einem freundschaftlichen Gespräch zu mir gebeten – und es lief auch freundschaftlich ab. Wir sind ja jetzt beide Schwiegerväter . . . Kindchen, woher soll ich wissen, wo er hingefahren ist?«

Das Lügen fiel Skipperton überraschend leicht. Sein Gemüt hatte ganz primitiv die Lage betrachtet, abgewogen und dann entschieden, Skip sei im Recht, er habe nur angemessen Vergeltung geübt. Der alte Frosby hätte seinen Sohn von der Heirat zurückhalten können und hatte es nicht getan. Damit hatte er Skip um seine Tochter gebracht – denn so sah es Skip: Maggie war ihm verloren. Er sah sie als künftige Landpomeranze, als die Mutter von Kindern, die genau so engstirnig ausfallen würden wie alle Frosbys.

Am nächsten Morgen, Montag, kam Andy zurück. Er

hatte schon im Dorf alles gehört, und die Polizei hatte jetzt auch Mr. Frosbys Wagen im Wald gefunden, nicht sehr weit entfernt, berichtete Andy. Skip tat leicht erstaunt, als er von dem Wagen hörte. Andy stellte keine Fragen. Und wenn er nun die Vogelscheuche entdeckte? Dann konnte man ihm sicher mit etwas Geld den Mund stopfen, dachte Skip. Das Maisfeld da oben war abgeerntet, nur ein paar dürre Kolben standen noch; die sollten die Schweine haben. Skipperton ging am Montag nachmittag selber hin und holte sie, während Andy Schweine und Ziegen versorgte.

Jetzt ergötzte sich Skipperton daran, oben am Schlafzimmerfenster zu stehen und mit dem Fernglas über das Maisfeld zu schauen. Er genoß den Anblick, wie der Wind die Halme rings um Frosbys Leiche bewegte; er freute sich an dem Gedanken, wie der Alte da zusammenschrumpfte, im Windzug eintrocknete wie eine Mumie. Leise, leise im Wind baumelnd, so hatte ein Nixon-Mitarbeiter es von einem Feind des Präsidenten einmal formuliert. Nun, Frosby baumelte nicht, er hing einfach, vor aller Augen. Kein Bussard kam in die Nähe. Vor Bussarden hatte Skip etwas Angst gehabt. Das einzige, was ihn jetzt einmal beunruhigte, war eine Gruppe von Schuljungen, die weit rechts auf der Landstraße entlang zogen (unterhalb der Straße floß der Coldstream) und auf die Vogelscheuche zeigten. Skip stand am Fenster, er lehnte sich gegen den Rahmen und hielt die Arme fest an die Seite gepreßt, um das Fernglas so ruhig wie möglich zu halten. Ein paar der Jungen lachten, das sah er. Und hielt der eine sich die Nase zu?

Nein, nein . . . Sie waren fast eine Meile weg von der Vogelscheuche! Aber stehengeblieben waren sie, der eine Junge stampfte mit dem Fuß auf, ein anderer schüttelte den Kopf und lachte.

Skip wünschte sich brennend, hören zu können, was sie sagten.

Seit Frosbys Tod waren zehn Tage vergangen. Immer wieder kamen neue Gerüchte auf: Frosby sei wegen seines Geldes von jemandem umgebracht worden, den er im Wagen mitgenommen hatte; er sei entführt worden, und die Lösegeldforderung werde noch kommen. Aber wenn nun einer der Schuljungen seinem Vater oder sonst jemandem sagte, der tote Frosby stecke vielleicht da oben in der Vogelscheuche? Gerade auf sowas wäre Skip als kleiner Junge ganz sicher gekommen. Er hatte jetzt mehr Angst vor den Schuljungen als vor der Polizei.

Und die Polizei erschien noch einmal, mit einem Detektiv in Zivil. Überall im Hause und auf dem Grundstück sahen sie sich um – vielleicht suchten sie nach einer frisch umgegrabenen Stelle, dachte Skip. Sie fanden keine. Sie betrachteten auch seine beiden Gewehre und notierten Kaliber und Seriennummer.

»Reine Routine, Mr. Skipperton«, sagte der Detektiv.

»Ich verstehe«, sagte Skip.

Am selben Abend rief Maggie an und sagte, sie sei in Frosbys Haus und ob sie herüberkommen könne.

»Warum nicht? Dies ist dein Zuhause«, erwiderte Skip.

»Ich weiß nie vorher, ob du gut oder schlecht gelaunt bist«, sagte Maggie bei ihrer Ankunft.

»Ich denke, ich bin in sehr guter Laune, mein Kind«, sagte Skipperton. »Und ich hoffe, du bist glücklich, Maggie – was geschehen ist, ist ja nun mal geschehen.«

Maggie war in ihrem alten blauen Kittel und Pullover gekommen und trug Turnschuhe. Skip konnte sich nur schwer an den Gedanken gewöhnen, daß sie verheiratet war. Sie saß mit gefalteten Händen und blickte auf den Boden. Dann hob sie die Augen und sagte:

»Pete ist sehr unglücklich. Wir wären auch nie eine Woche in Boston geblieben, wenn er nicht gewußt hätte, daß die Polizei hier wirklich tat, was sie konnte. War Mr. Frosby – war er irgendwie deprimiert? Pete meinte nein.«

Skip lachte. »Nein. In glänzender Laune. Freute sich über eure Heirat und all das.« Skip wartete, aber Maggie schwieg. »Wirst du jetzt drüben wohnen – in Frosbys Haus?«

»Ja.« Maggie erhob sich. »Ich möchte ein paar Sachen mitnehmen, Daddy. Einen Koffer habe ich mitgebracht.«

Ihre Kühle und Traurigkeit taten Skip weh. Sie hatte noch etwas davon gesagt, daß sie ihn öfter besuchen werde, aber nicht, daß er sie besuchen sollte – nicht daß er gegangen wäre.

»Ich weiß, was da oben in der Vogelscheuche steckt«, sagte Andy eines Tages, und Skip fuhr herum, das Fernglas in der Hand, und sah Andy in der Tür zum Schlafzimmer stehen.

»So –? Und was hast du jetzt vor?« fragte Skip, auf alles vorbereitet. Er hatte die Schultern gestrafft.

»Gar nichts. Gar nichts«, antwortete Andy lächelnd.

Skip wußte nicht, wie er das auffassen sollte. »Du möchtest doch sicher Geld haben, Andy, was? Kleines Geschenk – und dafür hältst du dann den Mund?«

»Nein«, sagte Andy ruhig und schüttelte den Kopf. Auf dem windgegerbten Gesicht stand ein schwaches Lächeln. »So einer bin ich nicht.«

Was war davon zu halten? Skip war an Menschen gewöhnt, denen es um Geld ging, je mehr, desto besser. Andy war da anders, das stimmte schon. Nun, wenn er kein Geld wollte, um so besser, dachte Skip – jedenfalls billiger. Er hatte auch das Gefühl, er könne Andy vertrauen. Es war seltsam.

Die Blätter begannen nun dichter zu fallen: Halloween stand vor der Tür. Schon vorher entfernte Andy die Pforte zur Einfahrt – er hob sie einfach aus den Angeln, sonst würden die Kinder sie mitnehmen, sagte er zu Skip. Andy kannte die Gegend – die Kinder trieben es nicht allzu wild, aber wenn sie in einem Haus gar nichts bekamen, dann spielten sie ihm einen Streich. Skip und Andy sorgten dafür, daß reichlich Kleingeld zur Hand war, ebenso süßer Mais, Lakritzen und sogar zwei Kürbisse im Fenster: Andy hatte Gesichter hineingeschnitten, damit jeder, der kam, gleich wußte, daß hier gute Laune herrschte. Als dann der Halloween-Abend kam, klopfte niemand an. Drüben im Coldstream House, bei den jungen Frosbys, war eine Party im Gang, das wußte Skip, weil der Wind die Musik herübertrug. Er malte sich aus, wie seine Tochter tanzte und sich amüsierte. Viele Leute trugen Masken und ausgefallene Kostüme, aßen Kürbisschnitten mit Schlagsahne, machten Ratespiele und vielleicht eine Jagd nach versteckten Schätzen. Skip war einsam, zum erstenmal in seinem Leben einsam. Er hätte liebend gern einen Whisky getrunken, beschloß aber, dem sich selber geleisteten Eid treu zu bleiben. Warum bloß? Er legte die Hände flach auf die Kommode und blickte auf sein Spiegelbild. Er sah Falten, die von den Nasenflügeln am Mund entlangliefen. Feine Runzeln unter den Augen. Er verzog den Mund zu einem Lächeln, und das Lächeln wirkte unecht. Er wandte sich weg vom Spiegel.

In diesem Augenblick sah er ein Licht aufblitzen. Es war draußen vor dem Fenster, auf dem schräg ansteigenden Feld. Eine Prozession – so schien es, etwa acht oder zehn Gestalten – stieg sein Feld hinauf mit Fackeln oder Taschenlampen oder beidem. Skip öffnete das Fenster ein wenig, kochte vor Wut, und vor Angst. Auf seinem Land waren sie! Dazu hatten sie kein Recht! Es waren Kinder, das sah er jetzt. Selbst im Dunkeln konnte er im Licht der Fackeln erkennen, daß die Gestalten viel kleiner waren als Erwachsene.

Skip fuhr herum und wollte nach Andy rufen, beschloß aber sofort, das lieber nicht zu tun. Er lief nach unten und ergriff seine eigene starke Taschenlampe. Nach der Jacke am Haken griff er gar nicht erst, obgleich es draußen frisch war.

»*Heeh!*« schrie Skip, als er ein paar Meter ins Feld gelaufen war. »Weg da von meinem Land! Was fällt euch ein – was wollt ihr überhaupt da oben?«

Die Kinder sangen irgendwas mit hohen kreischenden Stimmen, alle in verschiedenen Tonarten, ein paar wilde hingeworfene Worte. Skip verstand das Wort ›Vogelscheuche‹.

»Brennen muß die Vogelscheuche ...« so etwa hörte es sich an.

»Heh, weg da! Macht, daß ihr wegkommt!« Skip fiel hin, stieß sich das Knie und kam wieder hoch. Die Kinder hatten ihn gehört, davon war er überzeugt, aber sie blieben nicht stehen. Noch nie war es vorgekommen, daß jemand ihm nicht gehorchte – außer Maggie natürlich. »Weg – *runter von meinem Land!*«

Die Kinder schoben sich weiter, wie eine schwarze Raupe mit gelbleuchtendem Kopf und noch ein paar Lichtern im Raupenleib. Die beiden letzten Kinder hatten Skip bestimmt gehört, er hatte gesehen, wie sie sich umdrehten und dann schnell weiterliefen, um die anderen einzuholen. Skip blieb stehen. Die Raupe war jetzt näher an der Vogelscheuche als er. Es war zwecklos: er kam nicht mehr als erster hin.

Und während er das dachte, hörte er auch schon den Ruf. Dann kam ein Schrei – und wieder ein Schrei, halb Entsetzen, halb Übermut. Der Gesang kippte um, jetzt brach Hysterie aus. Da – das mußte ein kleines Mädchen sein, das schrill wie eine Hundepfeife gellte. Sicher waren sie mit den Händen an die Leiche gekommen, hatten vielleicht einen Knochen angefaßt, dachte Skip.

Skip kehrte nun um und machte sich auf den Weg nach Hause; die Taschenlampe war auf den Boden gerichtet. Dies war schlimmer als die Polizei: jedes der Kinder würde seinen Eltern erzählen, was es da gefunden hatte. Skip wußte, er war am Ende angekommen. Oft und oft hatte er Menschen, Geschäftsleute und andere, gesehen, die am Ende angekommen waren. Er hatte Menschen gekannt, die sich dann aus dem Fenster gestürzt oder eine Überdosis Schlaftabletten genommen hatten.

Skip ging gleich zu seinem Gewehr unten im Wohnzimmer. Er schob sich den Lauf in den Mund und drückte ab.

Als Sekunden später die Kinder über das Feld zurück auf die Landstraße strömten, war Skip schon tot. Die Kinder hatten den Schuß gehört und geglaubt, jemand wollte auf sie schießen.

Andy hörte den Schuß. Er hatte gesehen, wie die Prozession feldaufwärts zog, und hatte Skipperton schreien hören. Er wußte, was geschehen war. Er schaltete den Fernseher aus und machte sich langsam auf den Weg zum Haus. Er mußte die Polizei benachrichtigen. Das gehörte sich so. Andy nahm sich vor, der Polizei zu erklären, er habe von der Leiche in der Vogelscheuchenaufmachung nichts gewußt. Er war ja auch an dem Wochenende gar nicht dagewesen.

Immer dies gräßliche Aufstehen

Eddies Gesicht war wütend und leer zugleich, als wäre er mit den Gedanken woanders. Er starrte auf seine zweijährige Tochter Francy, die als heulendes Häufchen neben dem Doppelbett saß. Francy war auf das Bett zugetorkelt, dagegengeprallt und umgefallen.

»Jetzt kümmerst *du* dich mal um sie!« sagte Laura. Sie stand da, den Staubsauger noch in der Hand. »Ich hab hier zu tun.«

»Du hast sie geschlagen, also kümmer *du* dich um sie, verdammt nochmal!« Eddie rasierte sich am Küchenausguß.

Laura ließ den Staubsauger fallen, ging ein paar Schritte auf Francy, deren Backe blutete, zu, überlegte es sich anders, drehte um, zog die Schnur heraus und begann sie aufzuwickeln, um den Staubsauger wegzustellen. Sollte die Wohnung eben ein Saustall bleiben heute abend, ihr war das egal.

Die anderen drei Kinder, Georgie fast sechs, Helen vier, Stevie drei, sahen ihr mit nassen, matt lächelnden Mündern zu.

»'ne Platzwunde ist das, Herrgottnochmal!« Eddie hielt der Kleinen ein Handtuch unter die Backe. »Das muß genäht werden, da kannste Gift drauf nehmen. Guck dir das an! Wie hast du *das* geschafft?«

Laura sagte nichts, wenigstens nicht zu dieser Frage.

Sie fühlte sich ausgelaugt. Die Jungens – Eddies Kumpel – kamen um neun heut abend zum Pokern, und damit es was zu futtern gab um Mitternacht, mußte sie mindestens zwanzig Leberwurst- und Schinkenbrote machen. Eddie hatte den ganzen Tag geschlafen und war jetzt um sieben erst dabei, sich anzuziehen.

»Also bringst du sie jetzt ins Krankenhaus oder was?« fragte Eddie. Sein Gesicht war halb verdeckt vom Rasierschaum.

»Wenn ich sie wieder bringe, denken die, *du* bist es immer, der sie verhaut – ist ja auch meistens so.«

»Nu komm mir bloß nicht mit der Scheiße, nicht diesmal«, sagte Eddie. »Und ›die‹, wer sind denn überhaupt ›die‹? Die können uns mal!«

Zwanzig Minuten später war Laura im Warteraum des St.-Vincent-Krankenhauses in der West 11th Street. Auf einem der Stühle sitzend, lehnte sie den Kopf zurück und schloß halb die Augen. Es warteten noch sieben andere Leute, und die Schwester hatte ihr gesagt, es könne eine halbe Stunde dauern, aber sie wolle versuchen, sie früher dranzunehmen, da die Kleine leicht blute. Laura hatte sich ihre Geschichte zurechtgelegt: Die Kleine war gegen den Staubsauger gefallen und mußte auf das Verbindungsteil geprallt sein, wo ein Zughebelverschluß war. Da Laura sie damit an der Backe getroffen hatte, als sie den Staubsauger plötzlich zur Seite riß, weil Francy dran rumzerrte, nahm Laura an, die Verletzung hätte auch entstehen können, wenn Francy dagegen gefallen wäre. Das schien einleuchtend.

Es war das dritte Mal, daß sie Francy ins St. Vincent

brachten, das vier Straßen entfernt war von ihrer Wohnung in der Hudson Street. Erst eine gebrochene Nase (Eddies Schuld, Eddies Ellbogen), dann leichte Blutungen aus dem Ohr, die nicht aufhören wollten, und beim drittenmal, da hatten sie sie nicht von sich aus gebracht, hatte Francy einen gebrochenen Arm gehabt. Weder Eddie noch Laura hatte gewußt, daß Francy einen gebrochenen Arm hatte. Woher auch? Es war nichts zu sehen gewesen. Aber um die Zeit herum hatte Francy ein blaues Auge gehabt, weiß der Himmel woher oder warum, und auf einmal war eine Fürsorgerin aufgetaucht. Eine Nachbarin mußte die Fürsorgerin auf sie gehetzt haben, und Laura war sich zu neunzig Prozent sicher, daß es die alte Mrs. Covini unten im Erdgeschoß gewesen war. Der Arsch gehörte der abgerissen. Mrs. Covini war eine von diesen kurzen, dicken, schwarzgekleideten italienischen Mammas, die das ganze Leben lang Kinder um sich herum hatten und Nerven aus Stahl und die von morgens bis abends die Kinder drückten und küßten, als ob sie Geschenke vom Himmel wären und was ganz Seltenes auf dieser Erde. Und nie gingen diese Mrs. Covinis zur Arbeit, das war Laura schon lange aufgefallen. Laura arbeitete fünf Abende die Woche als Bedienung in einem Eßladen weiter zur Stadtmitte hin, an der Sixth Avenue. Das, und dazu das Aufstehen früh um sechs, um Eddie seine Spiegeleier mit Speck zu machen, ihm die Brotbüchse zu packen, die Kinder abzufüttern, die dann schon auf waren, und danach den ganzen Tag mit ihnen fertig zu werden – das reichte ja wohl, um einen Ochsen müde zu machen, oder? Na, jedenfalls hatten sie es Mrs. Covinis Schnüffelei zu verdanken, daß man ihnen dieses Ungeheuer – gut und gern eins achtzig war die groß – dreimal auf den Hals gehetzt hatte. Passenderweise hieß sie Mrs. Crabbe. »Vier Kinder, da haben Sie allerhand zu tun… Pflegen Sie irgendwelche Verhütungsmittel zu benutzen, Mrs. Regan?« Ach, alles Quatsch. Sie bewegte den Kopf über der geraden Rückenlehne des Stuhles hin und her und stöhnte, ihr war genauso zumute wie in der Schule, wenn sie ein Problem in Algebra vor sich hatte, das sie zu Tode langweilte. Sie und Eddie waren praktizierende Katholiken. Wenn sie allein gewesen wäre, hätte sie vielleicht mit der Pille angefangen, aber Eddie wollte nichts davon wissen, und damit hatte sich's. Wenn sie allein gewesen wäre – das war komisch, denn allein hätte sie sie nicht gebraucht. Jedenfalls hatte die alte Crabbe daraufhin die Schnauze gehalten, was das betraf, und Laura hatte eine gewisse Genugtuung dabei empfunden. Wenigstens ein paar Rechte und Freiheiten hatten sie und Eddie noch.

»Der Nächste?« Lächelnd bat die Schwester sie herein.

Der junge Assistenzarzt pfiff durch die Zähne. »Wie ist denn das passiert?«

»Sie ist hingefallen. Gegen den Staubsauger.«

Der Geruch des Desinfektionsmittels. Nähen. Francy, die im Warteraum halb geschlafen hatte, war bei der Betäubungsspritze wach geworden und brüllte während der ganzen Geschichte. Der Arzt gab Francy etwas zum Lutschen. Ein leichtes Beruhigungsmittel in Zuckerguß, sagte er. Dann murmelte er etwas zu einer Schwester.

»Was sind das für blaue Flecken?« fragte er Laura. »An den Armen.«

»Och, da hat sie sich bloß gestoßen. In der Wohnung. Sie kriegt immer gleich blaue Flecken.« Das war doch nicht etwa derselbe Arzt, bei dem Laura vor drei oder vier Monaten gewesen war?

»Können Sie einen Augenblick warten?«

Die Schwester kam zurück, und sie und der Arzt blickten auf eine Karte, die die Schwester hielt.

Die Schwester sagte zu Laura: »Soviel ich weiß, kommt jetzt ab und zu eine unserer Fürsorgerinnen bei Ihnen vorbei, Mrs. Regan?«

»Ja.«

»Haben Sie einen Termin mit ihr?«

»Ja, ich glaub schon. Ich hab das zu Hause auf einem Zettel.« Laura log.

Am Montag darauf, abends um Viertel vor acht, wurden sie von Mrs. Crabbe überrascht. Eddie war gerade nach Hause gekommen und hatte sich eine Dose Bier aufgemacht. Er war Bauarbeiter, und in den Sommermonaten, wenn es lange hell war, machte er fast jeden Tag Überstunden. Wenn er nach Hause kam, ging er immer zuerst zum Ausguß, rieb sich mit einem Handtuch ab, machte eine Dose Bier auf und setzte sich an den Küchentisch mit der Wachstuchdecke.

Laura hatte die Kinder schon um sechs abgefüttert und versuchte gerade, sie ins Bett zu bugsieren, als Mrs. Crabbe auftauchte. Eddie hatte geflucht, als er sie durch die Tür kommen sah.

»Tut mir leid, wenn ich hier so reinplatze . . .« So sah sie aus. »Wie ging's denn so inzwischen?«

Francys Gesicht war noch verbunden, und der Verband war feucht und mit Ei bekleckert. Die im Krankenhaus hatten gesagt, sie sollten den Verband dranlassen und nicht anrühren. Eddie, Laura und Mrs. Crabbe saßen am Küchentisch, und es wurde ein längerer Vortrag draus.

». . . Sie sind sich doch wohl im klaren, daß Sie beide die kleine Frances als Ventil für Ihre schlechte Laune benutzen. Manche Leute trommeln mit den Fäusten an die Wand oder streiten miteinander, aber Sie und Ihr Mann neigen dazu, die kleine Frances zu verprügeln. Ist es nicht so?« Ein falsches freundliches Lächeln lächelnd, blickte sie vom einen zum andern.

Eddie machte ein finsteres Gesicht und zerquetschte ein Heft Streichhölzer in der Faust. Laura wand sich stumm. Laura wußte, was die Frau meinte. Vor Francys Geburt hatten sie Stevie immer verwamst, ein bißchen zu oft vielleicht. Verdammt nochmal, sie hatten wirklich kein drittes Kind gewollt, schon gar nicht in so einer kleinen Wohnung, genau wie die Frau jetzt sagte. Und Francy war das vierte.

». . . Wenn Sie sich aber beide klarmachen können, daß Francy nun mal *da ist* . . .«

Laura war froh, daß sie offenbar nicht vorhatte, wieder von Geburtenkontrolle zu reden. Eddie sah aus wie kurz vorm Explodieren, er schlürfte sein Bier, als schämte er sich, damit erwischt worden zu sein, als hätte er aber dennoch ein Recht, es zu trinken, wenn er Lust

135

dazu hatte, weil dies hier schließlich seine Wohnung war.

»... eine größere Wohnung, vielleicht? Größere Zimmer. Das würde die Belastung Ihrer Nerven erheblich verringern ...«

Eddie sah sich gezwungen, über ihre Finanzlage zu sprechen. »Ja, verdienen tu ich ganz gut – Nieten und Schweißen. Facharbeiter. Aber wissen Sie, wir haben auch Ausgaben. Ich möcht mich nicht nach 'ner größeren Wohnung umsehen müssen. Jedenfalls jetzt nicht.«

Mrs. Crabbe hob den Blick und sah sich um. Ihr schwarzes Haar lag in ordentlichen Wellen, fast wie eine Perücke. »Ein schöner Fernseher. Haben Sie den gekauft?«

»Ja, und wir sind noch am Abzahlen. Das ist nur *eins* von den Dingen«, sagte Eddie.

Laura saß gespannt da. Da war noch Eddies Hundertfünfzig-Dollar-Armbanduhr, die sie abzahlten, glücklicherweise hatte Eddie sie jetzt nicht um (er trug seine billige), die gute trug er nicht, wenn er arbeiten ging.

»Und das Sofa und die Sessel, sind die nicht neu ... Haben Sie die gekauft?«

»Ja«, sagte Eddie und rutschte zurück in seinem Sessel. »Die Wohnung hier ist als möbliert vermietet, wissen Sie, aber Sie hätten das da mal sehen sollen –« Er machte eine höhnische Handbewegung in Richtung Sofa.

Hier mußte Laura ihm beistehen. »Was die hier hatten, war ein altes rotes Plastikding. Nicht mal sitzen konnte man da drauf.« Der Arsch hat einem wehgetan, hätte Laura noch sagen mögen.

»Wenn wir mal in 'ne größere Wohnung umziehn, haben wir wenigstens das da«, sagte Eddie und deutete mit dem Kopf auf die Sofa-und-Sessel-Garnitur.

Das Sofa und die Sessel waren mit Plüsch bezogen, beige mit einem blaßrosa und blauen Blumenmuster. Kaum drei Monate waren die Sachen im Haus, und schon hatten die Kinder alles mit Kakao und Orangensaft vollgekleckert. Es war Laura unmöglich gewesen, die Kinder von den Möbeln fernzuhalten. Dauernd schrie sie sie an, sie sollten auf dem Fußboden spielen. Aber der wunde Punkt war, daß das Sofa und die Sessel noch nicht bezahlt waren, und darum ging es Mrs. Crabbe, und ja nicht etwa darum, ob die Leute es gemütlich hatten oder die Wohnung nach was aussah.

»Fast abgezahlt. Letzte Rate kommt nächsten Monat«, sagte Eddie.

Das war nicht wahr. Es fehlten noch vier oder fünf Monate, weil sie mit zwei Raten im Rückstand waren, und der Mann von dem Laden in der 14th Street war kurz davorgewesen, die Sachen wieder abzuholen.

Jetzt hielt die alte Tülle natürlich eine Rede über die Mehrkosten bei Ratenkäufen. Immer gleich alles auf einmal zahlen, denn wenn man dazu nicht in der Lage war, konnte man sich die Sache eben nicht leisten, nicht wahr? Laura kochte vor Wut, genau wie Eddie, aber das Wichtigste bei diesen Schnüfflern war, so zu tun, als wäre man ganz ihrer Meinung. Dann kamen sie vielleicht nicht wieder.

»...Wenn das mit der kleinen Frances so weitergeht, müssen wir gesetzlich einschreiten, und das wollen Sie doch sicher nicht. Wir müßten Ihnen Frances dann wegnehmen und anderswo in Obhut geben.«

Die Vorstellung war Laura ganz angenehm.

»Wohin? Wohin geben?« fragte Georgie. Er hatte eine Pyjamahose an und stand in der Nähe des Tisches.

Mrs. Crabbe beachtete ihn nicht. Sie wollte gehen.

Eddie stieß einen Fluch aus, als sie aus der Tür war, und ging sich noch ein Bier holen. *»Eine gottverdammte Einmischung ins Privatleben!«* Er trat die Kühlschranktür zu.

Laura platzte los vor Lachen. »Das alte Sofa! Weißt du noch? *Mein Gott!«*

»Schade, daß es nicht da war, sie hätte sich drauf den Hintern brechen können.«

Als Laura in jener Nacht gegen zwölf ein schweres Tablett mit vier Superburgers und vier Bechern Kaffee trug, fiel ihr etwas ein, woran sie seit fünf Tagen nicht hatte denken mögen. Unglaublich, daß sie ganze fünf Tage nicht daran gedacht hatte. Jetzt war es so gut wie sicher. Eddie würde an die Decke gehen.

Am nächsten Morgen Punkt neun rief Laura unten vom Zeitungsladen aus Dr. Weebler an. Sie sagte, es sei dringend, und bekam einen Termin um Viertel nach elf. Als sie aus dem Haus ging, war Mrs. Covini unten im Flur gerade dabei, jenen Teil des weiß gekachelten Fußbodens zu schrubben, der direkt vor ihrer Tür war. Das brachte bestimmt Unglück, daß sie die Covini jetzt sah, dachte Laura. Sie und Mrs. Covini sprachen nicht mehr miteinander.

»Ich kann Ihnen nicht einfach so eine Abtreibung machen«, sagte Dr. Weebler achselzuckend und mit seinem widerlichen Lächeln, das zu besagen schien: ›Ausbaden müssen *Sie* es. Ich bin ein Arzt, ein Mann.‹ Er sagte: »Sowas läßt sich doch verhüten. Abtreibungen sollten gar nicht nötig sein.«

Dann geh ich eben zu einem andern Arzt, dachte Laura mit wachsendem Zorn, aber ihr Gesicht blieb freundlich und höflich. »Schaun Sie, Doktor Weebler, mein Mann und ich sind praktizierende Katholiken, das hab ich Ihnen schon gesagt. Wenigstens mein Mann ist es, und – Sie wissen doch. Sowas passiert eben. Ich hab aber schon vier. Geben Sie Ihrem Herzen einen Stoß.«

»Seit wann wünschen denn praktizierende Katholiken Abtreibungen? Nein, Mrs. Regan, aber ich kann Ihnen einen andern Arzt nennen.«

Und dabei hieß es, Abtreibungen seien kein Problem mehr in New York. »Wenn ich das Geld zusammenkriege – was kostet es?« Dr. Weebler war billig, deswegen gingen sie zu ihm.

»Das ist keine Geldfrage.« Der Arzt war unruhig. Es warteten draußen noch andere Leute auf ihn.

Laura war sich nicht ganz sicher, aber sie sagte: »Sie machen doch bei andern Frauen Abtreibungen, warum dann nicht bei mir?«

»*Wer* –? Wenn die Gesundheit einer Frau gefährdet ist, das ist was anderes.«

Laura erreichte nichts, und dieses erfolglose Unternehmen kostete sie $ 7.50, zahlbar auf der Stelle. Nur ein neues Rezept für Nembutal (32 mg) konnte sie noch aus ihm herausholen. An diesem Abend sagte sie Eddie, was los war. Lieber gleich sagen als aufschieben. Aufschieben war scheußlich, das wußte sie aus Erfahrung, denn die verdammte Sache kam einem doch alle halbe Stunde wieder hoch.

»*Herrgott nochmal!*« sagte Eddie, fiel rückwärts aufs Sofa und zerquetschte dabei die Hand von Stevie, der auch auf dem Sofa war und seine Hand in dem Moment ausgestreckt hatte, als Eddie zusammensackte.

Stevie brüllte los.

»Hör doch auf, das hat dich doch nicht umgebracht!« sagte Eddie zu Stevie. »So, und was nun. Was nun?«

Was nun. Laura versuchte tatsächlich zu denken, *was nun.* Was zum Henker konnte sie anderes tun als auf eine Fehlgeburt hoffen, zu der es dann doch nie kam. Die Treppe runterfallen oder sowas, aber das hatte sie sich nie getraut. Bis jetzt wenigstens nicht. Stevies Gebrüll war wie eine schreckliche Hintergrundmusik. Wie in einem Horrorfilm. »Halt die Klappe, Stevie!«

Da fing Francy an zu schreien. Laura hatte sie noch nicht gefüttert.

»Ich sauf mir einen an«, verkündete Eddie. »Schnaps ist keiner da, nehm ich an.«

Er wußte, es war keiner da. Es war nie welcher da, er wurde zu schnell ausgetrunken. Eddie wollte in die Kneipe. »Willst du nicht erst was essen?« fragte Laura.

»Nee.« Er zog einen Pullover an. »Ich will den ganzen Scheiß mal vergessen. Für 'n *Weilchen* wenigstens.«

Zehn Minuten später, nachdem sie Francy etwas hineingestopft hatte (Kartoffelbrei, eine Flasche mit Sauger, weil's nicht so eine Schweinerei gab wie bei einer

Tasse) und den andern Kindern eine Schachtel kandierte Feigen hingestellt hatte, tat Laura dasselbe, nur daß sie weiter unten in der Hudson Street in eine Kneipe ging, von der sie wußte, daß er dort nicht verkehrte. Heute war einer ihrer zwei freien Abende, das traf sich gut. Sie trank zwei Whisky-sours und dazu eine Flasche Bier, und dann fing ein netter Mann ein Gespräch mit ihr an und lud sie zu zwei weiteren Whisky-sours ein. Beim vierten fühlte sie sich ganz toll, sogar irgendwie geachtet und wichtig, wie sie da auf dem Barhocker saß und ab und zu einen Blick auf ihr Spiegelbild hinter den Flaschen warf. Wär es nicht herrlich, nochmal ganz von vorn anzufangen? Keine Ehe, kein Eddie, keine Kinder? Was ganz Neues, einen reinen Tisch.

»Ich hab Sie was gefragt – sind Sie verheiratet?«

»Nein«, sagte Laura.

Aber sonst sprach er nur vom Fußball. Er hatte heute eine Wette gewonnen. Laura träumte vor sich hin. Ja, sie hatte mal geheiratet, Liebe und all das. Sie hatte gewußt, Eddie würde nie das große Geld machen, aber anständig leben, das mußte doch allemal drin sein, nicht wahr, und sie hatte weiß Gott keine irrwitzigen Ansprüche, wo ging dann das ganze Geld hin? Die Kinder. Da war das Loch. Zu dumm, daß Eddie katholisch war, und wenn man einen Katholiken heiratet . . .

»He, Sie hörn mir ja gar nicht zu!«

Laura träumte entschlossen weiter. Vor allem hatte sie *wirklich* einmal einen Traum gehabt, einen Traum von Liebe und Glück und davon, wie sie für Eddie und sich ein gemütliches Zuhause schaffen wü de. Jet t wurde sie von Außenstehenden schon *in ihren eigenen vier Wänden* angegriffen. Mrs. Crabbe. Mrs. Crabbe, die so gut Bescheid wußte darüber, wie es ist, wenn man um fünf Uhr früh von einem schreienden Kind aus dem Schlaf gerissen wird, oder wenn Stevie oder Georgie einem ins Gesicht pieken, nachdem man grade zwei Stunden geschlafen hat und einem jeder Knochen wehtut. Da konnte es schon passieren, daß sie oder Eddie mal zuschlugen. Immer dies gräßliche Aufstehenmüssen. Laura merkte, daß ihr beinah die Tränen kamen, und sie begann, dem Mann zuzuhören, der immer noch vom Fußball redete.

Er wollte sie nach Hause bringen, also ließ sie ihn. Sie war so beschwipst, daß sie seinen Arm auch ganz gut brauchen konnte. An der Haustür sagte sie dann, sie wohne bei ihrer Mutter, drum müsse sie alleine hochgehn. Er fing an frech zu werden, aber sie gab ihm einen Schubs und konnte die Haustür hinter sich zuschnappen lassen. Laura war noch nicht ganz im dritten Stock, als sie Schritte auf der Treppe hörte und dachte, der Kerl müsse irgendwie reingekommen sein, aber es war dann Eddie.

»Na, wie geht's 'n so?« sagte Eddie munter.

Die Kinder waren in den Kühlschrank eingefallen. Das taten sie ungefähr einmal im Monat. Eddie riß Georgie zurück und machte den Kühlschrank zu, dann rutschte er auf ein paar grünen Bohnen aus und wäre fast hingefallen.

»Herrgottnochmal, sieh dir das an, das *Gas!*« sagte Eddie.

Alle Gashähne waren aufgedreht, und als Laura das sah, roch sie das Gas, überall Gas. Eddie drehte die Hähne zu und machte ein Fenster auf.

Georgies Heulen steckte die andern an.

»Halt die Klappe, halt die Klappe!« brüllte Eddie. »Was is'n los, verdammt, haben sie Hunger? Hast du sie nicht gefüttert?«

»Natürlich hab ich sie gefüttert!« sagte Laura.

Eddie prallte gegen den Türrahmen, sackte, indem seine Füße seitwärts unter ihm wegrutschten, mit Zeitlupen-Komik zusammen und landete mit dem Hintern schwer auf dem Boden. Die vierjährige Helen lachte und klatschte. Stevie kicherte. Eddie verfluchte den gesamten Haushalt und schmiß seinen Pullover zum Sofa, aber daneben. Laura zündete sich eine Zigarette an. Sie war immer noch angesäuselt von ihren Whisky-sours, und sie genoß es.

Klirrend zersprang Glas auf dem Badezimmerboden, und sie zog lediglich die Augenbrauen hoch und inhalierte. Muß Francy hinlegen und anschnallen, dachte Laura und ging unsicher auf Francy zu, um es zu tun. Francy saß wie eine schmutzige Lumpenpuppe in einer Ecke. Ihr Kinderbett stand im Schlafzimmer, ebenso das Doppelbett, in dem die anderen drei Kinder schliefen. Das gottverdammte Schlafzimmer war wirklich ein Zimmer zum Schlafen, dachte Laura. Nichts wie Betten im ganzen Raum. Sie zog Francy an ihrem umgebundenen Lätzchen hoch, und genau in dem Augenblick machte Francy ihr Bäuerchen, und ein Schubs Geronnenes ergoß sich über Lauras Handgelenk.

»Uch!« Laura ließ das Kind fallen und schüttelte angeekelt die Hand.

Francy war mit dem Kopf auf den Boden geschlagen und gab nun einen langen Schrei von sich. Laura ließ am Ausguß Wasser über ihre Hand laufen, wobei sie Eddie zur Seite schubste, der bereits nackt bis zum Gürtel war und sich rasierte. Eddie rasierte sich abends, um morgens etwas länger schlafen zu können.

»Du bist besoffen«, sagte Eddie.

»Na und?« Laura ging zurück zu Francy und schüttelte sie, um sie abzustellen. »Sei still, um Himmels willen! Was heulst du überhaupt?«

»Gib ihr ein Aspirin. Und nimm du selber auch 'n paar«, sagte Eddie.

Laura sagte ihm, was er selber tun könne. Wenn Eddie heute nacht was von ihr wollte, konnte er sich einen abreißen. Sie würde wieder in die Kneipe gehen. Aber sicher. Der Laden hatte bis drei Uhr morgens auf. Laura merkte, daß sie Francy ein Kissen aufs Gesicht drückte, um mal für einen Augenblick Ruhe zu haben, und sie dachte wieder daran, was Mrs. Crabbe gesagt hatte: Francy sei zur Zielscheibe geworden – Zielscheibe? Zum Ventil für sie beide. Doch, das stimmte schon, sie schlugen Francy mehr als die andern, aber Francy schrie auch mehr. Laura ließ dem Gedanken die Tat folgen und gab Francy eine schallende Ohrfeige. So machte man's doch, wenn jemand einen hysterischen Anfall hatte, dachte sie. Francy verstummte auch, für zwei Schrecksekunden, und schrie dann um so lauter.

Die Leute unter ihnen klopften an die Decke. Laura

stellte sie sich mit einem Besenstiel vor. Trotzig stampfte sie dreimal auf den Fußboden.

»Hör mal, wenn du den Balg nicht sofort *ruhig* kriegst . . .« sagte Eddie.

Laura stand am Kleiderschrank und zog sich aus. Sie streifte ein Nachthemd über und stieß die Füße in ein Paar alte braune Mokassins, die sie als Hausschuhe benutzte. Im Klo hatte Eddie gerade das Glas zerbrochen, das sie beim Zähneputzen brauchten. Laura stieß ein paar Scherben mit dem Fuß beiseite, zu müde, das heute abend noch aufzukehren. Aspirin. Sie nahm ein Fläschchen herunter, und es rutschte ihr aus den Fingern, bevor sie den Deckel abschrauben konnte. Krach, und überall Tabletten auf dem Fußboden. Gelbe Tabletten. Das Nembutal. Zu dumm, aber das konnte sie alles morgen noch zusammenkehren. Die Tabletten behalten, nicht wegschmeißen. Laura nahm zwei Aspirin.

Eddie schrie, fuchtelte mit den Armen und scheuchte die Kinder zum anderen Doppelbett. Das war sonst Lauras Aufgabe, und sie wußte, daß Eddie das jetzt machte, weil er nicht wollte, daß sie die ganze Nacht in der Wohnung herumtobten und ihn störten.

»Und wenn ihr nicht allesamt im Bett bleibt, dann *knallt's*!«

Bum-bum-bum, klopfte es wieder von unten.

Laura fiel ins Bett und erwachte beim Klingeln des Weckers. Eddie stöhnte, kam langsam hoch und stand auf. Laura kostete die letzten paar Sekunden aus, bis sie das »Rums« hörte, mit dem Eddie den Kessel aufsetzte. Den Rest machte sie, Pulverkaffee, Orangensaft, Spie-

geleier mit Speck, warmen Haferbrei für die Kinder.
Sie ging in Gedanken den gestrigen Abend durch. Wieviel Whisky-sours? Fünf vielleicht, und nur ein Bier.
Und dann zwei Aspirin – das müßte gehn.

»He, was ist denn mit Georgie?« schrie Eddie. »He,
was is'n hier los im Klo?«

Laura kroch aus dem Bett. Sie erinnerte sich. »Ich
kehr's gleich zusammen.«

Georgie lag vor der Klotür auf dem Fußboden, und
Eddie stand über ihn gebeugt.

»Ist das nicht Nembutal?« sagte Eddie. »Georgie
muß welche davon gegessen haben! Und guck dir Helen
an!«

Helen lag im Badezimmer auf dem Boden, neben der
Dusche.

Eddie schüttelte Helen und schrie sie an, sie solle aufwachen. »Mein Gott, die sind ja völlig hinüber!« Er
schleifte Helen an einem Arm heraus, hob Georgie auf
und trug ihn zum Ausguß. Er hielt Georgie unter dem
Arm wie einen Sack Mehl, machte ein Geschirrtuch naß
und klatschte es ihm auf Gesicht und Kopf. »Meinst du,
wir sollen einen Arzt holen? Herrgott im Himmel, nu
beweg dich ein bißchen, ja! Gib mir Helen rüber.«

Laura tat es. Dann zog sie ein Kleid an. Die Hauslatschen behielt sie an. Sie mußte Weebler anrufen.
Nein, das Krankenhaus, das war näher. »Weißt du noch
die Nummer vom Saint Vincent?«

»Nein«, sagte Eddie. »Wie bringt man Kinder zum
Erbrechen? Überhaupt jeden zum Erbrechen? Senf,
nich'?«

146

»Ja, ich glaube.« Laura ging hinaus. Sie fühlte sich immer noch beschwipst, und fast wäre sie auf der Treppe ausgerutscht. Wär doch gut, dachte sie, als ihr einfiel, daß sie schwanger war, aber das klappte natürlich erst, wenn man schon ziemlich weit war.

Sie hatte keinen Dime bei sich, aber der Mann vom Zeitungsladen sagte, er vertraue ihr, und gab ihr einen Dime aus seiner eigenen Tasche. Er machte gerade auf, denn es war früh. Laura suchte sich die Nummer heraus und stellte dann in der Zelle fest, daß sie die Hälfte vergessen hatte. Sie würde sie nochmal raussuchen müssen. Der Mann vom Zeitungsladen beobachtete sie, weil sie gesagt hatte, es sei ein Notfall und sie müsse ein Krankenhaus anrufen. Laura nahm den Hörer ab und wählte, was sie von der Nummer noch wußte. Dann legte sie den rechten Zeigefinger auf den Haken (den der Mann nicht sehen konnte), weil sie wußte, daß es nicht die richtige Nummer war, doch da der Mann sie beobachtete, fing sie an zu sprechen. Der Dime rutschte in die Rückgabe, und sie ließ ihn liegen.

»Ja bitte. Ein Notfall.« Sie gab ihren Namen und die Adresse an. »Schlaftabletten. Wir werden wohl eine Magenpumpe brauchen . . . Danke. Wiedersehn.«

Dann ging sie wieder hoch in die Wohnung.

»Sie sind immer noch völlig weg«, sagte Eddie. »Wieviel Tabletten fehlen denn, was meinst du? Schau mal nach.«

Stevie schrie nach seinem Frühstück. Francy brüllte, weil sie immer noch in ihrem Gitterbett angeschnallt war.

Laura schaute auf den Fliesen im Badezimmer nach, aber sie konnte unmöglich schätzen, wieviel Tabletten fehlten. Zehn? Fünfzehn? Sie hatten einen Zuckerüberzug, deswegen hatten sie den Kindern geschmeckt. Sie fühlte sich leer, verängstigt und erschöpft. Eddie hatte den Kessel aufgesetzt, und sie tranken Pulverkaffee, im Stehen. Eddie sagte, Senf sei keiner da (Laura erinnerte sich, daß sie den Rest für all die Schinkenbrote aufgebraucht hatte), und jetzt versuchte er, Georgie und Helen etwas Kaffee einzuflößen, aber es schien nichts in sie hineinzugehen, und alles lief ihnen nur übers Gesicht.

»Kehr den Mist da weg, damit Stevie nicht auch noch was abkriegt«, sagte Eddie mit einer Kopfbewegung zum Klo. »Wann kommen die denn? Ich muß langsam los. Der Vorarbeiter is'n Scheißer, das hab ich dir schon erzählt, bei dem darf keiner zu spät kommen.« Er fluchte, als er seine Brotbüchse nahm und sah, daß sie leer war, und scheppernd landete sie im Ausguß.

Noch immer in Trance fütterte Laura Francy am Küchentisch (sie hatte schon wieder ein blaues Auge, wo zum Henker kam *das* denn her?), fing an, Stevie mit Cornflakes und Milch zu füttern (warmen Haferbrei wollte er nicht mehr), ließ Stevie dann alleine essen, worauf er prompt sein Schüsselchen auf die Wachstuchdecke kippte. Georgie und Helen schliefen noch auf dem Doppelbett, wo Eddie sie hingelegt hatte. *Na, die vom St. Vincent kommen ja*, dachte Laura. Aber sie kamen nicht. Sie drehte am kleinen Transistor, bis irgendeine Tanzmusik ertönte. Dann wechselte sie Francy die Windel. Deswegen hatte sie so gebrüllt, die Windel war naß.

Laura hatte von dem Geschrei heute morgen fast nichts gehört. Stevie war zu Georgie und Helen hinübergetapst und versuchte sie wachzustupsen. Im Klo kippte Laura den Kindertopf aus, wusch ihn aus, kehrte die Glasscherben und Tabletten zusammen und pickte die Tabletten aus dem Kehrblech. Sie legte die Tabletten auf eine freie Stelle auf einer der Glasplatten im Medizinschränkchen.

Um zehn ging Laura hinunter in den Zeitungsladen, gab dem Mann das Geld zurück und mußte die Nummer vom Krankenhaus noch einmal heraussuchen. Diesmal wählte sie richtig, bekam Verbindung, sagte, was los war, und fragte, warum noch niemand gekommen sei.

»Um sieben haben Sie angerufen? Komisch. Ich war doch hier. Wir schicken sofort einen Krankenwagen.«

Im Delikatessengeschäft kaufte Laura vier Liter Milch und andere Babynahrung und ging dann wieder nach oben. Sie fühlte sich ein bißchen weniger müde, aber nicht viel. Ob Georgie und Helen noch atmeten? Sie mochte überhaupt nicht hingehen und nachsehen. Sie hörte den Krankenwagen ankommen. Laura leerte gerade ihre dritte Tasse Kaffee. Sie warf einen Blick in den Spiegel, aber sich selber mochte sie auch nicht ansehen. Je aufgelöster sie aussah, um so besser vielleicht. Zwei Männer in Weiß kamen herauf und gingen sofort zu den beiden Kindern. Sie hatten Stethoskope. Sie murmelten, dann wurden sie lauter. Einer drehte sich um und fragte: »*Was* haben sie genommen?«

»Schlaftabletten. Sie haben das Nembutal erwischt.«

»Der hier ist ja kalt. Haben Sie das nicht gemerkt?«

Er meinte Georgie. Der eine wickelte die Kinder in Decken vom Bett ein, der andere bereitete eine Spritze vor. Er gab jedem Kind eine Spritze in den Arm.

»Vor zwei bis drei Stunden brauchen Sie uns nicht anzurufen«, sagte der eine.

Der andere sagte: »Laß, die steht noch unter Schock. Trinken Sie mal 'ne Tasse heißen Tee, junge Frau, und legen Sie sich hin.«

Sie eilten davon. Die Ambulanz heulte Richtung Krankenhaus.

Das Heulen wurde aufgenommen von Francy, die dastand, ihre dicken kleinen Beine nicht weiter auseinander als sonst, während Pipi aus dem Windelklumpen dazwischen tropfte. Alle Gummihöschen lagen noch dreckig in der Schüssel unter dem Ausguß, eine Arbeit, die Laura gestern abend hätte erledigen müssen. Sie ging zu Francy und gab ihr eine Ohrfeige, damit sie eine Minute lang mal still war, und Francy fiel um. Dann gab Laura ihr einen Tritt in den Bauch, etwas, was sie bislang noch nie getan hatte. Francy lag da, endlich mal still.

Mit großen Augen und offenem Mund starrte Stevie herüber, als wüßte er nicht, ob er lachen oder weinen sollte. Laura schleuderte die Schuhe von den Füßen und ging sich ein Bier holen. Natürlich war keins da. Laura kämmte sich und ging dann runter ins Delikatessengeschäft. Als sie zurückkam, saß Francy dort, wo sie vorher gelegen hatte, und war wieder am Schreien. Nochmal die Windel wechseln? Ihr ein dreckiges Gummihöschen drüberziehn? Laura machte ein Bier auf, trank etwas, dann wechselte sie die Windel, nur um irgendwas zu tun. Immer noch mit dem Bier neben sich, füllte sie den Ausguß mit Seifenwasser und steckte die sechs Gummihöschen hinein, ebenso zwei ausgespülte, aber schmutzige Windeln.

Um zwölf klingelte es, und es war Mrs. Crabbe, die verdammte Schnüffelnase, ungefähr so willkommen wie die Bullen.

Diesmal war Laura frech. Sie unterbrach die Ziege jedesmal, wenn sie etwas sagte. Mrs. Crabbe fragte, wie die Kinder denn an die Schlaftabletten gekommen seien. Und wann hatten sie sie gegessen?

»Ich möchte wissen, warum ein Mensch sich derartige Einmischungen gefallen lassen muß!« schrie Laura.

»Ist Ihnen klar, daß Ihr Sohn tot ist? Innere Blutungen von Glassplittern.«

Laura stieß einen von Eddies Lieblingsflüchen aus.

Da ging die alte Hexe, und Laura trank ihr Bier, drei Dosen. Sie hatte Durst. Als es wieder klingelte, reagierte sie nicht, aber dann wurde laut an die Tür geklopft. Nach ein paar Minuten war Laura das zu blöd, und sie ging aufmachen. Es war wieder die alte Crabbe, diesmal mit zwei Männern in Weiß, der eine hatte eine Tasche. Laura wehrte sich, aber sie verpaßten ihr eine Zwangsjacke. Sie brachten sie in ein anderes Krankenhaus, nicht ins St. Vincent. Da wurde sie von zwei Leuten festgehalten, während ein dritter ihr eine Spritze gab. Von der Spritze ging sie fast k.o., aber nicht ganz.

Und so kam sie einen Monat später zu ihrer Abtreibung. Das freudigste Ereignis, das ihr je widerfahren war.

Sie mußte in dem Laden – Bellevue – die ganze Zeit bleiben. Als sie den Seelenputzern erzählte, daß sie die Ehe satt habe, ihre Ehe, schienen sie ihr zu glauben und sie zu verstehen, doch schließlich gaben sie zu, daß ihre ganze Behandlung darauf angelegt sei, sie in diese Ehe zurückzuführen. Die drei Kinder – Helen war wieder gesund – waren in der Zwischenzeit in so einem kostenlosen Pflegeheim. Eddie war gekommen und hatte Laura besuchen wollen, aber sie wollte ihn nicht sehen, und gottlob hatte niemand sie gezwungen. Laura wollte eine Scheidung, aber sie wußte, daß Eddie nie einwilligen würde. Er war der Meinung, daß es Scheidungen ganz einfach nicht gab. Laura wollte frei sein, unabhängig und allein. Sie wollte auch die Kinder nicht sehen.

»Ich will ein neues Leben anfangen«, sagte sie zu den Psychiatern, die ebenso lästig geworden waren wie Mrs. Crabbe.

Die einzige Möglichkeit, aus dem Laden rauszukommen, war, ihnen was vorzumachen, merkte Laura, und so fing sie langsam an, sich gefügig zu zeigen. Sie dürfe gehen, sagten sie, aber nur, wenn sie zu Eddie zurückginge. Immerhin erreichte sie von einem Arzt eine schriftliche Erklärung – sie bestand darauf, es schriftlich zu bekommen –, die besagte, daß sie keine Kinder mehr haben dürfe, was praktisch hieß, daß sie das Recht hatte, die Pille zu nehmen.

Eddie gefiel das nicht, auch wenn es eine ärztliche Verordnung war. »Das is' doch keine Ehe«, sagte Eddie.

Eddie hatte eine Freundin gefunden, während Laura in Bellevue war, und manchmal kam er abends nicht nach Hause und ging dann von da zur Arbeit, wo er eben schlief. Laura nahm sich für einen Tag einen Detektiv und fand so den Namen und die Adresse der Frau heraus. Dann reichte Laura die Scheidung wegen Ehebruch ein, ohne Alimentsforderungen, richtig Women's Lib. Eddie bekam die Kinder, wogegen Laura nichts hatte, denn ihm lag mehr an den Kindern als ihr. Laura nahm eine Ganztagsstelle in einem Warenhaus an, was ein bißchen hart war, da sie so viele Stunden auf den Beinen sein mußte, aber alles in allem nicht so hart wie das, was sie hinter sich hatte. Sie war erst fünfundzwanzig und sah ganz gut aus, wenn sie sich die Zeit nahm, ihr Gesicht zurechtzumachen und sich hübsch zu kleiden. Und gute Aufstiegsmöglichkeiten gab es in ihrem Job auch.

»Ich fühl mich jetzt so friedlich«, sagte Laura zu einer neuen Freundin, der sie ihre Vergangenheit erzählt hatte. »Ich fühl mich anders, als hätt ich schon hundert Jahre gelebt, und dabei bin ich noch ganz schön jung ... Heiraten? Nein, nie wieder.«

Sie wachte auf und merkte, daß alles ein Traum gewesen war. Na ja, nicht *alles*. Das Erwachen ging langsam, nicht so plötzlich wie sonst, wenn man morgens die Augen aufmachte und sah, was man wirklich vor sich hatte. Der Arzt hatte ihr zwei Sorten von Tabletten verschrieben. Jetzt kam es ihr so vor, als seien das Schwindeltabletten gewesen, die bewirkten, daß die

153

Welt rosig aussah und daß sie selbst fröhlicher wurde – der Zweck des ganzen war, daß sie wieder zurück in den alten Pferch ging, wie ein betäubtes Schaf. Sie merkte, daß sie am Ausguß stand, in der Hudson Street, und ein Geschirrtuch in den Händen hatte. Es war Morgen. Zehn Uhr zweiundzwanzig nach der Uhr am Bett. Aber sie *war* doch in Bellevue gewesen, oder? Und Georgie war gestorben, denn jetzt waren in der Wohnung nur Stevie und Helen und Francy. Es war September, wie sie an der Zeitung sah, die auf dem Küchentisch lag. Und – wo war es? Das Stück Papier, das der Arzt unterschrieben hatte?

Wo bewahrte sie es auf, in ihrer Brieftasche? Sie sah nach, und da war es nicht. Sie machte den inneren Reißverschluß ihrer Handtasche auf. Auch da nicht. Aber sie hatte es gehabt. Oder? Einen Augenblick überlegte sie, ob sie schwanger sei, aber es war nichts zu sehen. Dann, wie gezogen von einer geheimnisvollen Kraft, einer hypnotischen Kraft, ging sie zu einem abgewetzten braunen Lederkästchen, in dem sie Halsketten und Armbänder verwahrte. In diesem Kasten lag ein altes, angelaufenes Zigarettenetui aus Silber, gerade groß genug für vier Zigaretten, und darin war ein zusammengefaltetes Stück Papier, frisch und weiß. Das war es. Sie hatte es.

Sie ging ins Badezimmer und blickte in das Medizinschränkchen. Wie sahen sie aus? Da war etwas, auf dem Ovral stand. Das mußte es sein, es klang irgendwie nach Ei. Nun, die nahm sie jedenfalls, das Fläschchen war halb leer. Und Eddie ärgerte sich. Sie erinnerte sich jetzt. Aber er mußte sich damit abfinden, da gab's nichts.

Doch seine Freundin hatte sie nicht mit einem Detektiv aufgespürt. Die Stelle in dem Warenhaus hatte sie nicht gehabt. Komisch – sie hatte alles so deutlich vor Augen, den Job, wie sie bunte Halstücher und Strumpfwaren verkaufte, sich schminkte, um toll auszusehen, und wie sie neue Freunde gewann. Hatte Eddie eine Freundin gehabt? Laura war sich einfach nicht sicher. Wie dem auch sei, mit der Pille mußte er sich jetzt abfinden, und das war wenigstens ein kleiner Triumph für sie. Aber der entschädigte sie nicht ganz für das, womit sie sich abfinden mußte. Francy schrie. Vielleicht war es Zeit, sie zu füttern.

Laura stand in der Küche, biß sich auf die Unterlippe, dachte, daß sie Francy jetzt füttern mußte – nach dem Essen war sie immer etwas ruhiger –, und dachte, sie würde anfangen müssen, ernsthaft nachzudenken, jetzt, da sie denken konnte, jetzt, da sie richtig wach war. Mein Gott, das Leben konnte doch nicht einfach immer so weitergehn, nicht? Den Job in dem Eßladen hatte sie bestimmt verloren, also würde sie sich einen neuen suchen müssen, denn mit Eddies Lohn alleine kamen sie nicht durch. *Francy füttern.*

Es klingelte an der Haustür. Laura zögerte kurz, dann drückte sie auf den Summer. Sie hatte keine Ahnung, wer es war.

Francy schrie.

»Ja doch, *ja*!« schnappte Laura und ging zum Kühlschrank.

Es klopfte an der Tür.

Laura machte auf. Es war Mrs. Crabbe.

Woodrow Wilsons Krawatte

Die roten und gelben Lichter an der Frontseite von
MADAME THIBAULTS WACHSFIGUREN-GRUSEL-
KABINETT tanzten und glitzerten, selbst am Tage. Zwi-
schen den roten Lichtern hüpften die gelben wie goldene
Bälle, zogen die Blicke auf sich und hielten sie fest.

Clive Wilkes fand das Kabinett ganz wunderbar, so-
wohl innen wie außen. Als Austräger für ein Feinkostgeschäft konnte er leicht mal behaupten, irgendein Bo-
tengang habe ihn länger aufgehalten als erwartet – er
hatte warten müssen, bis Mrs. X. nach Hause kam, weil
der Türhüter gesagt hatte, sie müsse jeden Augenblick
zurück sein, oder er hatte fünf Straßen weit gehen müssen, um Geld zu wechseln, weil Mrs. Zilch nur eine
Fünfzigdollarnote gehabt hatte. Solche abgeknapsten
Minuten beschaffte sich Clive ein- bis zweimal jede
Woche, und dann ging er in MADAME THIBAULTS WACHS-
FIGUREN-GRUSELKABINETT.

Drinnen mußte man zunächst einen dunklen Gang
passieren, um richtig in Stimmung zu kommen, und
dann stand man unmittelbar vor einer blutrünstigen
Mordszene: ein Mädchen mit langem Blondhaar stach
ein Messer in den Hals eines alten Mannes, der an einem
Küchentisch saß und sein Abendessen verzehrte. Das
Essen bestand aus Wachswürstchen und Wachssauer-
kraut. Es folgte die Entführung des Lindbergh-Babys:

der Entführer Hauptmann stieg die Leiter am Kinderzimmerfenster hinunter. Man sah den oberen Teil der Leiter vor dem Fenster und ebenso Hauptmanns obere Hälfte mit dem kleinen Jungen. Weiter war Marat im Bad, Charlotte nicht weit entfernt. Christie, der Frauen mit Strümpfen erdrosselte. Clive liebte sie alle, jede Szene; er wurde ihrer nie müde. Aber er betrachtete sie nicht mit den ernsten, leicht erschrockenen Augen anderer Zuschauer. Eher war ihm zum Lächeln, sogar zum Lachen zumute. Das war doch alles sehr lustig. Warum nicht lachen? Weiter hinten lagen die Folterkammern – eine alt, eine modern, sie sollte die Foltermethoden des zwanzigsten Jahrhunderts in Nazideutschland und in Französisch-Algerien zeigen. Madame Thibault – Clive argwöhnte immer, es gebe sie gar nicht – hielt ihr Kabinett auf dem laufenden. Natürlich waren die Kennedy-Morde zu sehen, Mansons Massaker an Sharon Tate und meistens auch noch irgendeine Mordtat, die sich erst vor vier Wochen irgendwo ereignet hatte.

Clives Ehrgeiz hinsichtlich MADAME THIBAULTS WACHSFIGUREN-GRUSELKABINETT war es zunächst, eine Nacht dort zu verbringen. Das gelang ihm eines Abends, vorsorglich mit einem Käsebrot in der Tasche. Es war nicht weiter schwer. Clive wußte, daß drei Leute in dem Museumsteil arbeiteten, in den Eingeweiden, wie er es bei sich nannte, obgleich das Museum auf Straßenhöhe lag. Ein weiterer Mann, mittleren Alters, dicklich, mit Schiffermütze, verkaufte vorn am Schalter die Eintrittskarten. Zwei Männer und eine Frau arbeiteten in den Eingeweiden. Die Frau, ebenfalls rundlich, etwa vierzig, mit braunen Locken und Brille, nahm am Ende des dunklen Ganges, wo das Museum anfing, die Eintrittskarten ab. Einer der Männer hielt immer lange Vorträge, aber kaum die Hälfte der Leute hörte überhaupt je zu. »Hier sehen Sie den fanatischen Ausdruck des wahren Mörders, dem Madame Thibault in der Wachskunst Leben verliehen hat . . . blah-blah-blah . . .« Der andere hatte schwarzes Haar und schwarz eingefaßte Brillengläser; er schlenderte immer bloß durch die Räume, vertrieb die Kinder, die über die Absperrseile zu klettern versuchten, achtete auf Taschendiebe, schützte vielleicht auch Frauen vor Belästigungen im Halbdunkel der Räume, das wußte Clive nicht genau.

Er wußte nur: es war ganz leicht, in eine dunkle Ecke zu schlüpfen oder in die Nische neben einer der Eisernen Jungfrauen – vielleicht sogar in eine Eiserne Jungfrau hinein, nur hatte er, obgleich er schlank war, Angst vor den eisernen Spitzen und ließ diesen Gedanken daher fallen. Er hatte beobachtet, daß man gegen Viertel nach neun begann, die Besucher sanft dem Ausgang zuzuschieben, denn um halb zehn wurde das Museum geschlossen. Und als er eines Abends so lange wie möglich trödelte, entdeckte er, daß es hinter der Tür in einer Ecke eine Art Garderobe für die Angestellten gab, von dort hörte man auch die Wasserspülung einer Toilette.

An einem Novemberabend versteckte sich Clive also im Schatten, der reichlich vorhanden war, und horchte, wie die drei Angestellten sich zum Gehen fertigmachten. Die Frau – sie hieß offenbar Mildred – wartete noch, um von Fred, dem Kartenverkäufer, das Geld in Empfang zu nehmen, es zu zählen und irgendwo in der Garderobe zu verwahren. Für das Geld interessierte sich Clive jetzt nicht, jedenfalls nicht sehr. Ihm ging es darum, hier im Kabinett zu übernachten und das dann erzählen zu können.

»'n Abend, Mildred. Bis morgen!« rief einer der Männer.

»Ist noch was? Ich möchte gehen«, sagte Mildred. »Menschenskind, bin ich müde! Aber den Drachenmann im Fernsehen laß ich mir doch nicht entgehen.«

»Drachenmann«, wiederholte der andere, gleichgültig.

Fred verließ das Haus anscheinend durch die Vordertür, nachdem er die Geldkassette abgegeben hatte. Clive entsann sich auch, daß er einmal gesehen hatte, wie der Mann innen an der Eingangstür die Lichter ausschaltete und dann die Tür zumachte und abschloß.

Clive stand in einer Nische neben der Eisernen Jungfrau. Er hörte, wie die Hintertür abgeschlossen und der Schlüssel umgedreht wurde. Einen Augenblick wartete er noch, es war herrlich still, er war allein, angespannt – dann wagte er sich heraus. Zuerst ging er auf Zehenspitzen in den Raum, wo die Mäntel aufbewahrt wurden, denn den kannte er noch nicht. Er hatte Streichhölzer mitgebracht (Zigaretten ebenfalls, obgleich Rauchen verboten war, das stand auf mehreren Schildern), und mit Hilfe eines Streichholzes fand er den Lichtschalter. In dem Raum stand ein alter Schreibtisch, ferner vier oder fünf Metallspinde, ein Papierkorb aus Blech, ein Schirmständer, und an einer unsauberen, ehemals weißen Wand hing ein Bücherbord mit ein paar Büchern. Als Clive die Schubladen aufzog, fand er das abgenutzte Holzkästchen, das der Kartenverkäufer einmal, als Clive ihn beobachtete, durch die Vordertür ins Haus getragen hatte. Das Kästchen war verschlossen. Er hätte es einfach mitnehmen und damit verschwinden können, dachte er, aber der Sinn stand ihm nicht danach, und er fand das eigentlich recht anständig. Er wischte mit der Handkante über das Kästchen und vergaß auch den Boden nicht, wo er es mit den Fingerspitzen berührt hatte. Sehr komisch eigentlich: etwas abzuwischen, das er gar nicht gestohlen hatte.

So: und jetzt wollte er die Nacht hier genießen. Er fand die Schalter und drehte die Lichter an. Jetzt waren alle Nischen mit den blutrünstigen Darstellungen richtig erleuchtet. Er hatte Hunger, biß von seinem Käsebrot ab und steckte es mit der Papierserviette wieder in die Tasche. Langsam schob er sich an John F. Kennedys Mordszene vorbei – Robert, Jackie, mehrere Ärzte, die sich besorgt über den weißen Tisch mit dem Präsidenten beugten, während Ströme von Blut auf den Fußboden rannen. Über Hauptmanns Abstieg auf der Leiter mußte Clive heute lachen. Der kleine Charles Lindbergh sah so heiter aus, als säße er in seinem Kinderzimmer auf dem Fußboden und spiele mit Bauklötzen. Clive schwang sich über die Absperrung und kletterte mitten in den Schauplatz der Judd-Snyder-Bluttat hinein. Er schauerte zusammen, als er jetzt richtig *bei* ihnen stand, wenige Zentimeter nur von dem Liebhaber, der den Ehemann von hinten erwürgte. Clive streckte die Hand aus und berührte die rote Blutfarbe, die aus dem Hals austrat, wo der Draht ihn zusammendrückte. Auch die kühlen Wangen des Opfers faßte Clive an. Die hervorquellenden Augäpfel waren aus Glas – er fand sie irgendwie ekelhaft und berührte sie nicht.

Zwei Stunden später sang er Kirchenlieder: ›Näher, mein Gott, zu dir‹ und ›Christus braucht mich‹. Alle Verse kannte er nicht. Er rauchte.

Um zwei Uhr morgens langweilte er sich und versuchte, durch die Vorder- oder Hintertür nach draußen zu kommen, vergeblich. Nirgends war ein zweiter Schlüssel zu finden. Zwischen hier und zu Hause gab es ein Lokal, das die ganze Nacht geöffnet war, da hatte er einen Hamburger essen wollen. Aber die Einkerkerung machte ihm weiter nichts aus, er aß das trocken gewordene Käsebrot auf, ging auf die Toilette und schlief eine Weile auf drei Stühlen, die er nebeneinander aufstellte. Es war sehr unbequem: er wußte, er würde bald aufwachen, und das geschah auch um fünf Uhr. Er wusch sich das Gesicht und machte noch einmal die Runde bei den Wachsfiguren. Diesmal nahm er ein Souvenir mit: Woodrow Wilsons Krawatte.

Als es auf neun Uhr zuging – MADAME THIBAULTS WACHSFIGUREN-GRUSELKABINETT öffnete um halb zehn –, fand Clive ein sehr gutes Versteck hinter einem der Ausstellungsstücke, dessen Rückseite von einem schwarzgoldenen chinesischen Wandschirm gebildet wurde. Vor dem Wandschirm stand ein Bett, und in dem Bett lag ein wächserner Mann mit Backenbart, den seine Frau vergiftet haben sollte.

Kurz nach halb zehn erschienen die ersten Besucher, und der ernste hochgewachsene Mann begann mit seinem langweiligen Vortrag. Clive mußte bis kurz nach zehn warten, bis er sich sicher genug fühlte, um sich unter die Menge zu mischen und das Haus zu verlassen. Woodrow Wilsons Krawatte hatte er zusammengerollt und in die Tasche gesteckt. Er war etwas müde, aber sehr glücklich. Nur: wem sollte er es jetzt eigentlich erzählen? Joey Vrasky, dem blonden Lümmel hinter dem Ladentisch von Simmons' Feinkostgeschäft? Hach – das lohnte doch gar nicht, so eine gute Story hatte der nicht verdient. Clive kam eine halbe Stunde zu spät zur Arbeit.

»Bitte entschuldigen Sie, Mr. Simmons, ich hab verschlafen«, sagte er eilig, aber wie er meinte ganz höflich, als er den Laden betrat. Eine Sendung zum Austragen wartete schon; Clive nahm sein Fahrrad und stellte den Karton vor den Lenker auf eine kleine Plattform mit erhöhtem Rand, der die Sachen vor dem Herunterfallen schützte.

Clive wohnte bei seiner Mutter, einer dünnen nervösen Frau; sie war Verkäuferin in einem Geschäft für Strümpfe und Miederwaren. Ihr Mann hatte sie verlassen, als Clive fünf war. Andere Kinder hatte sie nicht. Zum großen Bedauern seiner Mutter hatte Clive die Oberschule ein Jahr vor dem Abschluß verlassen, und ein Jahr lang hatte er immer nur zu Hause herumgelungert oder hatte mit seinen Freunden an den Straßenecken gestanden. Nur war er eigentlich mit keinem richtig befreundet, und seine Mutter war dankbar dafür, weil sie nichts von ihnen hielt. Die Stellung bei Simmons hatte er jetzt seit fast einem Jahr, und seine Mutter war der Ansicht, er werde nun wohl vernünftig.

Clive hatte sich, als er an diesem Abend um halb sieben nach Hause kam, für seine Mutter eine Geschichte zurechtgelegt. Er hatte gestern abend seinen alten Freund Ritchie getroffen, der in der Army war, aber im Augenblick zu Hause auf Urlaub, und Ritchie hatte ihn mitgenommen, sie hatten so viel zu reden gehabt, daß es spät geworden war und Ritchies Eltern ihn zum Übernachten eingeladen hatten, und er hatte auf der Couch geschlafen. Seine Mutter akzeptierte diese Erklärung. Sie machte das Abendessen: Bohnen, Speck und Eier.

Im Grunde gab es niemand, dem er gern von dem Abenteuer der letzten Nacht erzählt hätte. Der Gedanke, daß ihn etwa einer ansah und sagte: »Ja – na und?«, war ihm unerträglich; schließlich war es eine Tat gewesen, die Überlegung und auch etwas Verwegenheit erfordert hatte. Woodrow Wilsons Krawatte schob er zwischen die andern, die über einem Bindfaden innen an seiner Kleiderschranktür hingen. Es war eine graue Seidenkrawatte, teuer und konservativ. Ein paarmal malte er sich aus, wie die beiden Männer oder auch die Frau, die Mildred hieß, einen Blick auf Woodrow Wilson warfen und verblüfft ausriefen:

»Mensch – was ist denn mit Woodrow Wilsons Krawatte passiert?«

Und jedesmal, wenn er daran dachte, mußte er den Kopf senken, damit niemand sein Grinsen sah.

Aber nach vierundzwanzig Stunden verlor das Abenteuer allmählich an Reiz und Spannung. Die Spannung stieg erst wieder – und das war täglich zwei- oder dreimal möglich –, wenn er an der Glitzerfassade von MADAME THIBAULTS WACHSFIGUREN-GRUSELKABINETT vorbeiradelte. Dann tat sein Herz einen Sprung, der Puls ging schneller, er dachte an all die reglosen Mordtaten da drinnen und an die dummen Gesichter von Mr. und Mrs. Jedermann, die sie anstarrten. Aber Clive ging nicht mal hin und kaufte eine Eintrittskarte zu fünfundsechzig Cents, um Woodrow Wilson zu betrachten und zu sehen, daß die Krawatte weg war und man den Kragenknopf sah – sein Werk.

Eines Nachmittags fiel Clive etwas anderes ein: eine großartige Idee, die dem Publikum Eindruck machen würde. Clives Rippen bebten vor unterdrücktem Lachen, als er nach der Ablieferung einer Sendung ins Geschäft zurückradelte.

Wann sollte er es tun? – Heute nacht? Nein, lieber noch einen oder zwei Tage warten und in Ruhe planen. Hierzu brauchte man Köpfchen. Und Schweigen. Und eine sichere Hand. Drei Dinge, die Clive bewunderte. Er verbrachte zwei Tage mit Überlegen. Er ging in die nächste Snackbar, trank Coca Cola und Bier, amüsierte sich mit seinen Freunden an den Spielautomaten. Die Automaten hatten ebenfalls glitzernde Leuchtschriften – HIER KANN MEHR ALS EINER SPIELEN und WETTSTREIT MACHT SPASS –, aber Clive dachte immer nur an MADAME THIBAULTS GRUSELKABINETT, während er die hüpfenden Kugeln anstarrte, deren Endergebnisse ihn gar

164

nicht kümmerten. Ebenso ging es ihm, wenn er an der regenbogenbunten Jukebox mit den blau-rot-gelben Wellen stand und eine Münze hineinwarf. Er dachte nur noch an das, was er sich für MADAME THIBAULTS WACHSFIGUREN-GRUSELKABINETT vorgenommen hatte.

Am zweiten Abend, nach dem Essen mit seiner Mutter, ging Clive hin und erstand eine Eintrittskarte. Der Mann, der die Karten verkaufte, sah die Besucher kaum an, er hatte genug zu tun mit dem Geldwechsel und Kartenabreißen. Um so besser. Um neun ging Clive hinein.

Er betrachtete die verschiedenen Bilder. So interessant wie sonst fand er sie heute nicht. Woodrow Wilson war immer noch ohne Krawatte – offenbar hatte es noch kein Mensch gemerkt. Clive mußte richtig lachen, er hielt sich die Hand vor den Mund, um es zu verbergen. Clive wußte, daß der Aufpasser mit dem ernsten Gesicht – der herumlungernde Schnüffler – an dem Abend, als Clive hier übernachtet hatte, zuletzt gegangen war; er hatte also vermutlich die Schlüssel und mußte als letzter umgebracht werden.

Zuerst kam die Frau dran. Wieder versteckte sich Clive neben der Eisernen Jungfrau, während der Besucherstrom langsam versickerte, und als Mildred in Hut und Mantel an ihm vorbei und auf die Hintertür zuging, trat Clive lautlos vor und schlang ihr von hinten einen Arm um den Hals.

Sie gab nur ein schwaches »Urr-kkk« von sich.

Clive drückte ihr mit den Händen die Kehle zu; die Stimme erstarb. Schließlich sackte sie um, und Clive schleppte sie in eine dunkle Ecke, die – wenn man vor dem Garderobenraum stand – links lag. Er stieß dabei einen leeren Pappkarton um, aber es war nicht so laut, daß die beiden anderen Männer aufmerksam wurden.

»Mildred ist wohl schon weg?« fragte der eine.

»Vielleicht ist sie noch im Büro.«

»Nein, da ist sie nicht.« Die Stimme kam schon aus dem Gang, wo Clive über Mildred hockte. Der Mann hatte einen Blick in den leeren Garderobenraum geworfen, in dem noch Licht brannte. »Sie ist fort. Na, ich geh dann auch.«

Clive trat einen Schritt vor und schlang ihm ebenfalls einen Arm um den Hals. Diesmal war es schwieriger, denn der Mann wehrte sich, aber Clives Arm war dünn und kräftig, er drückte schnell zu und schlug den Kopf des Mannes hart gegen die Wand.

»Was ist da los?« Bei dem dumpfen Ton kam der zweite Mann herbei.

Diesmal wollte Clive einen Kinnhaken schlagen, doch er verfehlte das Kinn und traf den Hals. Der Mann – es war der ernste, der Schnüffler – war jedoch so betäubt, daß der zweite Schlag leichter war, und dann packte ihn Clive vorn am Hemd und krachte seinen Kopf gegen die Wand, die härter war als der Holzfußboden. Er vergewisserte sich dann, daß alle drei tot waren. Die Köpfe der Männer bluteten. Bei der Frau trat etwas Blut aus dem Mund. Clive suchte in der Tasche des zweiten Mannes nach den Schlüsseln und fand sie, zusammen mit einem Taschenmesser, in der linken Hosentasche. Er nahm auch das Taschenmesser an sich.

Jetzt regte sich der größere Mann. Clive erschrak, er klappte das Taschenmesser mit dem Perlmuttergriff auf und stieß es dem Mann drei-, viermal in die Kehle.

Gerade noch! dachte Clive. Noch einmal sah er nach, ob alle tot waren. Ja, ganz eindeutig, ganz eindeutig floß da echtes Blut, und nicht die rote Farbe von MADAME THIBAULTS WACHSFIGUREN-GRUSELKABINETT. Clive schaltete überall die Beleuchtung ein und ging in den Ausstellungsraum. Eine interessante Aufgabe lag noch vor ihm: er mußte jeweils den richtigen Platz für die Leichen finden.

Die Frau gehörte in Marats Badewanne, das stand fest, und Clive überlegte, ob er sie ausziehen sollte, entschloß sich aber dagegen: mit ihrem pelzbesetzten Mantel und Hut würde sie in der Badewanne viel komischer aussehen, als wenn sie nackt wäre. Die Figur des Marat brachte ihn zum Lachen. Er hatte Stöcke anstelle der Beine erwartet, und nichts zwischen den Beinen, denn es war sowieso nur die obere Körperhälfte sichtbar. Marat hatte aber überhaupt keine Beine, der Wachskörper endete unterhalb der Gürtellinie in einem breiten Stumpf, der auf einer hölzernen Plattform stand, damit er nicht umfiel. Clive trug dieses kuriose Stück in den Garderobenraum und setzte es mit einem Ruck mitten auf die Schreibtischplatte, wie einen Buddha. Dann schleppte er Mildred – die allerhand wog – auf die Marat-Szene und stopfte sie in die Badewanne. Sie verlor dabei ihren Hut, er setzte ihn ihr wieder auf, etwas schief über einem Auge. Der blutende Mund hing offen.

Mensch, war das komisch!

So, jetzt kamen die Männer dran. Der mit der durchstochenen Kehle paßte natürlich großartig auf den Platz des alten Mannes mit dem Würstchen-und-Sauerkraut-Essen, denn das Mädchen hinter ihm war ja auch gerade dabei, ihm ein Messer in den Hals zu rammen. Für diese Arbeit brauchte Clive etwa fünfzehn Minuten. Da die Wachsfigur des alten Mannes in Sitzhaltung dargestellt war, setzte Clive ihn auf die Toilette hinter dem Garderobenzimmer. Es war sehr komisch, wie der Alte da auf dem Toilettebecken hockte, mit blutender Kehle, ein Messer in der einen, die Gabel in der anderen Hand – er schien auf etwas zu essen zu warten. Clive lehnte sich gegen den Türrahmen und lachte schallend, ohne Rücksicht darauf, ob jemand ihn hörte: es war so wahnsinnig komisch, daß es beinahe lohnte, dafür erwischt zu werden.

Der nächste war der kleine Schnüffler. Clive blickte sich um, und sein Auge fiel auf die Szene mit Woodrow Wilson: die Unterzeichnung des Waffenstillstands im Jahre 1918. Der wächserne Woodrow Wilson saß an einem riesigen Schreibtisch und unterschrieb ein Dokument. Das war genau der richtige Platz für einen Mann mit gespaltenem und blutendem Schädel. Mit einiger Mühe nahm Clive der Wachsfigur den Federhalter ab, legte ihn auf den Schreibtisch und trug die Figur – sie wogen alle nicht sehr viel – in den Garderobenraum. Dort setzte ihn Clive an den Tisch, die steifen Arme in Schreibhaltung, und schob einen Kugelschreiber in die rechte Hand. Und nun kam der letzte Schub. Clive sah, daß seine Jacke jetzt überall Blutflecken aufwies. Die

Jacke mußte er loswerden; auf der Hose war noch kein Blut zu sehen.

Clive schleppte den zweiten Mann auf Woodrow Wilsons Szene, hievte ihn auf die Plattform und rollte ihn bis zum Schreibtisch. Noch immer rann Blut aus dem Kopf. Clive hob ihn auf den Stuhl, aber der Kopf sackte nach vorn auf die grüne Löschblattunterlage und die imitierten leeren Bogen, und der Federhalter wollte sich in der schlaffen Hand kaum halten.

Immerhin: es war geschafft. Clive trat einen Schritt zurück und lächelte, und dann horchte er. Er ruhte sich auf einem Stuhl ein paar Minuten aus, weil er merkte, wie schnell sein Herz schlug, und weil ihm plötzlich bewußt wurde, daß jeder Muskel seines Körpers müde war. Ah was – jetzt hatte er die Schlüssel: er konnte hinaus, nach Hause gehen, sich richtig ausschlafen, denn morgen wollte er frisch sein und den Tag genießen. Er trat zu einem Wachsmann in einer Blockhütte und zog ihm den Pullover aus: er mußte ihn über die Füße ziehen, weil sich die Arme nicht biegen ließen. Der Halsteil des Pullovers dehnte sich, aber das ließ sich nicht ändern. Jetzt saß die Wachsfigur da, vorn mit einem Chemisett wie ein Lätzchen, mit nackten Armen und nackter Brust.

Clive knüllte seine Jacke zusammen, ging überall damit herum und entfernte Fingerabdrücke, wo er glaubte, etwas berührt zu haben. Er schaltete die Lichter aus und ging vorsichtig zur Hintertür, die nicht verschlossen war. Er schloß sie hinter sich ab und hätte die Schlüssel in den Briefkasten geworfen, wenn einer dagewesen wäre; es war aber keiner da, und so ließ er sie auf der

Türschwelle liegen. Aus einem Drahtpapierkorb fischte er eine alte Zeitung, wickelte seine Jacke darin ein und ging weiter, bis er einen zweiten Drahtkorb fand und das Bündel unter Bonbonpapier und Bierdosen hineinstopfte.

»Neuer Pullover?« fragte abends seine Mutter.

»Hat mir Ritchie geschenkt – soll Glück bringen.«

Clive schlief wie ein Toter, sogar zum Lachen zu müde, als er an den alten Mann dachte, der auf der Toilette saß.

Am nächsten Morgen stand Clive auf der anderen Straßenseite, als eben vor neun Uhr dreißig der Kartenverkäufer erschien. Bis neun Uhr fünfunddreißig waren erst drei Leute hineingegangen (Fred hatte offenbar einen Schlüssel für die Eingangstür für den Fall, daß die Kollegen sich mal verspäteten), aber Clive könnte nicht länger warten, er ging hinüber und erstand eine Karte. Der Kartenverkäufer mußte jetzt auch für den anderen einspringen, der sonst die Karten in Empfang nahm; er rief den Leuten zu: »Gehen Sie nur rein. Heute kommen alle zu spät.« Der Kartenmann trat innen an die Tür, um Licht zu machen, dann schritt er ganz nach hinten und schaltete die Szenenbeleuchtung ein, deren Schalter in dem Vorraum angebracht waren, durch den man in die Garderobe kam. Und was Clive, der hinter ihm ging, so komisch fand, war die Tatsache, daß dem Mann überhaupt nichts Ungewöhnliches auffiel – Mildred, die in Hut und Mantel in Marats Badewanne saß, die sah er gar nicht.

An Besuchern waren bis jetzt ein Mann und eine Frau

erschienen, ferner ein etwa vierzehnjähriger Junge in Turnschuhen und ein einzelner Mann. Mit ausdruckslosen Gesichtern betrachteten sie Mildred in der Badewanne, es war für sie offenbar etwas ganz Normales. Clive hätte sich ausschütten können vor Lachen, nur schlug sein Herz wie ein Hammer, er konnte vor Anspannung kaum atmen. Auch der Mann vor dem Teller mit Würstchen und Sauerkraut löste keine Überraschung aus. Clive war etwas enttäuscht.

Jetzt kamen noch zwei Besucher, ein Mann und eine Frau.

Zu einer Reaktion kam es dann endlich bei der Woodrow-Wilson-Szene. Eine der Frauen, die ihren Mann eingehakt hatte, fragte:

»Ist denn damals jemand erschossen worden, bei der Unterzeichnung des Waffenstillstands?«

»Ich weiß nicht – nein, ich *glaube* nicht«, erwiderte der Mann etwas unsicher. »Jaaa – laß mich mal überlegen –«

Clives Lachen drückte ihm die Brust zusammen, er drehte sich auf dem Absatz, um nicht herauszuplatzen, und er hatte das Gefühl, er wisse alles über die Geschichte und keiner sonst habe eine Ahnung. Das echte Blut hatte jetzt natürlich eine dunkelrote Färbung angenommen. Der grüne Löscher war nun dunkelrot. Auch seitlich am Schreibtisch war eine Blutbahn zu sehen.

Eine Frau auf der anderen Seite der Halle, wo Mildred war, stieß einen Schrei aus.

Ein Mann lachte, aber nur kurz.

Und dann geschah alles auf einmal. Eine Frau kreischte auf, und gleichzeitig schrie ein Mann: »Mein Gott, das ist ja *echt*!«

Clive sah, wie ein Mann hinaufkletterte und die Leiche untersuchte, deren Gesicht in den Würstchenteller heruntergesackt war.

»Das Blut ist echt! Das hier ist ein *Toter*!«

Ein anderer Mann – einer aus dem Publikum – fiel langsam zu Boden. Ohnmächtig!

Der Kartenverkäufer kam herbeigeeilt. »Was ist denn los hier?«

»Zwei Leichen! *Richtige* Tote!«

Jetzt blickte der Kartenverkäufer zu Marats Badewanne hinüber und tat fast einen Luftsprung vor Schreck. »Herrgott nochmal! *Verdammt – Mildred*!«

»Und hier – dieser!«

»Hier ist noch einer!«

»Mein Gott, ich muß – ich muß die Polizei rufen«, sagte Fred. »Würden Sie bitte alle hinausgehen?«

Ein Mann und eine Frau gingen eilig hinaus. Die anderen zögerten noch, gebannt und entsetzt.

Fred war in den Garderobenraum gegangen, wo das Telefon stand, und Clive hörte, wie er aufschrie. Er hatte also Woodrow Wilson am Schreibtisch entdeckt, und Marat oben auf der Platte.

Clive hielt es für richtig, jetzt zu gehen, und so schob er sich langsam durch vier oder fünf Leute, die gaffend an der Tür standen und näherkamen, weil kein Kartenverkäufer sie aufhielt.

Das war gut, dachte Clive. So war es richtig. Gar nicht schlecht.

Er hatte heute gar nicht zur Arbeit gehen wollen, aber auf einmal hielt er es für besser, doch hinzugehen und um einen freien Tag zu bitten. Natürlich war Mr. Simmons so sauer wie jedesmal, wenn Clive behauptete, er fühle sich nicht wohl, aber da Clive sich den Magen hielt und unpäßlich aussah, konnte der alte Mr. Simmons nicht viel machen. Clive verließ das Geschäft. Was er an Geld zur Hand hatte, etwa dreiundzwanzig Dollar, trug er bei sich.

Clive wollte irgendwohin fahren – eine möglichst lange Fahrt mit dem Autobus. Er wußte, man würde ihn sicher verdächtigen, wenn sich der Kartenverkäufer daran erinnerte, daß er häufig zu MADAME THIBAULT kam, vor allem wenn er noch wußte, daß Clive auch gestern abend dagewesen war. Aber mit der Lust auf eine Autobusfahrt hatte das wenig zu tun. Der Wunsch nach einer Busfahrt war irgendwie zwecklos und unwiderstehlich. Er kaufte ein Ticket – nur die Hinfahrt – für eine Fahrt nach Westen und bezahlte etwas mehr als sieben Dollar. Damit kam er gegen sieben Uhr abends in eine mittelgroße Stadt in Indiana. Auf den Namen achtete er nicht.

Außer Clive stiegen noch mehrere Fahrgäste an der Endstation aus, wo es eine Cafeteria und eine Bar gab. Clive war jetzt gespannt auf die Zeitungen und ging sofort hinüber zu dem Kiosk nahe der Eingangstür der Cafeteria. Da sah er sie:

DREIFACHER MORD IM WACHSFIGURENKABINETT
MASSENMORD IM WACHSFIGURENMUSEUM

RÄTSELHAFTER KILLER: DREI TOTE IM WACHSFIGURENMUSEUM.

Die letzte Schlagzeile gefiel ihm am besten. Er kaufte alle drei Zeitungen und stellte sich mit einem Bier an die Bar.

Mit drei Ermordeten sahen sich heute morgen um 9.30 Uhr der Kartenverkäufer Fred J. Keating und mehrere Besucher von Madame Thibaults Wachsfigurenkabinett konfrontiert. Die Toten waren Mrs. Mildred Veery (41), George P. Hartley (43) und Richard K. MacFadden (37), sämtlich Angestellte des Etablissements. Die Todesursache der beiden Männer war Schädelbruch, der eine war außerdem erstochen und die Frau erdrosselt worden. Die Polizei sucht am Tatort nach Spuren. Das Verbrechen wurde wahrscheinlich gestern abend kurz vor 22 Uhr begangen, als die drei Opfer im Begriff waren, das Museum zu verlassen. Der (oder die) Täter kann zu den letzten Besuchern gehört haben, bevor das Museum um 21.30 Uhr geschlossen wurde. Man nimmt an, daß er sich irgendwo versteckt hielt, bis die letzten Besucher gegangen waren . . .

Der Bericht gefiel Clive sehr. Zufrieden lächelnd trank er sein Bier. Er stand über seine Zeitungen gebeugt, als wolle er niemand an seiner Freude teilhaben lassen, doch so war es nicht. Nach ein paar Minuten blickte er nach rechts und links, um zu sehen, ob von den Männern und den wenigen Frauen an der Bar noch jemand in die Story vertieft war. Zwei Männer lasen Zeitungen, aber Clive konnte nicht sehen, was sie gerade lasen, denn die Zeitungen waren zusammengefaltet. Clive zündete sich eine Zigarette an und sah seine drei Zeitungen durch, um festzustellen, ob man schon irgendeine Spur von ihm hatte. Er fand nichts. In dem einen Blatt hieß es ausdrücklich, Fred J. Keating habe gestern abend unter den Besuchern niemand gesehen, der irgendwie verdächtig aussah.

... Wegen der absonderlichen Anordnung der Opfer und der aus den Szenenbildern entfernten Wachsfiguren nimmt die Polizei an, daß es sich um einen psychopathischen Killer handelt. Die Einwohner der Gegend wurden über Rundfunk und Fernsehen zu besonderer Vorsicht auf den Straßen ermahnt und aufgefordert, die Haustüren stets abzuschließen ...

Clive lachte in sich hinein. Psychopathischer Killer. Schade, daß sie gar keine Einzelheiten gebracht hatten, und es fehlte auch jedes bißchen Humor in den drei Artikeln. Sie hätten doch was schreiben können über den Alten auf der Toilette oder über den Mann, der mit eingeschlagenem Kopf den Waffenstillstand unterzeichnete. Geniestreiche waren das. Wieso wußte keiner sowas zu schätzen?

Clive hatte sein Bier ausgetrunken und trat hinaus auf den Gehweg. Es war jetzt dunkel, die Straßenlaternen brannten; und es machte ihm Spaß, in der neuen

Stadt herumzubummeln und Schaufenster zu betrachten. Was er jetzt suchte, war ein Hamburger-Lokal, und er ging gleich hinein, als er eins fand. Es war hergerichtet wie ein eleganter chromglänzender Schnellzug. Clive bestellte zwei Hamburger und eine Tasse Kaffee. Neben ihm saßen zwei Männer, Westerner, mit Cowboystiefeln und ziemlich unsauberen breitrandigen Hüten. Ob der eine ein Sheriff war? Sie unterhielten sich, mit schleppendem Ton, über Grundstücksgrößen, Land, Geld. Sie hockten über ihren Hamburgern und ihrem Kaffee, einer saß so nahe, daß sein Ellbogen immer wieder Clives Ellbogen streifte. Clive las seine Zeitungen alle noch einmal; eine hatte er vor sich gegen den Serviettenhalter gelehnt.

Der eine Mann wollte eine Serviette haben; er störte Clive, aber Clive lächelte und fragte freundlich:

»Haben Sie das gelesen – die Morde in dem Wachsfigurenkabinett?«

Der Mann sah ihn verständnislos an und sagte dann: »Ja, die Überschriften.«

»Da hat einer drei Menschen umgebracht, die da angestellt waren. Sehen Sie.« Die eine Zeitung hatte ein Foto gebracht, das Clive aber nicht gefiel – es zeigte die drei Leichen nebeneinander auf dem Fußboden. Mildred in der Badewanne wäre ihm lieber gewesen.

»Mm. Ja«, sagte der Mann und rückte etwas von Clive weg, als könne er ihn nicht leiden.

»Die Toten wurden in die Szenenbilder gesteckt. Genau wie die Wachsfiguren. Das steht hier, aber sie haben kein Bild davon gebracht«, sagte Clive.

»Ja-ha«, sagte der Mann und machte sich wieder an seine Hamburger.

Clive war enttäuscht und irgendwie gekränkt. Er starrte wieder auf seine Zeitungen, und sein Gesicht wurde warm. Erbitterung stieg ganz schnell in ihm auf und ließ sein Herz lauter schlagen, wie jedesmal, wenn er an Madame Thibaults Wachsfiguren-Grusel-kabinett vorbeikam, nur war das Gefühl jetzt keineswegs angenehm. Aber er setzte ein Lächeln auf und wandte sich noch einmal an den Mann, der links von ihm saß. »Ich wollt's nur sagen, weil ich das nämlich getan habe. Das ist meine Arbeit, das da.« Er zeigte auf das Foto mit den Leichen.

»Hör mal zu, mein Junge«, sagte der Westerner kauend, »bleib du mal schön für dich, verstanden? Wir lassen dich in Ruhe, und du läßt uns in Ruhe. Okay?« Er lachte kurz und warf einen Blick auf seinen Freund.

Der Freund starrte Clive an, blickte aber sofort weg, als Clive ihn ansah.

Eine doppelte Abfuhr: das reichte Clive. Er langte in die Tasche und legte eine Dollarnote und fünfzig Cents auf den Tisch. Den Rest seines Essens ließ er stehen, auch das Wechselgeld ließ er zurück und ging zur Drehtür am Ausgang.

»Mensch, vielleicht war das gar kein Quatsch, was der gesagt hat«, hörte Clive den einen der Männer sagen.

Clive wandte sich um und sagte: »Was *ich* gesagt habe, ist bestimmt kein Quatsch.« Dann ging er hinaus in die Nacht.

Clive übernachtete im Christlichen Verein Junger

Männer. Am nächsten Tag war er darauf gefaßt, von irgendeinem Streifenpolizisten, der ihm begegnete, verhaftet zu werden; aber das geschah nicht, obgleich er mehrere traf. Er fuhr per Anhalter in eine Stadt, die näher bei seiner Heimatstadt lag. Die Tageszeitungen erwähnten seinen Namen nicht und brachten nichts über irgendwelche Spuren. Abends spielte sich in einem Café die Unterhaltung vom Vortag zwischen Clive und ein paar jungen Leuten seines Alters noch einmal ab. Sie glaubten ihm nicht. Es war blöd von ihnen, dachte Clive. Ob sie vielleicht nur so taten? Oder ob sie logen?

Clive fuhr per Anhalter nach Hause und machte sich auf den Weg zum Polizeirevier. Was *die* wohl sagen würden? Er malte sich aus, was seine Mutter sagte, wenn er alles gestanden hatte. Sicher dasselbe, was sie manchmal zu ihren Bekannten sagte oder was sie einem Polizisten entgegnet hatte, als Clive sechzehn war und einen Wagen gestohlen hatte:

»Clive ist nicht mehr derselbe Junge, seit sein Vater fortgegangen ist. Ich weiß, er braucht einen Mann im Haus, jemand, zu dem er aufsehen oder den er nachahmen kann, nicht wahr. Jeder sagt mir das. Schon mit vierzehn hat er mir immer so Fragen gestellt, ›Wer bin ich denn schon?‹ und ›Bin ich eine Person, Mom?‹« Clive sah sie deutlich vor sich, wie sie auf dem Polizeirevier redete.

»Ich möchte ein wichtiges Geständnis ablegen«, sagte er zu einem Wärter oder sowas, der an einem Tisch am Eingang zum Revier saß.

Die Haltung des Mannes war grob und argwöhnisch,

fand Clive. Man wies ihn in ein Büro, wo er mit einem Polizeibeamten sprach, der ein rundes Gesicht und graue Haare hatte. Clive berichtete.

»Wo gehst du zur Schule, Clive?«

»Gar nicht. Ich bin achtzehn.« Clive erzählte von seiner Stellung bei Mr. Simmons.

»Clive, du hast Schwierigkeiten, aber nicht die, von denen du redest«, sagte der Beamte.

Clive mußte in einem anderen Zimmer warten, und fast eine Stunde später erschien ein Psychiater. Dann seine Mutter. Clives Ungeduld wuchs. Sie glaubten ihm einfach nicht. Er sei, behaupteten sie, der typische Fall eines Menschen, der ein falsches Geständnis ablegt, um Aufmerksamkeit zu erregen. Immer wieder erzählte seine Mutter von Fragen wie: »Bin ich eine Person?«, was den Psychiater und die Polizei nur zu bestärken schien in ihren Ansichten.

Clive sollte sich jetzt irgendwo zweimal wöchentlich zur psychiatrischen Behandlung melden.

Clive schäumte. Er ging nicht zu Simmons zurück, sondern suchte sich eine andere Botenstellung. Er wollte ein bißchen Geld in der Tasche haben, und er war fix mit dem Fahrrad und ehrlich mit dem Wechselgeld.

»Sie haben doch den Mörder *nicht gefunden*, nicht wahr?« fragte Clive den Psychiater, den er – wie er wohl wußte – mit der Polizei in einen Topf schmiß. »Sowas von Schafsköpfen kann man wirklich lange suchen!«

Dem Psychiater riß die Geduld, was zweifellos verständlich war.

179

»Mit solchen Reden wirst du nicht weit kommen, Junge.«

Clive sagte: »Ein paar hundsgewöhnliche Fremde in Indiana sagten mal: ›Vielleicht war das gar kein Quatsch, was der gesagt hat.‹ Die hatten offenbar mehr Verstand als Sie!«

Der Psychiater lachte.

Clive kochte. Etwas hatte er noch, womit er vielleicht seine Geschichte beweisen konnte, Woodrow Wilsons Krawatte, die noch immer in seinem Kleiderschrank hing. Aber diese Kaffer verdienten das gar nicht. Und während er mit seiner Mutter beim Essen saß oder mit ihr ins Kino ging oder seine Waren austrug, machte er neue Pläne. Nächstesmal wollte er was Größeres unternehmen: im Keller irgendeines großen Hauses Feuer legen, irgendwo eine Bombe hochgehen lassen, mit dem Maschinengewehr von einem Penthouse runter auf die Straße schießen. Mindestens hundert auf einmal killen. Dann mußten sie raufkommen und ihn oben fassen. Dann würden sie es endlich begreifen. Dann würden sie ihn behandeln wie einen, den es wirklich gab.

Auf die Inseln

Die Reise würde nun nicht mehr lange dauern. Die meisten Leute wollten aufs Festland, das jetzt gar nicht mehr weit entfernt war. Andere wollten auf die Inseln im Westen, und davon waren einige allerdings sehr weit entfernt.

Dan wollte auf eine Insel, die, wie er glaubte, weiter entfernt war als alle anderen, an denen das Schiff anlegen würde. Er stellte sich vor, daß er wohl als letzter Passagier von Bord gehen würde.

Am sechsten Tag der glatten, ereignislosen Reise war Dan in glänzender Stimmung. Er freute sich an der Gesellschaft seiner Mitreisenden und hatte sich auch ein paarmal an den Spielen beteiligt, die ständig vorne auf dem Oberdeck veranstaltet wurden; aber meistens schlenderte er über das Deck mit der Pfeife im Mund und einem Buch unterm Arm – die Pfeife kalt, das Buch vergessen – und dachte, in die Betrachtung des Horizonts versunken, an die Insel, zu der er unterwegs war. Es würde die schönste Insel von allen sein, malte Dan sich aus. Seit Monaten hatte er viel Zeit damit verbracht, sich die Insellandschaft auszumalen. Es gab keinen Zweifel – zu diesem Schluß war er gekommen –, er wußte mehr über seine Insel als irgendein lebender Mensch, und er lächelte jedesmal, wenn er sich dieser Tatsache bewußt wurde. Nein, kein Mensch würde je auch nur den hundertsten Teil von dem wissen, was er über seine Insel wußte, obwohl er sie nie gesehen hatte. Aber vielleicht hatte auch kein anderer sie je gesehen.

Dan war am glücklichsten, wenn er, allein, über das Deck schlenderte, den Blick von den weichen Wolken zum Horizont, von der Sonne zum Meer schweifen ließ und sich vorstellte, daß seine Insel vielleicht noch vor dem Festland in Sicht kommen würde. Er würde ihre Umrisse sofort erkennen, da war er ganz sicher. Seltsam, sie wäre wie ein Ort, den er insgeheim immer schon gekannt hatte, ohne es irgend jemandem zu sagen. Und dort, auf seiner Insel, wäre er dann endlich allein.

Er wurde aufgeschreckt – unangenehm –, wenn er, um eine Ecke biegend, sich manchmal plötzlich konfrontiert sah mit einem anderen Passagier. Er fühlte sich gestört, wenn er mit einem eiligen Steward zusammenstieß in den gewundenen, verschlungenen Korridoren des D-Decks, das zur dritten Klasse gehörte und deshalb mehr als die anderen einer Katakombe glich. Auf diesem Deck hatte Dan seine Kabine. Und einmal, am zweiten Tag der Reise, hatte er für einen Augenblick den gerillten Fußboden des Korridors ganz nahe vor Augen und sah in einer Rille einen Zigarettenstummel, ein Kaugummipapier und ein paar abgebrannte Streichhölzer. Auch das war unangenehm gewesen.

»Wollen Sie aufs Festland?« fragte Mrs. Gibson-Leyden, Passagierin der ersten Klasse, als sie eines Abends zusammen an der Reling standen.

Dan lächelte ein wenig und schüttelte den Kopf. »Nein, auf die Inseln«, sagte er freundlich und ein wenig erstaunt, daß Mrs. Gibson-Leyden das noch nicht wußte. Aber andererseits hatten sich die Passagiere nie sehr ausführlich darüber unterhalten, wo jeder hin wollte. »Sie wollen aufs Festland, nicht wahr?« fragte er liebenswürdig, obgleich er längst wußte, daß Mrs. Gibson-Leyden aufs Festland wollte.

»O ja«, sagte Mrs. Gibson-Leyden. »Mein Mann hatte mal an eine der Inseln gedacht, aber ich habe gleich gesagt: ohne mich!« Sie lachte zufrieden, und Dan nickte. Er mochte Mrs. Gibson-Leyden – sie war so fröhlich, und das war mehr, als man von den meisten Passagieren erster Klasse behaupten konnte. Er lehnte sich mit den Unterarmen auf die Reling und blickte auf die Straße des Mondlichts auf dem Meer, schimmernd wie silberne Schuppen auf dem Rücken einer gigantischen Seeschlange. Dan konnte sich nicht vorstellen, wieso jemand aufs Festland wollte, wenn es ringsum so viele Inseln gab; aber schließlich hatte er so etwas nie verstehen können, und der Versuch, es mit jemandem wie Mrs. Gibson-Leyden erörtern und verstehen zu wollen, war zwecklos. Dan zog sanft an seiner leeren Pfeife. Ein Duft von Lavendel-Eau de Cologne kam aus Mrs. Gibson-Leydens Richtung und erinnerte ihn an ein Mädchen, das er einmal gekannt hatte. Lustig, daß er sich nun zu Mrs. Gibson-Leyden, die altersmäßig seine Mutter hätte sein können, hingezogen fühlte, nur weil ihr Geruch ihm vertraut war.

»Ja – ich muß wohl rüber zu meinem Mann, im Bridge-Salon«, sagte Mrs. Gibson-Leyden. »Er wollte sich nur unten einen Pullover holen.« Sie entfernte sich.

Dan nickte unbeholfen. Er kam sich nun plötzlich verlassen vor, auf absurde Weise einsam, und sofort machte er sich Vorwürfe, weil er sich nicht weiter um eine Unterhaltung mit ihr bemüht hatte. Er lächelte, richtete sich auf und blickte über die linke Schulter hinaus in die Dunkelheit, wo noch vor Morgengrauen das Festland auftauchen sollte, und dann, später, seine Insel.

Zwei Leute, ein Mann und eine Frau, gingen langsam über das Deck, Seite an Seite – schwarze Gestalten im Dunkel ringsum. Dan spürte, wie sehr sie voneinander getrennt waren. Jetzt trat noch eine einzelne Gestalt, klein und dick, ins Licht der Fenster des Aufbaus: Dr. Eubanks, wie Dan erkannte. Weiter vorn sah Dan mehrere Leute, die auf Deck und an der Reling herumstanden, auch sie alle isoliert. Er sah im Geist die Stewards und Stewardessen, wie sie unten in den Gängen an winzigen Tischchen ihre einsamen Mahlzeiten verzehrten oder mit Handtüchern, Tabletts und Menus umherhasteten. Auch sie waren alle allein. Es gab niemanden, dachte er, der einen andern berührte, keinen Mann, der die Hand seiner Frau hielt, keine Liebespaare, deren Lippen sich trafen – jedenfalls hatte er auf dieser Reise bisher keine gesehen.

Dan reckte sich noch höher. Ein überwältigendes Gefühl des Alleinseins, seiner eigenen Isoliertheit hatte von ihm Besitz ergriffen, und da er den Drang verspürte, sich in sich selbst zu verkriechen, richtete er sich unbewußt auf, so hoch er konnte. Aber das Schiff konnte er jetzt nicht mehr ansehen, er wandte sich wieder zurück zum Meer.

Nur der Mond, so schien es ihm, breitete die Arme aus, legte sein Lichtnetz liebevoll schützend über den Körper des Meeres. Dan starrte so fest und so lange er konnte – etwa fünfundzwanzig Sekunden – auf die Schleier des Mondscheins; dann ging er nach unten in seine Kabine, zu Bett.

Er erwachte vom Geräusch schnell laufender Füße an Deck und vom Gemurmel aufgeregter Stimmen.

Das Festland, dachte er sogleich und warf die Decke von sich. Ansehen wollte er sich das Festland schon. Dann, als sein Kopf klarer wurde, merkte er, daß die Aufregung an Deck eine andere Ursache haben mußte. Wieder hörte er eilige Schritte und das erstaunte »Ohh!« einer Frau, halb Schrei, halb freudiger Ausruf. Hastig fuhr Dan in die Kleider und rannte aus seiner Kabine.

Was er oben auf der Kajütentreppe des A-Decks sah, ließ ihn stehenbleiben und den Atem anhalten. Das Schiff fuhr *abwärts* – stetig abwärts auf einer langen, breiten Bahn mitten im Meer. So etwas hatte Dan noch nie gesehen. Auch niemand von den anderen, wie es schien. Kein Wunder waren alle so aufgeregt.

»Wann?« fragte ein Mann, der hinter dem vorbeieilenden Kapitän herlief. »Haben Sie es gesehen? Was ist passiert?«

Der Kapitän hatte keine Zeit für eine Antwort.

»Alles in Ordnung. Das ist richtig so«, sagte ein Maat, dessen ruhiges, ernstes Gesicht sich seltsam abhob von all den anderen um ihn herum, aufgeregten Gesichtern mit weit geöffneten Augen.

»Unten merkt man es gar nicht«, sagte Dan schnell zu

Mr. Steyne, der neben ihm stand, und kam sich sogleich blödsinnig vor: was spielte es schon für eine Rolle, ob man es unten merkte oder nicht? Das Schiff fuhr abwärts, das Meer neigte sich nach unten in einem Winkel von zwanzig Grad zum Horizont, und so etwas war noch nie dagewesen, nicht einmal in der Bibel.

Dan lief zu den Passagieren, die sich auf dem Vorderdeck drängten. »Wann hat es angefangen? Ich meine, wo?« fragte er den Nächststehenden.

Der Mann zuckte die Achseln, obgleich sein Gesicht ebenso angespannt und unruhig war wie die übrigen.

Dan reckte sich vor, um zu sehen, wie das Wasser an der Seite der großen Schneise aussah, denn der Abhang schien höchstens zwei Meilen breit zu sein. Aber was da auch vor sich ging, ob die Schneise seitlich in einer scharfen Kante endete oder allmählich gegen die Meeresoberfläche hin anstieg: er konnte es nicht erkennen, denn ein feiner Dunst verhüllte das Meer auf beiden Seiten. Nun bemerkte er auch den goldenen Lichtschein, der ringsum auf allem lag, auf der Schneise, der Atmosphäre und dem Horizont vor ihnen. Das Licht war auf beiden Seiten gleich stark, die Sonne konnte es also nicht sein. Dan konnte die Sonne auch gar nicht finden. Aber der Rest des Himmels und die obere Meeresfläche hinter dem Schiff waren hell wie der Morgen.

»Hat jemand das Festland gesehen?« fragte Dan mitten in das allgemeine Geplapper hinein.

»Nein«, sagte ein Mann.

»Es gibt kein Festland«, sagte derselbe Maat so gelassen wie vorher.

Dan hatte plötzlich das Gefühl, er sei hereingelegt worden.

»Das ist richtig so«, fügte der Maat lakonisch hinzu. Er war damit beschäftigt, von der Handfläche zum Ellbogen eine dünne Leine um seinen Arm aufzuwickeln.

»Richtig?« fragte Dan.

»Das ist es jetzt«, sagte der Maat.

»Das stimmt, das ist es jetzt.« Die Worte kamen von einem Mann an der Reling, der über die Schulter sprach.

»Auch keine Inseln?« fragte Dan erschrocken.

»Nein«, sagte der Maat, nicht unfreundlich, aber so knapp, daß es Dan in der Brust schmerzte.

»Ja, aber – warum dann all das Gerede vom Festland?« fragte Dan.

»Gerede«, sagte der Maat mit einem Augenzwinkern.

»Ist das nicht wun-der-bar!« sagte eine Frauenstimme hinter ihm. Dan wandte sich um und sah Mrs. Gibson-Leyden – Mrs. Gibson-Leyden, die unbedingt aufs Festland gewollt hatte – verzückt in Betrachtung der Leere des weißen und goldenen Dunstes.

»Kennen Sie das hier? Wieviel weiter geht es noch?« fragte Dan, aber der Maat war verschwunden. Dan wünschte sich, ebenso ruhig zu sein wie die andern – meistens war er ruhiger – aber wie sollte er das Verschwinden seiner Insel ruhig hinnehmen können? Wie konnten die anderen einfach dort an der Reling stehen und das alles größtenteils ganz ruhig hinnehmen, wie er an den Stimmen und ihren lässigen Haltungen merkte?

Weiter hinten kam der Maat wieder in Sicht, und Dan lief ihm nach. »Was kommt jetzt?« fragte er. »Was kommt jetzt als nächstes?« Seine Fragen kamen ihm albern vor, aber was hätte er sonst schon fragen können?

»Das *ist* es jetzt«, sagte der Maat mit einem Lächeln. »Mein Gott, junger Mann!«

Dan biß sich auf die Lippen.

»Das *ist* es!« wiederholte der Maat. »Was haben Sie denn erwartet?«

Dan zögerte. »Land«, sagte er, und es klang fast wie eine Frage.

Der Maat lachte lautlos und schüttelte den Kopf. »Sie können jederzeit aussteigen; wann Sie wollen.«

Bestürzt blickte Dan sich um. Tatsächlich: da stiegen Leute mit ihren Koffern an der Backbordseite aus.

»Aussteigen – worauf denn?« fragte Dan entsetzt.

Wieder lachte der Maat, gab keine Antwort und ging mit der aufgewickelten Leine langsam fort.

Dan faßte ihn am Arm. »Hier aussteigen? Weshalb?«

»Ebensogut wie sonstwo. Wo immer Sie Lust haben.« Der Maat kicherte dumpf. »Ist alles ganz gleich.«

»Alles Meer?«

»Meer gibt's nicht«, sagte der Maat. »Und Land schon gar nicht.«

Gerade stiegen Mr. und Mrs. Gibson-Leyden an der Steuerbordseite über die Reling.

»He!« rief Dan, aber sie wandten sich nicht um.

Dan sah sie rasch verschwinden. Er blinzelte. Sie hatten sich nicht an den Händen gehalten, aber sie waren nahe beieinander gewesen, zusammen.

Plötzlich wurde ihm klar, daß er, wenn er das Schiff so verließ wie sie, immer noch allein sein konnte, falls er das wollte. Es war natürlich ein seltsamer Gedanke, einfach hinauszutreten in den Raum. Aber in dem Augenblick, da er sich eine Vorstellung davon machen konnte, auch nur eine vage Vorstellung, wußte er: es war das Richtige. Er fühlte, wie eine allmähliche, aber überwältigende Gewißheit ihn erfüllte, der er sich nur zögernd hingab. Das war richtig so, hatte auch der Maat gesagt. Hier war es ebenso gut wie sonstwo.

Dan blickte sich um. Das Schiff war jetzt tatsächlich fast leer. Dann konnte er ja auch der letzte sein, dachte er. Er hatte ja vorgehabt, der letzte zu sein. Er würde jetzt nach unten gehen und seine Sachen packen. Ärgerlich – die Festland-Passagiere hatten ihre Koffer natürlich schon gestern nachmittag gepackt.

Auf der Kajütentreppe, wo er einmal fast hingefallen wäre, machte Dan ungeduldig kehrt und stieg wieder nach oben. Er wollte seinen Koffer doch nicht. Er wollte überhaupt nichts mitnehmen.

Er ging zur Steuerbordseite, setzte einen Fuß auf die Reling und stieg aus. Er ging mehrere Meter weit auf einem unsichtbaren Boden, der weicher war als Gras. Es war nicht so, wie er es sich vorgestellt hatte, und doch, jetzt da er hier war, kam es ihm auch nicht fremd vor. Er verspürte sogar jenes Gefühl des Wiedererkennens, das er sich ausgemalt hatte, wenn er an seine Insel dachte. Er wandte sich um, um einen letzten Blick auf das Schiff zu werfen, das immer noch abwärts fuhr. Dann plötzlich wurde er ungeduldig sich selbst gegenüber. Wozu noch ein Schiff ansehen, fragte er sich, wandte sich brüsk um und ging weiter.

Ein seltsamer Selbstmord

Dr. Stephen McCullough hatte im Schnellzug Paris-Genf ein Erster-Klasse-Abteil für sich allein. Er blätterte in einem der medizinischen Vierteljahreshefte, die er aus Amerika mitgebracht hatte, aber er war nicht bei der Sache. Er spielte mit dem Gedanken an Mord. Das war auch der Grund, warum er den Zug genommen hatte und nicht das Flugzeug: er wollte Zeit haben zum Nachdenken, oder wenigstens zum Träumen.

Er war ein ernsthafter Mann, fünfundvierzig Jahre alt, etwas korpulent, mit breiter starker Nase, braunem Schnurrbart, braungefaßter Brille, zurückweichendem Haaransatz. Die gerunzelten Brauen verrieten innere Spannungen, die seine Patienten oft für sorgende Teilnahme an ihren Problemen hielten. Tatsächlich war er unglücklich verheiratet, und obwohl er es ablehnte, sich mit Lillian zu streiten, das heißt ihr zu widersprechen, herrschte keine Einigkeit zwischen ihnen. Gestern in Paris hatte er Lillian widersprochen, wegen einer lächerlichen Kleinigkeit: ob er oder sie ein Abendtäschchen, das Lillian schließlich doch nicht hatte behalten wollen, in das Geschäft an der Rue Royale zurückbringen sollte. Er war zornig gewesen – nicht weil er das Täschchen zurückbringen mußte, sondern weil er sich eine Viertelstunde zuvor in einem schwachen Augenblick bereiterklärt hatte, Roger Fane in Genf aufzusuchen.

»Geh doch hin, Steve«, hatte Lillian gestern morgen gesagt. »Warum denn nicht, wo du gerade in der Nähe bist? Denk mal, wie Roger sich freuen würde.«

Freuen – wieso? Aber Dr. McCullough hatte Roger Fane bei der Amerikanischen Botschaft in Genf angerufen, und Roger war sehr liebenswürdig gewesen – viel zu liebenswürdig natürlich; er hatte gesagt, ja, Steve müsse kommen und ein paar Tage bleiben, er könne ihn sehr gut unterbringen. Dr. McCullough hatte erwidert, er werde gern eine Nacht bleiben, dann wolle er nach Rom fliegen, zu Lillian.

Dr. McCullough haßte Roger Fane. Sein Haß war von der Art, die durch die Zeit in nichts gemildert wird. Vor siebzehn Jahren hatte Roger Fane die Frau geheiratet, die Dr. McCullough liebte. Margaret. Sie war vor einem Jahr mit dem Auto auf einer Alpenstraße tödlich verunglückt. Roger Fane war selbstzufrieden, vorsichtig, überaus eingebildet und nicht sehr intelligent. Er hatte vor siebzehn Jahren Margaret erzählt, er, Stephen McCullough, habe eine heimliche Affäre mit einem anderen Mädchen. Kein wahres Wort war daran gewesen, aber bevor Stephen irgend etwas beweisen konnte, hatte Margaret Roger geheiratet. Dr. McCullough hatte geglaubt, die Ehe werde nicht lange halten, das tat sie aber doch, und schließlich hatte Dr. McCullough Lillian geheiratet, deren Gesicht ein wenig Margarets Gesicht glich, aber das war die einzige Ähnlichkeit. In diesen siebzehn Jahren war Dr. McCullough vielleicht dreimal mit Roger und Margaret zusammengetroffen, wenn sie für ein paar Tage nach New York gekommen waren.

Er hatte Roger seit Margarets Tod nicht wiedergesehen.

Der Schnellzug jagte durch die französische Landschaft, und Dr. McCullough sann darüber nach, wie sehr es ihn befriedigen würde, Roger Fane zu ermorden. Er hatte bisher noch nie daran gedacht, jemanden zu ermorden, aber gestern abend, als er nach dem Telefongespräch mit Roger Fane in seinem Pariser Hotel ein Bad nahm, war ihm etwas zum Thema Mord eingefallen: Die meisten Mörder wurden geschnappt, weil sie irgendwelche Spuren hinterließen, obwohl sich natürlich jeder bemühte, alle Spuren zu verwischen. Der Arzt wußte, es gab auch manche Mörder, die gefaßt werden wollten und die unbewußt eine Spur hinterließen, so daß die Polizei dann leichtes Spiel hatte. Im berühmten Fall Leopold/Loeb hatte einer der beiden Täter seine Brille am Tatort zurückgelassen. Wenn nun ein Mörder absichtlich ein Dutzend Spuren hinterließ – praktisch bis zu seiner Visitenkarte? Das müßte dann derartig auffällig wirken, daß es jeden Verdacht ablenken würde; besonders wenn es sich um einen Mann wie ihn handelte, der gut beleumundet war und nicht zu Gewalt neigte. Es gäbe auch gar kein erkennbares Motiv, denn Dr. McCullough hatte Lillian niemals erzählt, daß er einmal die Frau geliebt hatte, die mit Roger Fane verheiratet war. Ein paar alte Freunde wußten natürlich davon, aber Dr. McCullough hatte Margaret oder Roger Fane in den letzten zehn Jahren überhaupt nicht erwähnt.

Er malte sich Rogers Wohnung aus: formell, düster, vielleicht mit einem Dienstmädchen irgendwo im Hintergrund, das in der Wohnung schlief. Ein Dienstmädchen würde die Sache erschweren. Angenommen, es war kein Mädchen in der Wohnung; er und Roger saßen bei einem letzten Glas im Wohnzimmer oder in Rogers Arbeitszimmer, und dann, eben bevor man sich Gutenacht sagte, griff Dr. McCullough nach einem starken Briefbeschwerer oder einer großen Vase und – darauf würde er ruhig die Wohnung verlassen. Das Bett mußte natürlich benutzt sein, er hatte ja dort übernachten wollen, vielleicht wäre also der Morgen geeigneter für die Tat als der Abend. Die Hauptsache war, ruhig und genau zur richtigen Zeit die Wohnung zu verlassen. Aber der Arzt war jetzt doch nicht recht imstande, sich alle Einzelheiten auszudenken.

Die Straße in Genf, in der Roger Fane wohnte, sah tatsächlich so aus, wie sie Dr. McCullough sich vorgestellt hatte – schmal und gewunden, mit Geschäftshäusern und alten Privatwohnungen; und sie war nicht sehr gut beleuchtet, als das Taxi um neun Uhr abends in sie einbog, aber in der braven gesetzestreuen Schweiz hatte man wohl auch in dunklen Straßen nicht viel zu fürchten. Er drückte auf den Klingelknopf, der Schnarrer ertönte, und Dr. McCullough öffnete die Haustür. Sie hatte ein Gewicht wie die Tür eines Banksafes.

»Hallo!« rief Roger fröhlich durchs Treppenhaus. »Komm rauf – ich bin im dritten Stock. Was bei euch der vierte ist.«

»Sofort!« sagte Dr. McCullough. Er hatte Hemmungen, vor den geschlossenen Türen links und rechts in der Eingangshalle die Stimme zu erheben. Vor ein paar Minuten hatte er Roger vom Bahnhof aus angerufen, weil

Roger gesagt hatte, er werde ihn abholen. Roger hatte sich entschuldigt und gesagt, er sei durch eine Konferenz im Büro aufgehalten worden, ob Steve wohl ein Taxi nehmen und direkt zu ihm kommen könne. Dr. Mc-Cullough hatte den Verdacht, Roger sei gar nicht aufgehalten worden, sondern habe ihm einfach nicht die Höflichkeit erweisen wollen, ihn abzuholen.

»Tag, Steve«, sagte Roger und schüttelte Dr. McCullough kräftig die Hand. »Prima, daß du da bist. Komm rein. Ist der schwer?« Roger machte eine halbe Bewegung auf den Koffer zu, aber der Arzt hatte ihn schon in der Hand.

»Nein, gar nicht. Schön, dich zu sehen, Roger.« Er trat in die Wohnung: orientalische Teppiche, Schmucklampen, die wenig Licht gaben. Es war noch biederer, als Dr. McCullough erwartet hatte. Roger sah etwas dünner aus. Er war kleiner als der Arzt und hatte schütteres blondes Haar. Sein fades Gesicht lächelte beständig.

Da beide schon zu Abend gegessen hatten, tranken sie Whisky im Wohnzimmer.

»Du fährst also morgen zu Lillian nach Rom«, sagte Roger. »Schade, daß du nicht länger bleiben kannst. Ich hatte vor, morgen abend mit dir aufs Land zu fahren. Zu einer Freundin«, setzte er lächelnd hinzu.

»Ach –? Ja, schade. Ich nehme die Maschine um dreizehn Uhr morgen. Ich hab schon in Paris gebucht.« Dr. McCullough merkte, daß er ganz automatisch sprach. Seltsamerweise war ihm der Whisky zu Kopf gestiegen, obwohl er nur ein paar Schlucke getrunken hatte. Das

194

lag daran, daß die ganze Situation so verlogen war, dachte er. Es war verlogen, daß er überhaupt hier war, daß er sich Roger gegenüber freundschaftlich oder doch freundlich benahm. Rogers Lächeln ging ihm auf die Nerven, so heiter und doch so gezwungen. Er hatte noch kein Wort von Margaret gesagt, obgleich Dr. McCullough ihn seit ihrem Tod nicht gesehen hatte. Aber der Arzt hatte sie auch noch nicht erwähnt, hatte noch nicht mal ein Wort der Teilnahme gesagt. Anscheinend interessierte sich Roger bereits für eine andere Frau. Roger war gerade vierzig, immer noch schlank, mit wachen Augen. Und Margaret, diese Perle der Frauen, war für ihn offenbar bloß etwas, das ihm begegnet, eine Weile bei ihm geblieben und dann gegangen war. Roger sah überhaupt nicht aus wie ein trauernder Ehemann.

Der Arzt haßte Roger noch genau so sehr wie während der Fahrt, aber seine konkrete Nähe war irgendwie beklemmend. Wenn er ihn umbrachte, mußte er ihn anfassen, zumindest den Widerstand seines Fleisches fühlen mit dem Gegenstand, mit dem er ihn erschlug. Und wie war nun die Sache mit dem Dienstmädchen? Als ob Roger seine Gedanken gelesen hätte, sagte er:

»Morgens um zehn kommt immer ein Mädchen zum Putzen, sie bleibt bis zwölf. Wenn sie für dich was tun soll, ein Hemd auswaschen oder bügeln, brauchst du's ihr nur zu sagen, sie macht das ganz schnell – jedenfalls kann sie es schnell machen, wenn man sie darum bittet. Yvonne heißt sie.«

Das Telefon klingelte. Roger sprach französisch. Er zog ein Gesicht, als er sich bereit erklärte, etwas zu tun, das sein Gesprächspartner von ihm wollte. Zu Dr. McCullough sagte er:

»Zu dumm – ausgerechnet jetzt. Ich muß morgen früh um sieben das Flugzeug nach Zürich nehmen. Irgendein Feuerwehrmann auf Durchreise wird mit einem Frühstück geehrt. Tut mir leid, alter Junge, aber da werde ich schon fort sein, bevor du aufstehst.«

»Ach –!« Dr. McCullough merkte, wie er leise auflachte. »Du meinst wohl, wir Ärzte kennen das nicht, solche Anrufe? Ich stehe selbstverständlich mit dir auf und sage dir auf Wiedersehen.«

Rogers Lächeln wurde noch etwas breiter. »Na, das sehen wir mal. Aufwecken werde ich dich jedenfalls nicht. Mach es dir nur bequem, ich schreibe Yvonne einen Zettel, daß sie dir Kaffee und Brötchen zurechtstellt. Oder hättest du lieber etwas Handfesteres – Brunch so gegen elf?«

Dr. McCullough hörte gar nicht, was Roger sagte. Er hatte auf dem Schreibtisch neben dem Telefon gerade einen rechteckigen Füllfeder- und Bleistift-Halter aus Marmor entdeckt. Jetzt betrachtete er Rogers hohe schwachrötliche Stirn. »Ach, Brunch«, sagte er abwesend. »Nein, nein, bloß nicht. Im Flugzeug kriegt man reichlich zu essen.« Und jetzt waren seine Gedanken bei Lillian und bei dem Streit von gestern in Paris. Schwelende Feindseligkeit erfüllte ihn. Hatte Roger jemals mit Margaret Streit gehabt? Dr. McCullough konnte sich nicht vorstellen, daß Margaret je kleinlich oder unfair gewesen wäre. Kein Wunder, daß Roger so sorglos und heiter aussah.

»Gedankenlesen müßte man können«, sagte Roger und stand auf, um sein Glas von neuem zu füllen.

Das Glas des Arztes war noch halb voll.

»Ich glaube, ich bin ein bißchen müde«, sagte Dr. McCullough und fuhr sich mit der Hand über die Stirn. Als er den Kopf hob, sah er ein Foto von Margaret, das ihm vorher nicht aufgefallen war. Es stand rechts von ihm auf der Kommode: Margaret Anfang zwanzig, wie sie ausgesehen hatte, als sie Roger heiratete – wie sie ausgesehen hatte, als der Arzt sie so liebte. Dr. McCullough sah plötzlich Roger an, und der Haß überschwemmte ihn in einer Woge, die ihn fast schwanken ließ. »Ich denke, ich gehe jetzt zu Bett«, sagte er, erhob sich und stellte sein Glas vorsichtig auf das kleine Tischchen, das vor ihm stand. Sein Schlafzimmer hatte ihm Roger bereits gezeigt.

»Möchtest du nicht noch ein Schlückchen Brandy?« fragte Roger. »Du siehst richtig geschafft aus.« Roger lächelte überlegen und stand betont aufrecht da.

Die Haßwoge flutete zurück. Dr. McCullough nahm den Marmorblock in die Hand, und bevor Roger zurücktreten konnte, krachte er ihm die Platte auf die Stirn. Es war ein Schlag, der tödlich sein würde, das wußte der Arzt. Roger fiel um und blieb ohne ein letztes Zucken still und schlaff liegen. Der Arzt stellte den Marmorblock wieder auf seinen Platz, hob den Bleistift und den Federhalter auf, die heruntergefallen waren, und stellte sie in die Halter zurück, dann wischte er beide und auch den Marmorblock mit seinem Taschentuch ab, wo er sie mit den Fingern berührt hatte. Rogers

Stirn blutete leicht. Der Arzt befühlte das noch warme Handgelenk und fand keinen Puls. Dann ging er zur Tür hinaus und über den Flur in sein Zimmer.

Nach nicht sehr festem Schlaf erwachte er am nächsten Morgen um Viertel nach acht. Er duschte im Badezimmer, das zwischen seinem und Rogers Schlafzimmer lag, rasierte sich, zog sich an und verließ um Viertel nach neun das Haus. Ein Flur führte von seinem Zimmer an der Küchentür vorbei zur Wohnungstür; er brauchte also nicht durchs Wohnzimmer zu gehen, und selbst wenn er einen Blick hineingeworfen hätte durch die Tür, die er gestern nicht zugemacht hatte, so hätte er Rogers Leiche nicht sehen können. Dr. McCullough hatte keinen Blick hineingeworfen.

Um halb sechs war er in Rom und nahm ein Taxi vom Flughafen ins Hotel Majestic, wo Lillian ihn erwartete. Sie war aber nicht im Hotel. Der Arzt ließ sich Kaffee ins Zimmer hinaufbringen, und jetzt merkte er, daß ihm seine Aktentasche fehlte. Er hatte sich auf dem Bett ausstrecken, Kaffee trinken und in den medizinischen Zeitschriften lesen wollen. Jetzt erinnerte er sich genau: aus irgendeinem Grund hatte er gestern abend die Aktentasche mit ins Wohnzimmer genommen. Sorgen machte er sich deswegen nicht – es war genau das, was er absichtlich getan hätte, wenn er daran gedacht hätte. Sein Name und die New Yorker Adresse standen auf dem Schildchen vorn an der Mappe. Außerdem nahm er an, daß Roger sicher seinen vollen Namen irgendwo auf einem Schreibtischkalender notiert hatte und ebenso die Zeit seiner Ankunft.

Lillian erschien, gutgelaunt; sie hatte in der Via Condotti eine Menge Einkäufe gemacht. Sie aßen zu Abend und fuhren dann mit einer Carozza zur Villa Borghese, zur Piazza di Spagna und zur Piazza del Popolo. Wenn über Roger irgendwas in den Zeitungen stand, so wußte Dr. McCullough nichts davon: er las nur die Pariser Ausgabe der HERALD TRIBUNE, das war eine Morgenzeitung.

Die Nachricht kam am nächsten Morgen, als er und Lillian bei Donay an der Via Veneto frühstückten. Es stand in der HERALD TRIBUNE: auf der Titelseite sah man ein Bild von Roger Fane, ernst und formell mit steifem Kragen.

»Um Gotteswillen«, sagte Lillian. »Das war ja an dem Abend, als du dort warst!«

Dr. McCullough blickte ihr über die Schulter und tat überrascht. ». . . muß der Tod zwischen zwanzig Uhr und drei Uhr morgens eingetreten sein‹«, las er laut. »Ich habe ihm gegen elf Gutenacht gesagt, glaube ich, und bin dann in mein Zimmer gegangen.«

»Und du hast nichts gehört?«

»Nein. Mein Zimmer lag am Ende des Korridors. Meine Tür hab ich zugemacht.«

»Und am nächsten Morgen, hast du da nicht –«

»Ich sagte dir doch, Roger wollte um sieben ein Flugzeug nehmen. Ich habe natürlich angenommen, er sei fort. Kurz nach neun habe ich das Haus verlassen.«

»Und die ganze Zeit lag er da im Wohnzimmer!« sagte Lillian schaudernd. »Das ist ja entsetzlich, Steve!«

War es das wirklich? dachte Dr. McCullough. War es

so entsetzlich für sie? Ihre Stimme klang nicht wirklich erschreckt. Er sah ihr in die weitgeöffneten Augen. »Ja, es ist entsetzlich, aber ich habe Gottseidank nichts damit zu tun. Mach dir keine Sorgen, Lillian.«

Als sie ins Hotel zurückkamen, war die Polizei da und wartete auf Dr. McCullough in der Halle: zwei Schweizer Beamte in Zivil, die beide Englisch sprachen. Sie vernahmen Dr. McCullough an einem Tisch in der Ecke der Hotelhalle. Lillian war, als Dr. McCullough darauf bestand, hinaufgegangen in ihr Zimmer. Dr. McCullough hatte sich schon gefragt, warum sie ihn nicht bereits vor Stunden aufgesucht hatten – es war so einfach, die Passagierlisten der Abflüge von Genf zu prüfen –, aber den Grund stellte er bald fest. Yvonne, das Dienstmädchen, war gestern morgen nicht zum Putzen erschienen, man hatte Roger Fanes Leiche daher erst gegen achtzehn Uhr gefunden, als man sich in seinem Büro Sorge gemacht und jemand in die Wohnung geschickt hatte.

»Dies ist wohl Ihre Aktentasche«, sagte der schlanke blonde Beamte lächelnd und öffnete einen großen Leinenumschlag, den er unter dem Arm getragen hatte.

»O ja, vielen Dank. Ich hab heute gemerkt, daß ich sie vergessen hatte.« Der Arzt nahm die Mappe und legte sie auf seinen Schoß.

Die Beamten sahen ihm ruhig zu.

»Eine ganz schreckliche Sache«, sagte Dr. McCullough. »Ich kann sie noch kaum begreifen.« Ungeduldig wartete er darauf, daß sie endlich mit ihrer Beschuldigung herauskamen – sofern sie das vorhatten – und ihn aufforderten, mit ihnen nach Genf zurückzukehren. Sie schienen ihn beinahe mit Ehrfurcht zu behandeln.

»Wie gut kannten Sie Mr. Fane?« fragte der zweite Beamte.

»Nicht besonders gut. Ich kannte ihn seit vielen Jahren, aber wir waren nie sehr eng befreundet, und ich hatte ihn, glaube ich, jetzt seit fünf Jahren nicht gesehen.« Dr. McCullough sprach mit ruhiger Stimme und in seinem üblichen Tonfall.

»Mr. Fane war vollständig angezogen, er war also noch nicht zu Bett gegangen. Und Sie haben nachts keinerlei Geräusch gehört?«

»Nein, habe ich nicht«, erwiderte der Arzt zum zweitenmal. Schweigen. »Haben Sie irgendwelche Anhaltspunkte, wer es getan haben könnte?«

»O ja, das haben wir«, sagte der blonde Beamte sachlich. »Wir haben den Bruder des Mädchens Yvonne im Verdacht; er war an dem Abend betrunken und hat für die Tatzeit kein Alibi. Er wohnt mit seiner Schwester zusammen, und an dem Abend ist er weggegangen und hat ihren Schlüsselbund mitgenommen, und daran hingen auch die Schlüssel zu Mr. Fanes Wohnung. Er ist erst gestern mittag wiedergekommen. Yvonne war sehr beunruhigt, deshalb ist sie auch gestern morgen nicht zu Mr. Fane gegangen – sie hätte dazu auch gar nicht in die Wohnung gekonnt. Um halb neun hat sie anzurufen versucht, um zu sagen, daß sie nicht käme, aber es hat sich niemand gemeldet. Ihren Bruder Anton haben wir auch vernommen. Ein Tunichtgut.« Der Beamte zuckte die Achseln.

Dr. McCullough fiel jetzt ein, daß er um halb neun das Telefon hatte klingeln hören. »Ja, aber – was war das Motiv?«

»Ach – ein alter Groll. Vielleicht hätte er auch was gestohlen, wenn er nüchtern gewesen wäre und irgendwas gefunden hätte. Der Mann gehört zum Psychiater oder in eine Entziehungsanstalt für Alkoholiker. Mr. Fane kannte ihn; kann sein, daß er ihn in die Wohnung gelassen hat, oder er ist einfach reingegangen, er hatte ja die Schlüssel. Yvonne sagt, Mr. Fane habe sie schon seit Monaten gedrängt, sich von ihrem Bruder zu trennen und eine eigene Wohnung zu nehmen. Der Bruder schlägt sie und nimmt ihr Geld ab. Mr. Fane hat auch schon ein paarmal mit dem Bruder gesprochen, und laut unseren Akten hat er einmal die Polizei rufen müssen, um Anton aus der Wohnung schaffen zu lassen, als er hinkam und seine Schwester suchte. Das war um neun Uhr abends, und um die Zeit ist die Schwester niemals dort. Daran sehen Sie, daß er nicht ganz richtig ist.«

Dr. McCullough räusperte sich. »Hat denn Anton die Tat gestanden?« fragte er.

»Na ja, so gut wie. Das arme Schwein weiß gar nicht immer, was er tut. Aber in der Schweiz haben wir wenigstens keine Todesstrafe. Im Gefängnis kann er dann austrocknen, da wird er Zeit genug haben.« Er blickte zu seinem Kollegen hinüber, und beide erhoben sich. »Also vielen Dank, Dr. McCullough.«

»Aber bitte sehr«, sagte der Arzt. »Und ich danke Ihnen noch für die Aktentasche.«

Dr. McCullough ging mit der Aktentasche hinauf.

»Was haben sie gesagt?« fragte Lillian, als er eintrat.

»Sie glauben, es war der Bruder des Dienstmädchens«, sagte Dr. McCullough. »Ein Trinker, der eine Wut auf Roger gehabt zu haben scheint. 'n Tunichtgut.« Stirnrunzelnd ging er ins Badezimmer, um sich die Hände zu waschen. Auf einmal haßte er sich, haßte auch Lillians langen Seufzer, ein ›Ah-h‹ der Freude und Erleichterung.

»Gott sei Dank, Gott sei Dank«, sagte Lillian. »Weißt du, was das bedeutet hätte, wenn sie – wenn sie *dich* verdächtigt hätten?« fragte sie leiser, als ob die Wände Ohren hätten, und trat näher an die Badezimmertür.

»Allerdings«, sagte Dr. McCullough und fühlte, wie Zorn in ihm aufstieg. »Ich hätte mich verdammt anstrengen müssen, um zu beweisen, daß ich unschuldig war. Schließlich war ich zu der Zeit gerade dort.«

»Stimmt. Und du hättest nicht beweisen können, daß du unschuldig bist. Gott sei Dank gibt es diesen Anton, wer immer das ist.« Ihr kleines Gesicht glühte, die Augen funkelten. »Ein Tunichtgut. Ha! Für uns war er jedenfalls nützlich.« Sie lachte schrill auf und wandte sich auf dem Absatz um.

»Ich weiß gar nicht, worüber du dich freust«, sagte er und trocknete sich sorgfältig die Hände ab. »Die Sache ist traurig genug.«

»Trauriger, als wenn sie dich gefaßt hätten? Sei doch nicht so – so altruistisch, Steve. Denk lieber an uns. Ehemann tötet alten Rivalen nach – wie lange war's her? – siebzehn Jahre, nicht wahr? Und nach elfjähriger Ehe mit einer anderen. Die Flamme war nicht erloschen. Meinst du, sowas hätte mir gefallen?«

»Wovon redest du eigentlich, Lillian?« fragte er finster, als er aus dem Badezimmer trat.

»Das weißt du sehr genau. Meinst du, ich hätte nicht gewußt, daß du Margaret geliebt hast? Daß du sie immer noch liebst? Meinst du, ich wüßte nicht, daß du Roger umgebracht hast?« Wilde Herausforderung stand in den grauen Augen. Sie hatte den Kopf auf die Seite gelegt, die Hände in die Hüften gestemmt.

Er konnte nicht sprechen, er war wie gelähmt. Etwa fünfzehn Sekunden lang starrten sie einander an, während seine Gedanken über dem Abgrund schwankten, den ihre Worte vor ihm aufgerissen hatten. Er hatte nicht gewußt, daß sie noch an Margaret dachte. Natürlich hatte sie von Margaret gewußt. Aber wer hatte die Geschichte in ihr am Leben erhalten? Vielleicht er selber, durch sein Schweigen, das wurde ihm jetzt klar. Doch jetzt kam es auf die Zukunft an. Sie hatte jetzt etwas gegen ihn in der Hand, etwas, mit dem sie ihn für immer gefügig machen konnte. »Liebling, du irrst dich.«

Lillian warf den Kopf in den Nacken und ging hinaus, und der Arzt wußte, er hatte nicht gewonnen.

Sie sprachen an diesem Tage kein Wort mehr über die Sache. Nach dem Lunch schlenderten sie eine Stunde lang durch das Vatikanische Museum, doch Dr. McCulloughs Gedanken waren nicht bei den Gemälden Michelangelos. Er hatte vor, nach Genf zu fahren und ein Geständnis abzulegen: nicht aus Anstand oder weil ihn sein Gewissen plagte, sondern weil Lillians Haltung unerträglich war. Weniger erträglich als eine Gefängnisstrafe. Es gelang ihm, sich um fünf so lange zu entfernen, daß er telefonieren konnte. Um sieben Uhr zwanzig ging ein Flugzeug nach Genf. Um Viertel nach sechs verließ er das Hotel ohne Gepäck und nahm ein Taxi zum Flughafen Ciampino. Paß und Reiseschecks hatte er bei sich.

Es war noch nicht elf Uhr nachts, als er in Genf ankam und die Polizei anrief. Man war zunächst nicht bereit, ihm den Aufenthaltsort des Mannes mitzuteilen, der des Mordes an Roger Fane beschuldigt wurde; doch als Dr. McCullough seinen Namen nannte und sagte, er habe eine wichtige Meldung zu machen, sagte ihm der Schweizer Beamte, wo Anton Carpeau festgehalten wurde. Dr. McCullough nahm ein Taxi und fuhr hin – irgendwo draußen vor der Stadt, so schien es ihm. Es war ein neues weißes Gebäude, das gar nicht wie ein Gefängnis aussah.

Hier empfing ihn der eine der beiden Beamten, die ihn in Rom aufgesucht hatten, der blonde. »Guten Abend, Dr. McCullough«, sagte er mit schwachem Lächeln. »Sie wollen eine Meldung machen? Ich fürchte, sie kommt etwas spät.«

»Oh? Wieso?«

»Anton Carpeau hat sich gerade umgebracht. Er ist mit dem Kopf gegen die Zellenmauer gerannt, vor zwanzig Minuten.« Der Beamte zuckte resigniert die Achseln.

»Mein Gott«, sagte Dr. McCullough leise.

»Und was – wollten Sie melden?«

Der Arzt zögerte – die Worte wollten nicht kommen. Und dann erkannte er, daß Feigheit und Scham ihm den Mund verschlossen. Nie im Leben war er sich so nichtswürdig vorgekommen, er fühlte sich unendlich niederträchtig verglichen mit dem Trunkenbold, der sich da umgebracht hatte. »Ich – nein, das möchte ich nicht. Jetzt – ich meine, jetzt ist ja sowieso alles vorbei, nicht wahr? Ich wollte noch etwas gegen Anton vorbringen – das hat jetzt keinen Zweck mehr, nicht wahr? Es ist schlimm genug –«, er konnte nicht weiter.

»Ja, da haben Sie wohl recht«, sagte der Schweizer.

»Dann – möchte ich mich verabschieden. Guten Abend.«

»Guten Abend, Dr. McCullough.«

Der Arzt ging hinaus in die Nacht, ohne Ziel. Er fühlte eine sonderbare Leere, ein Nichts in sich, ein Gefühl, wie er es nie zuvor gekannt hatte. Der Mord war wie geplant gelungen, doch er hatte schlimmere Tragödien nach sich gezogen. Anton Carpeau. Und *Lillian.* Auf eine seltsame Weise hatte er ebensosehr sich selbst umgebracht wie Roger Fane. Er war jetzt ein toter Mann, ein wandelnder toter Mann.

Eine halbe Stunde später stand er auf einer streng formalen Brücke und blickte hinunter auf das schwarze Wasser des Lac Léman. Er starrte lange Zeit hinunter und malte sich aus, wie sein Körper, sich wieder und wieder überschlagend, aufs Wasser klatschte ohne viel Lärm und versank. Er starrte angestrengt auf die Schwärze, die so fest aussah, aber so nachgiebig sein würde, so bereit, ihn in den Tod zu schlingen. Doch jetzt war er weder mutig noch verzweifelt genug, um sich umzubringen. Eines Tages aber würde es soweit sein, das wußte er. Eines Tages: wenn Feigheit und Mut im richtigen Winkel zusammentrafen. Es würde ganz überraschend kommen, für ihn und für alle, die ihn kannten. Seine Hände, die die steinerne Brüstung gepackt hielten, schoben ihn jetzt zurück, und schweren Schrittes ging der Arzt weiter. Für heute nacht wollte er sich ein Hotelzimmer nehmen und morgen dann zurückfliegen, nach Rom.

Der Babylöffel

Claude Lamm, Professor für englische Lyrik und Literatur, gehörte seit zehn Jahren zum Lehrkörper der Columbia University. Klein, zur Korpulenz neigend, mit einer Glatze mitten im kurzgeschnittenen schwarzen Haar sah er nicht aus wie ein College-Professor, sondern eher wie ein kleiner Geschäftsmann, der sich aus irgendeinem Grund in Kleidern versteckte, die ihm für einen College-Professor passend schienen – solide Tweedjacketts mit Lederflecken an den Ellbogen, ungebügelte graue Flanellhosen und selten geputzte Schuhe. Er wohnte in einem der großen trostlosen Häuserblocks, die sich im Osten und Süden der Universität breitmachen, einem düsteren aschfarbenen Haus mit einem gebrechlichen Fahrstuhl und einem üblen Gemisch alter und neuer Gerüche. Claude Lamm verstärkte den trübseligen Charakter der sonnenlosen Fünfzimmerwohnung noch dadurch, daß er sie mit schwammigen Sofas, Büchern, Zeitschriften und Fotos von klassischen Gebäuden und Landschaften vollstopfte, für die er ein Faible zu haben behauptete, das er gar nicht hatte.

Vor sieben Jahren hatte er Margaret Cullen geheiratet, eine der faden, farblosen Frauen, wie sie überall zu Hause sein könnten außer in New York und die sich dann unglaublicherweise als geborene New Yorker herausstellen. Sie war fünfzig, acht Jahre älter als Claude, mit einem unscheinbaren, offenen Gesicht und einer Aura von verbissener Minderwertigkeit. Claude hatte sie durch einen anderen Professor kennengelernt, der Margarets Vater kannte, und hatte sie geheiratet, aus einem unbewußten Bedürfnis nach Mütterlichkeit. Unter Margarets fraulichem Äußeren lag jedoch ein Wesen, das zur Hälfte kindisch war und Claude ungemein auf die Nerven ging. Abgesehen vom Kochen und Nähen – in beidem war sie nicht gut – und der geistlosen Routine, die sich als Haushaltsführung bezeichnen ließe, hatte sie keine Interessen. Von ihren alten Freunden hatte sie sich getrennt, ab und zu schrieb oder erhielt sie Briefe und langweilte ihren Mann damit, daß sie diese bei Tisch vorlas.

Claude kam meistens gegen fünf Uhr nachmittags nach Hause, trank seinen Tee und legte sich Arbeit und Lesestoff für den Abend zurecht. Um Viertel nach sechs trank er einen Martini, ohne Eis, und las im Wohnzimmer die Abendzeitung, während Margaret das frühe Dinner vorbereitete. Sie aßen meistens Lammkoteletts oder Hackbraten, oft auch Makkaroni mit Käse, was Margaret gern mochte, und dann rührte Margaret ihren Kaffee um mit dem silbernen Babylöffel, den sie auch an dem Abend benutzt hatte, als Claude sie kennenlernte, sie hielt den Löffel ganz oben am Stiel, damit er den Tassenboden erreichte. Darauf zog sich Claude in sein Arbeitszimmer zurück – einen mit Büchern überladenen Raum mit einer alten schwarzen Ledercouch, auf der er jedoch nicht schlief –, um Arbeiten zu lesen und zu korrigieren und in den Bücherregalen rumzuwühlen, wenn irgend etwas seine ziellose Neugier reizte.

Alle zwei Wochen oder so lud er Professor Millikin, einen Shakespeare-Experten, oder Assistant Professor George und seine Frau zum Dinner ein. Drei- oder viermal im Jahr wurden etwa zwölf Studenten aus seinen Lektüreklassen mit Tee und Napfkuchen bewirtet. Margaret setzte sich dann auf ein Kissen auf dem Fußboden, weil die Stühle nie ausreichten, und natürlich bot ein junger Gast nach dem anderen ihr seinen Stuhl an. »O nein, vielen Dank«, sagte sie mit einem gezierten Lispeln, das sonst gar nicht ihre Art war, »ich sitze hier wirklich sehr bequem. Auf dem Fußboden komme ich mir wieder wie ein kleines Mädchen vor.« Und sie blickte zu den jungen Leuten auf, als erwarte sie die Bestätigung, daß sie tatsächlich wie ein kleines Mädchen aussah, und Claude schäumte innerlich, wenn die jungen Leute das auch taten. Diese Kleinmädchen-Anwandlungen überkamen Margaret immer in Gesellschaft von Männern, und Claude reagierte mit einem höhnischen Lächeln, wenn er es sah. Er lächelte oft höhnisch, auch unwillkürlich, was er unbewußt zu verbergen suchte, indem er die Zigarettenspitze zwischen die Zähne schob oder mit dem Zeigefinger am Nasenrücken entlangfuhr. Claude hatte scharfe mißtrauische Augen. Die einzelnen Gesichtszüge waren nicht auffallend, aber es war auch kein Gesicht, das man vergaß. Die Unruhe, die Verschlagenheit in seinem Gesicht waren das erste, das man bemerkte und woran man sich erinnerte. Auch an den Teeabenden hantierte Margaret mit ihrem Babylöffel, der häufig eine Unterhaltung einleitete. Claude begab sich dann außer Hörweite.

Claude mochte die Art nicht, wie die jungen Männer seine Frau ansahen: enttäuscht, etwas mitleidig, stets mit gemessenem Ernst. Dann schämte er sich ihretwegen vor ihnen. Sie hätte schön und lebhaft sein müssen, eine Nymphe der Seele, ein lauteres Gesicht, das zu den Liebesgedichten von Donne und Sidney paßte. Nun, das war sie nicht.

Claudes Ehe mit Margaret wäre der Ehe mit seiner Haushälterin vergleichbar gewesen, wenn es da nicht emotionale Verwicklungen gegeben hätte, deretwegen er Margaret aus tiefstem Herzen haßte und aus tiefstem Herzen brauchte. Ihre kindische Art erfüllte ihn mit bitterem Haß, er nahm sie ihr persönlich übel. Fast ebensosehr haßte er ihre umsichtig-mütterliche Fürsorge, die Tatsache, daß sie zum Beispiel seine Anzüge in die Reinigung brachte; denn das war, wie er wußte, der einzige Grund, warum er sie ertrug und warum er sie hatte und nicht seine Nymphe. Als er in einem Winter mit Grippe zu Bett lag und Margaret unermüdlich um ihn bemüht war, hatte er hinter ihrem Rücken oft höhnisch gelacht, hatte sie gehaßt, sie und ihre unterwürfige Ergebenheit. Claude hatte auch für seine Mutter nur Verachtung gehabt, und auch sie hatte ihn in den Pausen zwischen Vernachlässigung und plötzlicher Mißgelauntheit manchmal fast erstickt mit ihrer Liebe und Fürsorglichkeit. Aber was einem Ausdrücken seines Hasses am nächsten kam, war die beiläufige Bemerkung, einmal wöchentlich oder auch öfter:

»Winston kommt heute abend noch ein Weilchen.«

»Ach«, sagte dann Margaret mit leicht zitternder

Stimme. »Nun, vielleicht ißt er später gern ein Stück Topfkuchen. Oder ein Sandwich mit Braten.«

Winston liebte es, bei Claude zu essen. Besser gesagt, er war immer hungrig. Winston war ein echter darbender Dichter und hauste in einer echten Dachkammer eines Sandsteinblocks an den West Seventies in New York. Vor drei Jahren war er einer von Claudes Studenten gewesen, ein vielversprechender junger Mann, der mit seiner brillanten, aggressiven Art seinen Mitschülern dermaßen überlegen war, daß der Unterricht eigentlich nur noch aus Dialogen zwischen Claude und Winston bestand. Claude hatte Winston ganz besonders gern, und Winstons Zuneigung schmeichelte ihm. Von Anfang an hatte es Claude seltsam freudig erregt, im Strom von Winstons Reden Winstons Lächeln aufzufangen oder sogar ein Augenzwinkern von Winston, das Aufblitzen von verrücktem Humor in seinen Augen. Winston hatte in seiner Universitätszeit ein paar Gedichte in lyrischen und literarischen Magazinen veröffentlicht. Ein Gedicht hieß »Schlag der Rohrdommel«, eine düstere Satire auf das Leben und ziellose Rebellieren eines Studenten. Claude hatte damals gedacht, das Gedicht könnte für Winstons Karriere den gleichen Stellenwert haben wie ›Prufrock‹ für T. S. Eliot. Es war in einer Vierteljahresschrift erschienen, ohne besondere Aufmerksamkeit zu erregen.

Claude hatte damals erwartet, Winston werde ihm Ehre machen und es weit bringen; aber von Winston war, seit er das College verlassen hatte, nur ein kleiner Gedichtband erschienen. Irgend etwas hatte seinen raschen eigenständigen Gedankenfluß gehemmt. Irgend etwas war, nach dem Fortgang vom College, mit seinem Selbstvertrauen geschehen – als ob der Fluß der Inspiration, ebenso wie Saft und Vitalität dieses vierundzwanzigjährigen Körpers, im Austrocknen begriffen sei. Winston war heute klapperdürr. Dünn war er immer gewesen; jetzt ging er vornüber gebeugt, ließ den Kopf hängen wie einer, der grollte, weil ihm Unrecht geschah, und die unruhigen Augen unter den harten geraden Brauen blickten feindselig und unglücklich. An Claude hing er mit der Hartnäckigkeit eines mißhandelten Jungen, der sich an den einzigen Menschen hängt, von dem ihm je Güte und Ermutigung zuteil wurden. Winston arbeitete jetzt an einem Roman in Form eines langen Gedichtes. Vor einem Jahr hatte er seinem Verlag einen Teil davon vorgelegt, und man hatte abgelehnt, ihm einen Vorschuß zu zahlen. Aber Claude gefiel die Sache, und Winston fand, die übrige Welt könne sich zum Teufel scheren. Claude war sich sehr klar über Winstons emotionale Abhängigkeit von ihm; die eigene Abhängigkeit von Winston verbarg er hinter einer herablassend-überlegenen Haltung. In Winstons offener Verachtung für Margarets Denkvermögen fand Claude ein weiteres Ventil für den Abscheu, den er für seine Frau empfand.

Eines Abends schlurfte Winston, mit mehr als seiner gewohnten Verspätung, ins Wohnzimmer, ohne auf Claudes Begrüßung zu reagieren. Er war anderthalb Kopf größer als Claude, selbst wenn er den Kopf gesenkt hielt. Das dunkelbraune Haar von Wind und Regen zerzaust, die Hände in die Taschen gestopft, hielt er den Mantel an den spindeldürren Leib gepreßt. Langsam und ohne einen Blick auf Margaret schritt Winston durch das Wohnzimmer auf Claudes Arbeitszimmer zu.

Claude ärgerte sich. Diese Haltung war ihm neu.

»Hör mal, alter Junge, kannst du mir Geld leihen?« fragte Winston, als sie allein im Arbeitszimmer waren. Und als Claude erstaunt ein paar Worte murmelte, fuhr er fort: »Du hast keine Ahnung, was es mich gekostet hat, herzukommen und dich zu bitten. Aber jetzt hab ich's hinter mir.« Er seufzte tief auf.

Claude hatte plötzlich das Gefühl, daß es ihn gar nichts gekostet hatte und daß die Mutlosigkeit nur gespielt war. »Du weißt doch, ich hab dir immer Geld gegeben, wenn du's gebraucht hast, Winston. Nimm's nicht so schwer. Setz dich hin.« Claude setzte sich hin.

Winston rührte sich nicht. Die Augen hatten die gewohnte Grimmigkeit, aber heute stand auch noch ein ungeduldiges Flehen darin, sie glichen den Augen eines Kindes, das etwas verlangt, was ihm zusteht. »Ich meine ziemlich viel Geld – fünfhundert Dollar. Ich brauch's zum Weiterarbeiten. Fünfhundert Dollar, das reicht mir für sechs Wochen. Dann kann ich mein Buch fertigschreiben, ohne weitere Unterbrechungen.«

Claude wand sich. Das Geld würde er nie wiedersehen. Winston schuldete ihm schon ungefähr zweihundert. Er hatte sich, kam Claude jetzt in den Sinn, seit seinen Studententagen nie mehr mit dieser Intensität um etwas bemüht. Und er wurde sich ebenso schnell und tragisch bewußt, daß Winston sein Buch niemals fertigschreiben würde. Winston saß ein für allemal fest in dieser wütenden Gespanntheit, die davon herrührte, daß er das Buch nicht fertigkriegte.

»Du mußt mir dieses eine Mal noch helfen, Claude, zum letztenmal«, sagte Winston bittend.

»Ich muß es überlegen. Ich schreib dir morgen ein paar Zeilen. Einverstanden, mein Junge?« Claude stand auf und ging zum Schreibtisch hinüber, um sich eine Zigarette zu holen. Plötzlich haßte er Winston, wie er da stand und um Geld bettelte. Wie sonst jemand, dachte Claude bitter. Die Oberlippe hob sich, als er die Zigarettenspitze zwischen die Zähne schob, und Winston sah es, das wußte Claude. Winston entging nie etwas. Warum konnte dieser Abend nicht so sein wie all die anderen Abende, dachte Claude: die vielen Abende, an denen Winston seine Zigaretten rauchte, die Füße auf die Schreibtischecke legte, lachte und ihn zum Lachen brachte, ihm bewundernd zuhörte, wenn er sich über die Kollegen der Fakultät lustig machte?

»Du Saukerl«, sagte Winston ruhig und unerbittlich. »Du fettes, aufgeblasenes professorales Arschloch. Du Volksverblöder, du Kastrator des Intellekts.«

Claude blieb stehen, wo er stand, halb abgewandt von Winston. Es war, als triebe Winston mit jedem Wort einen Ladestock durch Claudes Schädeldecke tiefer in seinen Körper hinab. Noch nie hatte Winston so zu ihm gesprochen, und Claude hatte buchstäblich keine Ahnung, wie er darauf reagieren sollte. Er war nicht daran gewöhnt, Winston so zu nehmen wie andere Leute. »Ich schreibe dir morgen. Ich muß erst mal überschlagen, wie und wann«, sagte er kurz, mit der Würde eines Professors, der in seiner Stellung – auch wenn sie nicht sehr gut bezahlt wurde – einen gewissen Respekt erwarten durfte.

»Entschuldige«, sagte Winston und ließ den Kopf hängen.

»Sag mal, was ist mit dir, Winston?«

»Ich weiß es nicht.« Winston bedeckte das Gesicht mit den Händen.

Claude fühlte einen Stich des Bedauerns, der Enttäuschung über Winstons Schwäche. Margaret brauchte das nicht zu wissen. »Setz dich.«

Winston setzte sich. Er trank das kleine Glas Whisky, das Claude ihm aus der Flasche in seinem Schreibtisch eingeschenkt hatte, als sei es eine Medizin, die er dringend brauchte. Dann streckte er seine Vogelscheuchen-Beine von sich und machte eine Bemerkung über ein Buch, das Claude ihm das letzte Mal geliehen hatte, ein Bändchen mit kritischen Aufsätzen über Lyrik. Claude war dankbar für den Themawechsel. Winston hatte beim Reden die Augen schläfrig halb geschlossen, ab und zu ruckte er mit dem Kopf, um seine Worte zu betonen, aber Claude sah den Schimmer von Interesse, von Zuneigung, von undefinierbaren Überlegungen, die Winston über ihn anstellte, hinter den halbgeschlossenen Lidern, er spürte Winstons persönliches intensives Interesse wie die lebenspendenden Strahlen einer Sonne.

Später tranken sie Kaffee und aßen Sandwiches und Kuchen mit Margaret im Wohnzimmer. Winston wurde geradezu lebhaft und erzählte eine amüsante Geschichte von einer Hotelzimmersuche in Jalapa, Mexiko, eine Geschichte, die er wie ein Zauberspielzeug aus dem Sammelsurium seiner Gedanken hervorholte und der er mit seinen Worten Bewegung und Leben verlieh. Claude fühlte, wie stolz er auf Winston war. ›Da siehst du, womit ich mich hinter der Tür meines Arbeitszimmers beschäftige, während du in der schäbigen Zelle deines Geistes herumkriechst‹, hätte er gern zu Margaret gesagt, als er einen Blick auf sie warf, um zu sehen, ob sie Winston zu würdigen verstand.

Claude schrieb am nächsten Tag nicht an Winston. Claude war der Ansicht, Winston brauche das Geld nicht nötiger als sonst; Winstons Krise würde vorübergehen, wenn sie sich eine Weile nicht sähen. Dann kam Margaret am Abend danach und berichtete, sie habe ihren Babylöffel verloren. Das ganze Haus habe sie schon danach abgesucht, sagte sie.

»Vielleicht ist er hinter den Kühlschrank gefallen«, meinte Claude.

»Du würdest mir nicht beim Wegrücken helfen ...«

Ein dünnes Lächeln verzog Claudes Mund, als er den Kühlschrank von der Wand wegkippelte. Hoffentlich hatte sie den Löffel verloren. Es war blöd, mit fünfzig so etwas zu hüten, noch blöder als das Getue mit den Poesiealben und dem vergoldeten Babyschuh, der auf dem Schreibtisch ihres Vaters gestanden hatte und den Margaret nach dessen Tod unpassenderweise für sich ausbedungen hatte. Claude hoffte, daß der Babylöffel versehentlich in den Mülleimer geraten und damit für immer aus dem Hause war.

»Nichts als Staub«, sagte Claude und betrachtete den feinen grau-klebrigen Staub, der sich auf dem Fußboden und den Drähten des Kühlschranks klumpte.

Der Kühlschrank war erst der Anfang: Claudes Mithilfe spornte Margaret zu weiterem an. Sie räumte abends die Küche aus, suchte hinter jedem Möbelstück im Wohnzimmer und durchstöberte sogar das Medikamentenschränkchen im Bad und den Wäschekorb.

»Er ist einfach nicht im Haus«, sagte sie immer wieder verloren zu Claude. Sie suchte noch einen Tag lang und gab dann auf.

Claude hörte, wie sie der Nachbarin nebenan davon erzählte.

»Sie kennen ihn doch – ich glaube, ich habe ihn Ihnen einmal gezeigt, beim Kaffeetrinken.«

»Doch, ja, ich erinnere mich. Wirklich ein Jammer«, sagte die Nachbarin.

Auch dem Zeitungshändler berichtete Margaret davon. Claude stand wie auf glühenden Kohlen vor den Regalen mit Süßigkeiten, als Margaret sich etwas zögernd zu dem Mann, mit dem sie sonst kaum ein Wort zu wechseln wagte, wandte und sagte: »Ich wollte Ihre Rechnung gestern bezahlen, aber ich war etwas durcheinander. Ich habe ein sehr altes Andenken verloren – ein altes Silberstück, an dem ich sehr hing. Einen Babylöffel.«

Bei den Worten »ein altes Silberstück« wurde es Claude auf einmal klar. *Winston* hatte den Löffel genommen. Vielleicht hatte er ihn für wertvoll gehalten oder einfach aus Bosheit mitgenommen. Vielleicht an dem Abend, als er zuletzt da war. Claude lächelte in sich hinein.

Claude wußte seit Jahren, daß Winston Kleinigkeiten stahl: einen gläsernen Briefbeschwerer, ein altes Feuerzeug, das nicht mehr funktionierte, ein Foto von Claude. Bisher hatte Winston sich an Sachen gehalten, die Claude gehörten. Aus sentimentalen Gründen, wie Claude annahm. Claude vermutete, daß Winstons Zuneigung leicht homosexueller Art war, und Claude hatte gehört, daß Homosexuelle dazu neigten, einem Menschen, den sie mochten, Dinge wegzunehmen. War es dann nicht mehr als wahrscheinlich, daß Winston ihm ab und zu irgend etwas Persönliches wegnahm, um einen Fetisch daraus zu machen?

Drei weitere Tage vergingen, ohne daß der Löffel wieder auftauchte und ohne ein Wort von Winston. An den Abenden war Margaret mit Briefeschreiben beschäftigt, und Claude wußte, sie sagte ausnahmslos in jedem Brief, daß sie ihren Babylöffel verloren habe und wie unverzeihlich nachlässig das von ihr gewesen sei. Es war wie eine schwere Sünde, die sie aller Welt zu beichten hatte. Mehr noch: sie wollte anscheinend jedem mitteilen: »Ich steh allein, entrissen ward mir meines Lebens Glück.« Sie wollte tröstende Worte von ihnen, hören, wie man ihr versicherte, daß sowas jedem mal passierte. Claude hatte gesehen, wie gierig sie die Anteilnahme der Frau im Delikatessenladen in sich aufsog. Und er sah ihre Spannung, als sie einen Brief ihrer Schwester aus Staten Island öffnete. Margaret las den Brief bei Tisch vor, und obgleich von dem Babylöffel darin nicht die Rede war, hob sich Margarets Stimmung, als ob die Nichterwähnung ihr die Absolution garantiere.

Eines Abends kamen Leonard George und seine Frau Lydia zum Essen, und Margaret erzählte von dem Löffel. Lydia, die keineswegs eine dumme Frau war, aber glänzend verstand, über gar nichts zu reden, kam immer wieder damit, wie betrüblich der Verlust eines Andenkens zuerst empfunden werde und wie unwichtig er dann später wurde. Margarets Gesicht verlor allmählich den betrübten Ausdruck, und schließlich lächelte sie. Nach Tisch fragte sie dann von selber: »Und wer hat Lust auf eine Partie Bridge?«

Margaret legte jetzt immer etwas Lippenstift auf, bevor sie sich zu Tisch setzten. Es war alles in etwa zehn Tagen vor sich gegangen. Rundum allen Leuten hatte sie den Verlust ihres Babylöffels gebeichtet, jeder hatte ihr natürlich vergeben, und das hatte offenbar die Trennwände zwischen ihr und der Welt der Erwachsenen zum Einsturz gebracht. Claude begann zu hoffen, es sei nun endgültig Schluß mit dem gräßlich gezierten Gehabe, wenn die Studenten zum Semestertee kamen. Eigentlich sollte er sich bei Winston dafür bedanken. Amüsiert malte er sich aus, wie er Winstons Hand ergriff und sich bei ihm dafür bedankte, daß er den Haushalt von dem blödsinnigen Babylöffel erlöst hatte. Er mußte es nur vorsichtig anstellen, denn Winston ahnte nicht, daß er von seinen kleinen Dievereien wußte. Vielleicht war es Zeit, daß Winston dies erfuhr. Claude nahm Winston immer noch übel, daß er ihn um Geld gebeten hatte, und dann der schockierende Moment, als er so unverschämt geworden war das letzte Mal. Ja, Winston mußte der Kopf zurechtgerückt werden. Er würde Winston zu verstehen geben, daß er von dem Löffel wußte, und dann konnte er auch dreihundert Dollar haben.

Winston hatte noch nichts von sich sehen lassen, deshalb schrieb ihm Claude einen kurzen Brief, lud ihn für Sonntag abend zum Dinner ein und fügte hinzu, er sei bereit, ihm dreihundert Dollar zu leihen. »Komm so früh, daß wir uns vorher noch unterhalten können«, schrieb Claude.

Winston lächelte, als er erschien, und hatte ein frisches weißes Hemd an. Aber durch den weißen Kragen wirkte das graue Gesicht noch grauer, die Schatten auf den Wangen noch dunkler.

»Viel gearbeitet?« fragte Claude, als sie in sein Arbeitszimmer gingen.

»Kann man sagen«, erwiderte Winston. »Ich möchte dir gern ein paar Seiten vorlesen – wie Jake in der Untergrundbahn fährt.« Jake war die Hauptperson in Winstons Buch.

Winston wollte eben zu lesen anfangen, als Margaret Whisky sours und einen Teller mit Canapés brachte.

»Ja, übrigens, Winston«, begann Claude, nachdem Margaret wieder draußen war, »ich möchte mich noch bedanken für einen kleinen Gefallen, den, glaub ich, du mir erwiesen hast, als du das letzte Mal hier warst.«

Winston blickte ihn an. »Was meinst du?«

»Hast du zufällig einen Silberlöffel gesehen, einen kleinen silbernen Babylöffel?« fragte Claude lächelnd.

Winstons Augen wurden plötzlich wachsam. »Nein. Nein, hab ich nicht.«

Schlechtes Gewissen und Verlegenheit, das sah Claude. Er lachte heiter. »Hast du ihn nicht mitgenommen, Winston? Ich wäre begeistert, kann ich dir sagen.«

»Mitgenommen? Nein, ganz bestimmt nicht.« Winston machte einen Schritt auf das Cocktailtablett zu, blieb steif gebückt stehen und blickte Claude stirnrunzelnd an.

»Hör mal zu –« Warum hatte er davon angefangen, bevor Winston ein paar Cocktails getrunken hatte? Claude dachte an Winstons leeren Magen, ihm war als fielen seine Worte dort hinein. »Hör zu, Winston, du weißt, ich mag dich unheimlich gern.«

»Was soll das alles?« verlangte Winston zu wissen. Jetzt bebte seine Stimme, er sah völlig hilflos aus, unfähig, seine Schuld zu verbergen. Er wandte sich halb um und dann wieder zurück, als nagle das schlechte Gewissen seine Schuhe am Boden fest.

Claude legte den Kopf zurück und trank sein Glas ganz aus. Ein Lächeln stand auf seinem Gesicht, als er sagte: »Ich weiß, daß du mir ein paar Sachen genommen hast. Das macht mir überhaupt nichts aus – im Gegenteil, ich bin froh, daß du sie haben wolltest.« Er zuckte die Achseln.

»Was für Sachen? Das ist nicht wahr, Claude.« Winstons gespreizte Hand lag über der Muschelschale auf dem Bücherregal. Er stand jetzt ganz aufrecht, es lag etwas Militantes in der großen Gestalt und dem verletzten Blick, mit dem er Claude ansah.

»Winston, nun trink doch mal.« Hätte er doch bloß nicht damit angefangen, dachte Claude. Er hätte wissen müssen, daß Winston das nicht schlucken konnte. Vielleicht hatte er ihre Freundschaft zerstört – wegen nichts. Ob er es zurücknehmen sollte, so tun, als habe er nur Spaß gemacht? »Trink doch mal«, wiederholte er.

»Du kannst mich nicht als Dieb hinstellen!« sagte Winston empört. Sein ganzer Körper begann plötzlich zu zittern.

»Nein, nein, du hast alles falsch verstanden!« sagte Claude. Er ging langsam durch das Zimmer, um eine Zigarette aus der Dose auf dem Schreibtisch zu holen.

»Das hast du doch gesagt, oder?« Winstons Stimme brach.

»Nein. Und nun setzen wir uns mal hin und trinken was und vergessen das Ganze.« Claude sprach mit ausgeklügelter Beiläufigkeit, aber er wußte, es klang trotzdem herablassend. Vielleicht hatte Winston den Löffel gar nicht gestohlen: er gehörte schließlich Margaret. Vielleicht verhielt sich Winston deshalb so schuldbewußt, weil er andere Sachen mitgenommen hatte und jetzt wußte, daß Claude es wußte.

Das war sein letzter Gedanke – daß seine Worte falsch und herablassend geklungen hatten, daß Winston vielleicht mit dem Verschwinden des Löffels gar nichts zu tun hatte –, bevor ein flinker Schritt hinter ihm, das kurze Schwirren, mit dem etwas durch die Luft sauste, und der krachende Aufprall an seinem Hinterkopf ihm in einer letzten leeren zuckenden Geste die Arme in die Höhe rissen.

Glassplitter

Andrew Cooperman war gut gelaunt an diesem Mittwochmorgen, denn er hatte eine Verabredung. Kurz nach zehn sollte er an Kate Wynants Haustür klingeln, dann wollten sie zusammen zum Supermarkt gehen. Das taten sie einmal in jeder Woche, möglichst nicht am Sonnabend, dann war es zu voll. Sie kauften immer gemeinsam ein; es war ja heutzutage fast unmöglich, ein Pfund oder sechs Stück von irgendwas zu kaufen, man mußte immer gleich fünf Pfund Zwiebeln oder zehn Pfund Kartoffeln nehmen, als ob man für ein Regiment zu kochen habe, und Andrew lebte allein und Kate ebenfalls. Andrews Ehefrau Sarah war schon fast sechs Jahre tot, und Al, Kates Mann (er war Inspektor bei der U-Bahn gewesen), war noch ein Jahr früher an Bronchitis und Lungenentzündung gestorben. Mehr als dreißig Jahre lang waren die Coopermans und die Wynants gute Freunde und Nachbarn gewesen. Die Wynants waren kinderlos, aber Andrew und Sarah hatten einen Sohn, der bis vor zehn Jahren mit Frau und Sohn in New Jersey gewohnt hatte und dann nach Dallas umgezogen war. Eddie, Andrews Sohn, war ein guter Junge, aber kein großer Briefschreiber, zu mehr als zwei Briefen im Jahr langte es meistens nicht, und davon war einer der Weihnachtsbrief. Andrew gestand sich ein, daß er sich zuweilen einsam fühlte.

Und ebenso mußte er zugeben, daß es im Grunde unsinnig war, wenn die Aussicht auf eine Verabredung mit der guten Kate seine Stimmung hob. Sicher hatte sie auch heute wieder eine neue Gruselgeschichte für ihn, irgend etwas »Entsetzliches« oder »Unmenschliches«, das in ihrer Umgebung in Brooklyn passiert war. Kate verbrachte die Hälfte ihrer Tage am Telefon, entweder rief sie an, oder sie wurde angerufen. Sie war über alles informiert, was ringsum geschah. Nun ja, die Gegend war, milde gesagt, ein wenig heruntergekommen. Wohlfahrtsempfänger zogen ein und natürlich die dazugehörigen Kinder. Früher war das hier eine der besten Gegenden gewesen: viele Einzelhäuser, guterhaltene Gärten mit Bäumen und Büschen und blankgeputzte Messingtürklopfer, die das Bild verschönerten. Jeder kannte jeden, half dem Nachbarn beim Schneeschaufeln, man besuchte einander zu Hochzeiten und Geburtstagen. Jetzt kamen neue Leute hinzu, die Hauseigentümer starben, und die Häuser mußten in Wohnungen aufgeteilt werden, da war nichts zu machen. Andrew und Sarah hatten immer in der Wohnung gelebt, die Andrew noch heute bewohnte, aber früher hatten sie die Hauseigentümer (Knese hießen sie) gekannt, sie waren älter als er und Sarah und nun schon lange tot. Den Eigentümer seines Vierfamilienhauses kannte Andrew nur dem Namen nach, er wußte nicht mal mehr, wie er aussah ... Andrews Gedanken schweiften ab. Er warf einen Blick auf seine Uhr: fünf nach zehn. Hatte er auch nichts vergessen? Geld und Schlüssel, immer das Wichtigste, und dann die Einkaufsliste. Ja, er hatte alles.

Hart an seine Wohnungstür gelehnt stand eine große Holzkiste, angefüllt mit Büchern und alten Zeitschriften. Das war Kates Idee gewesen: nicht nur drei Schlösser plus Riegel und Kette an der Tür anzubringen, sondern auch noch irgendwas Schweres davorzustellen. Mit Türschlössern wurde heute jeder leicht fertig, meinte Kate, und eine Kette war ebenfalls im Nu durchgeschnitten; aber wenn sie dann noch einen schweren Gegenstand aus dem Weg räumen mußten, dann gewann Andrew Zeit zum Telefonieren. Kate wußte natürlich immer von einem Mann oder einer Frau zu berichten, die dieser Vorsichtsmaßnahme wahrscheinlich ihr Leben und ganz sicher die Rettung ihrer Habe zu verdanken hatten. Andrew ruckte jetzt an der Kiste und kriegte sie so weit beiseite, daß er gerade die Tür öffnen und sich hinauszwängen konnte. Dann schloß er wieder ab und drehte den Schlüssel zweimal um. Ganz unten auf seiner Einkaufsliste hatte er etwas Nettes notiert: eine rechteckige kleine Glasscheibe, deren Maße er dazugeschrieben hatte. Andrew verstand sich recht gut auf das Einrahmen von Bildern; manchmal brachten ihm Nachbarn, die Vernons oder die Schroeders, Fotos und Zeichnungen zum Rahmen, und natürlich nahm er nichts dafür, nur die Materialkosten bezahlten sie ihm. Mit solchen gelegentlichen Rahmenarbeiten und mit den eigenen Aquarellen verbrachte er einen großen Teil seiner Zeit. Er besaß zwei Mappen mit Aquarellen, meist kleine Landschaftsskizzen von Parks und Häusern der Umgegend. Er zeigte sie Kate, wenn sie darum bat, seine letzten Arbeiten sehen zu dürfen. Zwei oder drei hatte er gerahmt in seiner Wohnung aufgehängt. Andrew blätterte oft in seinen Mappen und warf dabei Sachen weg, die er für weniger gelungen hielt. Es hatte keinen Zweck, alles aufzubewahren, wie es viele alte Leute taten.

Andrew hatte sein Lieblingsfoto von Sarah neu unterlegt, einen gebrauchten Rahmen gekauft – Vogelaugenahorn, sehr hübsch – und ihn zurechtgemacht, und heute abend wollte er nun das Glas in den Rahmen einsetzen, die Rückwand mit braunem Papier verkleben und das Bild in seinem Wohnzimmer aufhängen. Andrew war früher Schriftsetzer bei einer Brooklyner Zeitung gewesen, er schätzte Genauigkeit. Seit er siebzehn war, hatte er seine Arbeitstage in dem lauten Rattern, dem lockeren und doch verläßlichen Scheppern und Rasseln und Klingeln mächtiger Druckereimaschinen verbracht. Manchmal hörte er noch im Traum die Maschinen, konnte er das Öl beinahe riechen, obgleich die Druckpressen schon vor fünfzehn Jahren, als er aufhörte zu arbeiten, längst modernisiert worden waren und viel weniger lärmend arbeiteten.

»Bist du das, Andrew?« schrillte Kates Stimme durchs Treppenhaus, Sekunden nachdem er auf den Klingelknopf gedrückt hatte.

»Ich bin's, Kate«, rief er zurück.

»Bin sofort unten!«

Die Tür hinter Andrew, die unverschlossene Haustür, wurde plötzlich aufgerissen, und zwei, nein, drei Kinder schossen an ihm vorbei. Eins hatte einen Schlüssel in der Hand. Laut schreiend stürmten sie herein, ein schwarzes und zwei weiße Kinder, das sah er. Im zweiten Stock lag außer Kates noch eine andere Wohnung.

Kate öffnete die Tür, die sie in ihrer Breite beinahe ausfüllte, ihr gerötetes Gesicht eingerahmt von einem schwarzen Pelzkragen. Kates rundliche Hände hielten einen Beutel aus blauem Plastik und dazu den Einkaufswagen, der zwei Räder hatte, aber jetzt flach zusammengelegt war. »Mein Gott, war das ein Morgen! Hat Ethel dich angerufen – wegen Schroeders?« fragte sie mit ungewöhnlich erregter Flüsterstimme.

»Nein.« Ethel war eine Nachbarin, die ebenfalls gern und viel telefonierte. Vermutlich war bei den Schroeders wieder eingebrochen worden, dachte Andrew.

Kate ging die Eingangsstufen hinunter und kam wieder zu Luft. Sie legte die Hand auf Andrews Jackettärmel und sagte: »Man hat sie heute morgen in ihrer Wohnung gefunden – beide tot. Schlaftabletten. Sie haben einen Brief hinterlassen. *Selbstmord*!«

»Nein!« sagte Andrew entsetzt. »Und warum?«

»Weil sie –« Kate blickte sich um, als fürchte sie feindliche Ohren. »Noch einen Einbruch konnten sie nicht ertragen. Sie mochten nicht mehr – sie waren zu unglücklich. Drei oder vier hatten sie schon, das weißt du ja –«

»Das ist schlimm. Sehr schlimm. Eine böse Nachricht.« Andrew hatte das Gefühl, als begreife er es noch nicht ganz richtig.

»Zwei Einbrüche in den letzten sechs Monaten. Weißt du noch, Andy? Und Herman hatte so gräßliche Rückenschmerzen seit dem letzten Überfall – wann war das noch, ich glaube, im Dezember. Jedenfalls war es ein kalter Tag, das weiß ich genau.«

»Ja.« Herman Schroeder hatte auf einer Bank in der Sonne gesessen, nur ein paar Straßen entfernt – obgleich ihn Kate gewarnt hatte, daran entsann sich Andrew, denn an kalten Tagen waren nicht viele Leute unterwegs – und zwei Jungen hatten ihm sein Geld und die Armbanduhr und den Wintermantel abgenommen. Es war nicht so sehr der Diebstahl, das Schlimme war der Schock, und die Jungen hatten Herman einfach auf den Boden gesetzt. Diese Bänke waren die reinen Menschenfallen, jedenfalls für ältere Leute. Früher waren sie oft in den kleinen Park gegangen, hatten im Sommer dort Schach und Dame gespielt, jetzt nicht mehr. Andrew sah noch Herman dort mit seiner weißen Pfeife in der Sonne sitzen und Zeitung lesen. Alles vorbei. Die Schroeders waren anständige Leute gewesen und seit Jahrzehnten Nachbarn, wie er und Kate auch. Langsam nahm sein Gehirn es auf. »Umgebracht haben sie sich.« Er ging jetzt mit Kate in Richtung auf die breite Straße mit dem Supermarkt.

»Einen Umzug konnten sie sich nicht leisten. Das hat Minnie mir mal gesagt, schon vor ein paar Jahren.« Kate ging etwas langsamer, um die schmerzenden Fußgewölbe zu schonen.

Drüben auf der anderen Straßenseite sah Andrew die beruhigenden Gestalten zweier Polizisten, stämmige Männer, die im Gehen ihre Stöcke schwangen, gleichzeitig bemerkte er vier hispanische Jungen auf dem Gehweg auf ihn und Kate zukommen, sie johlten auf spa-

nisch, stießen einander an, der eine hatte glasige Augen
wie ein Drogensüchtiger – oder irrte sich Andrew? Einer
rief ein paar dreckige englische Worte und schubste seinen Nachbarn, der Andrew anstieß, so daß Andrew
gegen Kate prallte. Andrew straffte sich und legte ent-
schuldigend die Hand auf Kates Arm, ohne etwas zu
sagen. Es war, als hätten sie beide ein paar Schweige-
minuten eingelegt, um das Andenken von Herman und
Minnie Schroeder zu ehren, selbst auf dem Wege zum
Supermarkt.

Andrew sagte, er müsse eine Glasscheibe kaufen, und
trat in das Eisenwarengeschäft kurz vor der Ecke. Er
wußte, Kate hatte nichts dagegen, sie kam mit hinein
und betrachtete die Küchensachen. Andrew gab die
Maße an, und der junge Mann notierte sie auf einem
Zettel und sagte dann:

»Viertelstunde ungefähr.«

»Na – es wird etwas länger dauern, ich will noch
zum Supermarkt. Danke schön.« Andrew ging zu Kate
hinüber. Der Laden war angefüllt mit chromglänzen-
den Toastern, Grillgeräten und elektrischen Maschinen
jeder Art.

Wie immer trennten sie sich im Supermarkt, nachdem
sie abgemacht hatten, was jeder übernehmen sollte: Andrew kaufte Kartoffeln, Kaffee, Brot undsoweiter, während Kate das Fleisch besorgte und außerdem an Ge-
müse und Obst das, was gut aussah. Andrews Gedanken waren bei den Schroeders. Wie oft hatten er und
Kate Minnies kleine Gestalt hier herumgehen sehen,
meist im dunkelroten Mantel; sie kaufte allein ein, an

einem Vormittag in der Mitte der Woche, und immer hatte man ein Weilchen zusammen geschwatzt und nach dem Befinden gefragt. Herman hatte niemals seine Spaziergänge aufgegeben, nur machte er sie natürlich nur am Tage, aber trotzdem – »Immer haben sie es auf die älteren Menschen abgesehen, weil sie wissen, wir können nicht weglaufen oder zurückschlagen.« Immer wieder hatte Kate das gesagt. Während Andrew einen Karton mit zwölf Eiern an sich nahm, sah er Minnie und Herman vor sich, wie sie – vielleicht angezogen auf ihrem Doppelbett – in der Wohnung lagen, wo Andrew ein paarmal gewesen war. *Tot.* Konnten es nicht mehr aushalten. Hatten sie recht gehabt mit ihrem hoffnungslosen Pessimismus, dachte Andrew. Durfte man das überhaupt fragen? Sie waren wohl zu müde und zu mutlos gewesen; das mußte man verstehen und verzeihen, dachte Andrew.

Die Finger der Kassiererin flogen mit erstaunlicher Flinkheit über die Tasten der Additionsmaschine. Andrew hatte keine Lust nachzusehen, ob die Zahlen alle stimmten. Kate tat es, das wußte er.

Kate hatte schon bezahlt und stand wartend auf der anderen Seite der Glastür. Mehrere von Andrews Tüten legten sie um auf den Einkaufswagen. Einen Beutel hatte jeder noch zu tragen.

»Ich hab einen schönen Kranzkuchen gekauft«, sagte Kate. »Wir können ihn bei mir zu Hause probieren, wenn du Lust hast.«

»Hört sich gut an«, sagte Andrew. In Kates Haus erklomm jeder zweimal die Treppen zum zweiten Stock, um alle Einkäufe nach oben zu bringen; abwechselnd wartete einer unten in der Halle und bewachte den Rest der Sachen. Man konnte nie wissen, ob nicht plötzlich jemand hereinstürzte durch die Haustür, womöglich sogar mit einem Schlüssel, und mit den Sachen das Weite suchte. Manche Kinder hatten bestimmt Nachschlüssel, davon war Kate überzeugt. Sie machte jetzt Nescafé und wärmte den Kranzkuchen im Herd auf. Dann sagte sie, was Andrew schon erwartet hatte:

»Bei dem Kranzkuchen muß ich an Minnie denken – aber ihrer war besser. Die beiden werden mir fehlen, Andy –«

Sie saßen jetzt in Kates Wohnzimmer an dem ovalen Tisch, ihre Einkäufe lagen getrennt in der Küche, aber die Abrechnung war noch nicht gemacht.

Andrew nickte ernst. »Ja – ich hoffe bloß, daß ich nicht *so* sterben muß.«

»Bei dir ist erst zweimal eingebrochen worden, nicht? Bei mir viermal. Was ist mir denn noch geblieben?« fragte sie rhetorisch, legte den Kopf zurück und ließ die Augen über die Wände schweifen, über das Sideboard mit der grünen Vase (Andrew entsann sich an ein silbernes Tablett mit Teekanne, das vor Jahren dort gestanden hatte), mit dem gebrauchten alten Fernsehapparat, wo – vor vier, oder war das noch mehr Jahre her? – ein großer neuer Apparat gestanden hatte, Kates ganzer Stolz. Andrew wußte nicht, was er sagen sollte. Ja, sie war bestohlen worden, aber im ganzen war ihre Wohnung vielleicht doch noch gemütlicher als seine. »Es ist schlimmer für einen Mann, dem die Frau stirbt, als umgekehrt«, hatte Kate zu ihm gesagt, als Sarah gestorben war. Das mochte wahr sein. Frauen hatten eine bessere Hand in kleinen Dingen, die ein Heim hübsch machten. Trotzdem sagte sich Andrew warnend (wie er es seit Sarahs Tod stets getan hatte), er dürfe nicht anfangen mit Selbstmitleid, denn das war der Anfang vom Ende, war eigentlich sogar beschämend. Aber er wurde den Gedanken und vor allem das *Bild* der Schroeders nicht los, als er mit Kate beim Kaffee saß und den zimtgewürzten Kuchen verzehrte. Sie waren beide etwa sechsundsiebzig gewesen, dachte Andrew. Eigentlich noch gar nicht alt, nicht wahr? Andrew wurde im nächsten Monat einundachtzig.

»Wie hat man sie gefunden?« fragte Andrew.

»Wen?«

»Die Schroeders.«

»Ach so. Ich glaube, eine Nachbarin von derselben Etage hat ein paarmal geklopft und hat dann dem Hauswart oder sonst jemand Bescheid gesagt – der Hauswart wohnt nämlich nicht dort im Haus. Die Nachbarin hat wohl gesagt, sie sei beunruhigt, weil sie sie seit mehreren Tagen nicht gesehen hat. Ethel sagt, sie hätten schon vier Tage da gelegen, das hat einer der Ärzte zu jemand gesagt.«

In der Küche machte sich Andrew, so gut er konnte, an die Abrechnung; er prüfte die beiden Kassenbelege, den Betrag für das geteilte, in Wachspapier gehüllte Paket mit zwei Brotlaiben und für die Kartoffeln. Kate war es lieb, wenn er die Abrechnung machte. Er errechnete knapp achtzehn Dollar für Kate und etwas mehr für sich selber, bei einem Posten war er nicht mehr ganz sicher. Dann füllte er zwei Beutel mit seinen Sachen.

»*Unmenschlich* sind sie«, sagte Kate so aufgebracht, daß selbst ihr etwas ausgefranster Rocksaum zuckte. »Du hast doch damals den Artikel im *Time* gelesen, vor ein paar Monaten, weißt du noch, Andy?«

Er wußte noch. Kate hatte ihm, wie schon oft, die Zeitschrift gegeben, als sie sie ausgelesen hatte. In dem Anderthalbseiten-Artikel ging es nicht um ihre Brooklyner Gegend, aber um eine ganz ähnliche. Er beschrieb Menschen, die abends ihre Wohnungstür verbarrikadierten, die bei Dunkelheit nicht mehr auszugehen wagten, nichts mehr einkauften, niemand besuchten. Streunende Teenagerbanden, siebenundneunzig Prozent Schwarze oder Hispanier, setzten die Leute in ihren eigenen Wohnungen gefangen, schrieb *Time;* an Zahltagen folgten sie ihnen von der Bank und schlugen sie in den eigenen vier Wänden nieder. »Wenn zivilisierte Menschen wie die Schroeders sich um bringen, weil sie –« Kate wußte nicht weiter. Sie setzte sich hin und ruckte an ihrer rötlichen Perücke, damit sie richtig saß. »Die Polizei ist nicht imstande, alle zu schützen. Wie sollen sie es anstellen, überall gleichzeitig zu sein? Ganz unmöglich.«

»Aber weißt du nicht mehr«, begann Andrew, der froh war, daß ihm eine erfreuliche Einzelheit einfiel, »in dem Artikel im *Time* war auch ein Bild von einem schwarzen Mädchen, so eine Große, die begleitete ältere Leute, so wie wir es sind, beim Einkaufen in ihrer Straße. Oder vielleicht auf dem Rückweg von der Bank, das weiß ich nicht mehr.«

Unruhig nahm Kate eine Nuß von ihrem Teller und schob sie zwischen die Lippen. »Na schön, das war *ein* Beispiel und *ein* Bild. Was wir brauchen, sind fünfzig junge Leute hier in der Gegend, die uns *alle* begleiten –«

Andrew wußte, er ging jetzt besser; Kate konnte noch eine halbe Stunde so weiterreden. »Vielen Dank, Kate, für den schönen Kaffee und Kuchen.«

»Ruf mich heute abend an, Andy, ja? Ich bin heut nervös, ich weiß auch nicht, warum.«

Er nickte. »Welche Zeit?« fragte er, als träfe er eine neue Verabredung, und in gewisser Weise war es ja auch so. Er liebte es, kleine Dinge vorzuhaben, auch kleine Aufgaben.

»Kurz vor acht. Fünf vor acht, ist das recht? Um acht möchte ich etwas im Fernsehen ansehen.«

Andrew ging. Er war schon zu Hause, hatte alle Taschen geleert und in der Küche alles weggeräumt, als ihm einfiel, daß er vergessen hatte, die Glasscheibe abzuholen. Sowas Dummes! Das war eben das Alter, dachte er und lächelte über sich selber. Er zog seine Jacke wieder an, schloß die Wohnungstür auf und wieder zu. Seine eigene Schuld, diese Extramühe, dachte er. Wieder ging er mit kurzen Trippelschritten auf die breite Straße zu, wobei er den rechten Fuß leicht nachzog.

»Morgen, Andy«, sagte eine ältere Frau, die ihren weißen Hund an den vollen Einkaufswagen gebunden hatte.

»Guten Morgen –« sagte Andy, dem der Name nicht gleich einfiel. Ach ja – *Helen,* natürlich, aber jetzt war es zu spät. Helen *Vernon.*

235

Andrew betrat das Eisenwarengeschäft und fragte nach seiner Glasscheibe. Zwei Dollar achtundachtzig. Das Glas war sauber in braunes Papier gewickelt und mit Tesafilm verklebt. Er nahm es unter den Arm und machte sich auf den Heimweg. Er freute sich auf einen gemütlichen Abend, auf die Bastelei in dem kleinen Zimmerchen, das früher Sarahs Näh- und Bügelzimmer gewesen war und wo auch seine Werkbank stand, eine glatte Tür auf einem Gestell. Die Sonne war jetzt heller geworden. Andrew blickte auf und sah einen Hubschrauber, der einen langen Streifen hinter sich herzog mit Buchstaben, die er nicht lesen konnte. Aus einem Hintergarten stieg ein Rauchwölkchen auf – jemand verbrannte Zweige. Frühling lag in der Luft.

Er hörte schnelle Schritte hinter sich und rückte instinktiv nach rechts, um jemanden außen vorbeizulassen, und ein Schlag traf seinen linken Arm, unter dem er die Glasscheibe trug. Andrew wurde nach rechts gestoßen, er verlor den Halt, hörte, wie das Glas klirrend auf dem Gehweg aufschlug, und gleichzeitig knackte etwas in der rechten Hüfte.

Andrew sah Beine in Blue jeans, hörte keuchende Atemzüge, als ihm die Jacke nach hinten gerissen wurde und ein Knopf vor seinen Augen absprang, die Arme zusammengeschnürt wurden. Der Hut lag auf dem Boden, und Andrew erwartete einen Schlag auf den Kopf, doch statt dessen riß ihm eine schwarze Hand die Brieftasche aus der Innentasche des Jacketts. Andrew blinzelte, sah große Füße in Turnschuhen, lange Beine in Blue jeans mit blauer Denimjacke, wie sie in großen

Sätzen über den Gehweg rannten und an der nächsten Ecke nach rechts verschwanden.

Sekunden später, fast umgehend, beugte sich eine Frau über ihn, die hinter ihm gewesen war. »Ich hab's gesehen!« sagte sie.

Sie versuchte ihn aufzurichten, und Andrew kam auf die Knie, wobei ihn das Jackett hinderte, das ihm die Arme verschnürte. Die Frau – sie trug ein blaues Kopftuch, ihr Einkaufsbeutel lag auf dem Gehweg – zog seinen Arm heraus und schob den Jackenkragen hoch, so daß das Jackett wieder auf den Schultern saß. Er nahm ihre ausgestreckte Hand, und dann stand er wieder auf den Füßen.

»Ich danke Ihnen wirklich sehr«, sagte Andrew.

»Meinen Sie, es geht wieder?« Sie sah besorgt aus. Sie war etwa vierzig, unter dem Kopftuch sah man Lockenwickler.

Andrew stellte erleichtert fest, daß er ohne Schmerzen auf den Füßen stehen konnte. Er hatte einen Bruch der Hüfte befürchtet. »Ich danke Ihnen«, wiederholte er und merkte, daß er immer noch benommen war.

»Diese *Tiere*! Wenn ich bloß einen Cop sähe –« Sie blickte sich um und gab es für den Augenblick auf. »Ich möchte aber sichergehen, daß Sie gut nach Hause kommen. Wo wohnen Sie? Wollen Sie ein Taxi?«

»Nein, nein, ganz in der Nähe hier.«

Sie machten sich auf den Weg. Die nette Frau hielt seinen Arm fest und redete weiter.

». . . wenn man ihn braucht, ist natürlich nie ein Cop zur Stelle . . . einer von den alten Leuten bei mir im

Haus, letzte Woche. Ob die glauben, sie können die ganze Gegend übernehmen? Ha – die werden sich noch wundern . . . Was wollen sie überhaupt, das möchte ich mal wissen, Freizeitheime haben sie schon, Arbeitslosengeld, Sozialhilfe, vollen Lohn während der Ausbildung! Büchereien – wo man nie einen sieht . . . Überfälle bringen mehr ein . . . Glauben diese Affen eigentlich, daß wir nicht arbeiten mußten für das bißchen, was wir jetzt haben? . . . Mein Sohn . . . sagt immer, wir sollten uns Revolver anschaffen wie die Leute überall in San Francisco, oder war es Los Angeles . . . Nun sehen Sie bloß, noch immer kein einziger Cop.«

»Hier wohne ich«, sagte Andrew, als sie an einem zweistöckigen Klinkerhaus aus roten und cremefarbigen Ziegeln angekommen waren. Die Frau erbot sich, ihm die Treppe hinaufzuhelfen, aber Andrew sagte, er könne es allein schaffen.

»Wieviel hat er Ihnen übrigens abgenommen?« fragte sie.

Andrew versuchte nachzudenken. »Nicht mehr als zehn Dollar. Ich glaube nicht –« Er hielt inne und setzte noch einmal an. »Aber der Personalausweis und das alles . . . Ich muß mir neue Papiere schicken lassen. Die Nummern habe ich.«

»Wenn Sie mir Ihren Namen sagen wollen, melde ich die Sache auf der Polizei. Ich hab den großen Bengel ja gesehen –«

»O nein, nein, vielen Dank«, sagte Andrew abwehrend, als ob ihre Meldung sich für ihn ungünstig auswirken könne.

»Seien Sie vorsichtig. Bye-bye«, sagte die Frau und ging den Weg zurück, den sie gekommen waren.

Andrew kam nach oben, holte die Schlüssel aus der Hosentasche, trat ein, schloß die Tür ab, ging langsam in die Küche und setzte Teewasser auf. Tee war immer das Beste nach einem Schock, und er mußte zugeben, ein Schock war es gewesen. Ja. Auch wenn dies das zweite oder dritte Mal war ... das letztemal war vor mehr als einem Jahr ... aber diesmal war es am hellen Tage, mittags! Andrew gab zwei Löffel Zucker in seinen Tee und nahm am Küchentisch Platz. Wenigstens hatte er seine Einkäufe sicher nach Hause gebracht. Und die Hüfte tat auch nicht sehr weh, nur ein wenig, eine kleine Abschürfung vielleicht. Man stelle sich bloß vor, wenn er sich die Hüfte gebrochen hätte, monatelang nicht gehen könnte und Kate alle Einkäufe für ihn machen müßte! Eine Katastrophe wäre das gewesen. Andrew war dem Schicksal dankbar.

Er machte sich ein Sandwich mit Erdnußbutter, brachte aber nur die Hälfte herunter und merkte plötzlich, daß er sich hinlegen mußte. Er schob die Schuhe weg, legte sich auf die Couch im Wohnzimmer und zog die Decke über sich, die Sarah gehäkelt hatte. Es kam ihm vor, als sei er gerade erst eingeschlafen, als das Telefon klingelte. Wahrscheinlich Kate.

Ja, es war Kate, die berichtete, die Beerdigung der Schroeders sei für Samstag 11 Uhr festgesetzt, und fragte, ob Andrew mitkommen wolle, mehrere der Nachbarn wollten zusammen einen kleinen Bus zum Friedhof nehmen.

»Ja, ich – doch, natürlich«, sagte Andrew. Als Nachbar fühlte er die Verpflichtung mitzugehen, ein Zeichen der Achtung, die er den Toten zollte.

»Gut, Andy. Ich werde dann so um Viertel nach zehn bei dir klingeln. Du liegst ja am Weg. Wie geht's sonst? Heute abend läuft ein Dokumentarfilm im Fernsehen, vielleicht interessiert er dich – um neun, wenn das nicht zu spät ist. Geht bis zehn. Wir *könnten* uns auf halbem Weg treffen und dann zu dir oder zu mir kommen, aber es ist ja immer riskant, und nur wegen eines Films, das wär doch wohl unsinnig.«

Ja, es war unsinnig, das fand Andrew in diesem Augenblick ebenfalls, aber er sagte nichts.

»Bist du noch da, Andy? Fehlt dir was?«

»Ja, wenn du schon fragst«, erwiderte Andrew, »ich bin vorhin überfallen worden, an der –«

»Warum hast du mir das nicht gleich gesagt? Ich hab's ja geahnt, daß heute noch was passiert! Ist dir was geschehen – haben sie dich –«

»Es war nur einer. Nein, alles in Ordnung, Kate.«

»Welcher war es – konntest du ihn sehen?«

»Oh ja. Ein großer Schwarzer, das Haar war etwas rötlich.«

»Ich glaube, den kenn ich. Bin aber nicht ganz sicher. Bist du denn nochmal ausgegangen, Andy?«

»Ja, ich hatte das Bilderglas vergessen, das mußte ich noch holen.«

Sie vereinbarten, daß Andrew heute nach Dunkelheit nicht mehr ausgehen sollte, denn manchmal kam es vor, daß ein Blitz zweimal an derselben Stelle einschlug.

Dann ging Andrew zu der Wohnzimmercouch zurück, die er, obgleich sie durchgesessen war, für ein kurzes Schläfchen sehr liebte. Er wurde bald wieder müde, doch der Halbschlaf blieb unruhig. Ihm war auch trübsinnig zumute, weil er nicht mehr ausgehen wollte und nun das Glas heute abend nicht hatte, das er zum Einrahmen von Sarahs Foto brauchte. Was geschah wohl mit den Glasscherben auf dem Bürgersteig, die er in der Aufregung nicht mehr hatte aufsammeln können? Ob andere Jugendliche sie an sich nahmen, um sie als Waffe gegen Einwohner der Gegend zu benutzen? Bei dem Gedanken wand sich Andrew auf der Couch. Die Jungens trugen meist Messer bei sich, die waren leichter zu handhaben. Beim erstenmal, als Andrew überfallen wurde, als sie ihm die lederne Brieftasche abnahmen (seitdem hatte er nur noch Kunststoff genommen), da hatten sie Andrew auf den Gehweg gesetzt, ein kleinerer Junge hatte ein Messer in Andrews Augenhöhe gehalten, während ein älterer ihm die Brieftasche abnahm. Hinter seiner Wohnungstür, das hörte Andrew, schnappten jetzt Türschlösser, ein Riegel wurde zurückgeschoben. Mrs. Wilkie ging aus.

Morgen wollte er ein neues Bilderglas besorgen, und morgen abend, vielleicht sogar schon nachmittags, hatte er dann die Freude, das Foto aufzuhängen und Sarahs liebes lächelndes Gesicht vor sich zu sehen, so wie sie mit fünf- oder sechsundzwanzig Jahren ausgesehen hatte – als Eddie etwa zwei war –, in dem Sommerkleid mit den Rüschen vorn am Ausschnitt und der Korallenkette, die Andrew ihr geschenkt hatte. Er kam sich alt vor.

Wenn er an all die *Jahre* dachte! Das Gefühl, alt zu sein, war wohl hauptsächlich Müdesein. Vielleicht war das für jeden unvermeidlich. Er hatte insofern Glück gehabt, als er gesünder war als die meisten Menschen, ohne Rheumatismus und die üblichen Altersbeschwerden. Er sah ein: was ihn bedrückte, war die Aussicht auf das Grab, auf das baldige Sterben. Der Tod war vielleicht nur ein Augenblick, vielleicht ganz schmerzlos, aber jedenfalls ein Geheimnis. Wie eine Ohnmacht vielleicht? Andrew fand das Leben immer noch so interessant, daß er sich wünschte weiterzuleben. Übermorgen nahm er an Herman und Minnie Schroeders Begräbnis teil, und in ein paar Jahren, vielleicht nur wenigen Jahren, kamen dann Nachbarn wie Kate und Helen Vernon zu *seinem* Begräbnis. Freunde wie Kate würden noch in den folgenden Monaten von ihm sprechen, vielleicht sagen, er fehle ihnen, und dann würden sie ihn nicht mehr erwähnen, wie es schließlich auch mit den Schroeders geschähe. Um was ging es im Leben? Es müßte doch noch etwas mehr Bleibendes geben, dachte Andrew, etwas, das auch den einfachsten Menschen bei seinem Tode besser wiedergibt als einige Möbelstücke, ein paar Dollars in der Bank oder ein paar alte Bücher und Fotos. *Staub zu Staub*, dachte Andrew und drehte sich auf die Seite, wobei seine Hüfte zu schmerzen begann, aber er blieb still liegen, zu müde, um die Lage zu wechseln. Natürlich war da noch sein Sohn Eddie, und dessen Sohn Andy, auch schon ein Mann von achtundzwanzig Jahren. Aber was Andrew im Sinn hatte, war etwas Persönliches und Eigenes. Was war sein Wert als Mensch?

Andrew ging heute abend also nicht zu Kate, zum Abendessen machte er sich Makkaroni mit Käse (keine Frostpackung, es war billiger, wenn man es selber machte) und dazu grünen Salat. Nach dem Essen zog er die Schublade im Küchentisch hervor und holte hinter dem Plastikeinsatz mit den Bestecken sein restliches Geld heraus, damit er morgen nicht ausging und dann auf der Straße feststellen mußte, daß er kein Geld bei sich hatte. Andrew nahm vier einzelne Dollarnoten und steckte sie in die Hosentasche, ein Fünfer blieb in der Schublade. Dann schrieb er an die Bank und an die Sozialbehörde und meldete den Verlust seiner Ausweiskarten.

Am nächsten Morgen, einem herrlich sonnigen Tag, ging Andrew noch einmal in das Eisenwarengeschäft und bestellte eine Glasscheibe, sechzig mal fünfundvierzig Zentimeter. Andrew hatte erwartet, daß der junge Mann fragen werde: »Ist Ihnen wohl kaputtgegangen?« oder etwas Ähnliches, dann hätte Andrew gelächelt und »Ja« gesagt, doch der junge Mann hatte zuviel zu tun und sagte nur: »Viertelstunde.«

Eine Viertelstunde in einem Eisenwarenladen verging Andrew schnell; er schlenderte herum und besah sich Hammer und Schraubenschlüssel, Kartoffelschäler, Kaffeemaschinen, die den fertigen Kaffee auf einer kleinen Platte warmhielten, hübsche Aufhänger für Badezimmerwände, Säcke mit Torf und angereichertem Humus für den Garten, Grillgeräte für Holzkohle in verschiedenen Höhen und Durchmessern; und dann stand der junge Mann neben ihm mit der eingepackten Glasscheibe, die genau so aussah wie das Päckchen von gestern.

243

Wieder bezahlte Andrew bei der Kassiererin zwei Dollar achtundachtzig Cent. Andrew nahm sich vor, das Bild noch vor dem Mittagessen zu rahmen. Vielleicht bekam er dann Lust, Kate anzurufen und sie zum Tee zu bitten. Tee mit hübsch zurechtgemachten und doch soliden Schinken-Sandwiches mit Mayonnaise zum Beispiel, und dann Kuchen: so etwas liebte Kate. Das alles konnte Andrew nach dem Essen besorgen.

Andrew war am zweiten Block seines drei Straßen entfernten Heimwegs angelangt, als er denselben schwarzen Jungen in derselben blauen Jacke auf sich zukommen sah. Er pfiff, die Hände in den Hosentaschen, und schwang die Füße wie ein Seemann.

Andrew versteifte sich. Erkannte der Junge ihn? Aber der Junge blickte ihn gar nicht an. Dasselbe rötlichschwarze Kraushaar, über eins achtzig groß, ja, derselbe Kerl. Was mochte er sich für die zehn Dollar gekauft haben, dachte Andrew, und gleichzeitig sah er ein Glitzern vorn an der Denimjacke: offenbar lauter Flaschenkapseln, die da reihenweise befestigt waren. Wen wollte er als nächsten überfallen, heute mittag oder später? In Sekunden schossen Andrew diese Gedanken und Eindrücke durch den Kopf; dann traf ihn der Blick aus den großen gefleckten Augen des Jungen, scharf, aber ohne ihn zu erkennen, und die Gestalt kam näher, überzeugt, daß Andrew ihm Platz machen werde. Hände und Arme schwangen jetzt frei, vielleicht um Andrew einen Schreck einzujagen und ihn glauben zu machen, jetzt werde ein Zusammenstoß folgen.

Andrews rechte Hand faßte das Päckchen ganz fest

und hielt es mit einer Ecke schräg nach vorn wie eine Lanze, und Andrew trat nicht beiseite. Er behielt seinen Kurs einfach bei, und als der Junge die Arme weit schwang, damit Andrew zur Seite sprang, spannte er sich, um dem Anprall zu begegnen, und sah, wie die Spitze des Päckchens auf das blaßblaue Hemd traf, nahe den weißen Knöpfen.

»*Auu!*«

Der Stoß ließ Andrew zurücktaumeln, aber er hielt sich aufrecht.

»Auu – auu!« stöhnte der Junge etwas leiser und faltete die Hände über dem Magen. »Saukerl!« Blut rann über die verschränkten Finger.

Auf dem Gehweg hinter Andrew kam ein Mann näher. Eine Frau mit einem Einkaufswagen, wie ihn Kate hatte, kam aus der entgegengesetzten Richtung und blieb mit offenem Mund zögernd stehen.

»Er hat mich gestochen!« winselte der Junge im Falsett. Er lehnte vornübergebeugt an einem Hydranten.

Der Mann trug eine Anzahl Papptafeln unter einem Arm, er sah weniger besorgt als neugierig aus. »Was 's denn passiert? 'n anderer Junge?« fragte er Andrew.

»Er hat mich *gestochen*!« heulte der Junge wieder.

Weder der Mann noch die Frau kümmerten sich darum.

»... Arzt rufen?« meinte die Frau unbeteiligt und sah den Mann an.

»Wär wohl besser. Ja. Vielleicht«, sagte der Mann und ging weiter.

Die Frau gab einen Laut wie ›Tschsch‹ von sich und

schritt unsicher etwas weiter in der deutlichen Absicht, das Feld den andern zu überlassen. »So *leben* die«, sagte sie zu Andrew mit einer heftigen Handbewegung. »Sie machen's mit uns, und manchmal macht's einer mit ihnen.« Sie ging eilig weiter, wandte sich aber noch einmal um und sagte: »Wenn ich einen Polizisten treffe...« Dann war sie fort.

Der Junge sah Andrew an und murmelte etwas, das wie eine Drohung klang, und jetzt kamen seine Kumpane, zwei oder drei. Andrew ging wieder weiter, nach Hause. Er hörte Füße in leichten Schuhen über die Straße rennen und sah, wie einer der Jungen vor einem Auto zur Seite sprang. Eine Ecke des Glaspäckchens hing schlaff herab. Er hatte dem Jungen tatsächlich einen Schnitt beigebracht. Andrew dachte an Vergewaltigungen, die in seiner Gegend vorgekommen waren (ohne daß die Zeitungen immer darüber berichteten, soviel er und Kate bemerkt hatten), bei denen man dem Mädchen ein Messer in die Wange gestochen hatte, damit es nicht schrie, und ihm dann Gewalt antat. Andrew merkte, daß sein Herz laut pochte vor Zorn, und auch vor Angst. Er hatte zurückschlagen wollen, und das hatte er jetzt getan. Mochte doch die Polizei kommen, ihn vorladen und Anklage erheben. Vielleicht taten sie's. Andrew hielt es für möglich.

Erst als er das Glaspäckchen zur Seite legte und sich ans Öffnen seiner drei Wohnungstürschlösser machte, merkte Andrew, daß die Finger der rechten Hand innen bluteten. Auch das braune Papier war zum Teil durchtränkt von Blut. Andrew trat in die Wohnung und schloß die Tür von innen ab, das Blut ließ er auf das braune Päckchen tropfen, das flach auf dem Boden lag. Dann hielt er vorsichtig, um den Dielenteppich zu schonen, das rechte Handgelenk fest und trat in die Küche, weil sie näher lag als das Bad. Er ließ kaltes Wasser über die Hand laufen. Die Schnittwunden waren nicht schlimm, genäht mußten sie jedenfalls nicht werden, ein paar Heftpflaster genügten. Er schob auch die Kiste mit Büchern und Zeitschriften wieder vor die Tür.

Nachmittags gegen zwei Uhr fühlte sich Andrew besser, nur um Mittag herum war es eine Weile nicht so gut gegangen. Der eine Finger hatte noch eine ganze Zeitlang weiter geblutet; dann hatte Andrew sein Mittagessen gemacht und sich, weil ihm schwach zumute war, auf die Couch im Wohnzimmer gelegt. Kurz nach zwei zog er sein Jackett an und verließ die Wohnung, um seine Glasscheibe zu besorgen. Diesmal machte der junge Mann – der Andrew schon kannte, denn er hatte auch früher Glas zum Einrahmen bei ihm gekauft – eine Bemerkung und lächelte dazu, und Andrew, der nicht alles verstanden hatte, erwiderte: »Ja – ich hab noch ein paar von derselben Größe fertigzumachen.« Andrew wartete auch diesmal, und als er das Glas erhalten hatte, ging er in die Bäckerei an der Hauptstraße, zwischen der Bibliothek und dem Eingang zur Untergrundbahn. Schade, daß er seine Bücher nicht mitgenommen hatte, sie waren noch nicht fällig, aber er hatte sie ausgelesen und hätte sie tauschen können. In der Bäckerei erstand er einen Schichtkuchen mit Schokolade und weißer Glasur und ein Paket braune Keks. Dann ging er den gleichen Weg nach Hause, seinen üblichen Weg, vorbei an der Stelle, wo er heute dem Jungen begegnet war, aber er warf keinen Blick nach links, wo vielleicht noch die Blutstropfen zu sehen waren. Er blickte sich gar nicht weiter um, doch er nahm sicher an, daß die Freunde des Jungen nach ihm Ausschau halten würden. Wenn er von jetzt an aus dem Haus ging, war es noch ein größeres Risiko als gewöhnlich.

Als er wieder zu Hause war und ans Telefon ging, um Kate anzurufen, war ihm klar, daß auch dies ein kleines Risiko war, denn das gerahmte Foto gehörte zu seiner Tee-Einladung, und er hatte die Arbeit noch gar nicht angefangen. Kate war zu Hause und sagte, sie werde sehr gern kommen, so gegen vier Uhr.

Jetzt machte sich Andrew an die Arbeit. Um die rechte Hand hatte er einen sauberen Lappen gebunden, das war etwas hinderlich, aber er arbeitete vorsichtig. Ein Kleckschen Blut, halbmondförmig, fiel auf das braune Papier, mit dem Andrew die Rückwand des Rahmens sauber verklebt hatte; das war nun nicht zu ändern, er hatte sich nicht die Zeit genommen, den Verband nochmal zu wechseln. Jetzt fügte er die Ösen ein und befestigte den Draht zum Aufhängen. Dann erneuerte Andrew den Verband, die Heftpflaster ließ er unverändert, und mit der linken Hand schlug er den Nagel in die Wand und hängte dann das Bild auf.

Wie schön sah es aus! Vorsichtig rückte er mit einem Finger das Bild etwas gerade. Sarah erhellte das ganze Wohnzimmer, es sah völlig anders aus. Sie lächelte ihm zu, der Kopf war leicht abgewandt, doch die Augen blickten ihn an, er meinte zu hören, wie sie »Andy« sagte. Andrew lächelte zurück, und sekundenlang fühlte er sich wieder jung, ihm war, als atme er die kühle frische Luft ein, die man in den Hügeln auf dem Lande atmet. Aah – ja! Und nun Tee. Andrew nahm Tassen und Teller aus dem Schrank und achtete darauf, daß er keine angestoßenen nahm. Zucker und ein Kännchen mit Milch. Als alles fertig war und er das Gas unter dem Kessel angezündet hatte, klingelte es an der Tür.

»Tag, Andy – wie geht's heute?« fragte Kate beim Eintreten, ein wenig außer Atem von den Treppen.

Noch hielt Andrew die rechte Hand auf dem Rücken verborgen. »Ganz gut, Kate, danke schön. Und wie geht's selber?« Er verschloß die Tür hinter ihr.

»Ooch –« Kate war dabei, den Mantel über der etwas korpulenten Figur aufzuknöpfen. Wie immer wandte sie sich dabei um, um das Wohnzimmer zu inspizieren, und sah das neue Bild an der Wand. »Du, Andy, das ist aber hübsch!« Sie trat näher. »Ganz reizend sieht Sarah hier aus. Sieh mal an – Vogelaugenahorn!«

Andy hatte den Rahmen eingewachst. Ein warmes Gefühl der Befriedigung stieg in ihm auf. Kate redete weiter, sie sprach von den Zeiten, da sie alle jünger waren und zu viert Weihnachten und Erntedankfeste gefeiert hatten; hin und wieder waren sie auch alle zusammen in ein polnisches Lokal (das längst geschlossen war) gegangen, wo Paare jeden Alters zwischen den Gängen getanzt hatten, etwas altmodisch-feierlich, aber sie hatten sich wunderbar amüsiert. Noch bevor er den Tee einschenkte, sah Kate seine verbundene Hand.

»Hab mich geschnitten, beim Einrahmen«, sagte Andrew. »Zu dumm. Ist aber nicht weiter schlimm.« Wenn er jetzt die Wahrheit sagte, würde Kate irgendwas Erschreckendes sagen – Andrew wußte nicht genau was, aber es hätte sicher was zu tun mit dem Zurückschlagen der Bande, vielleicht der ganzen Streunerbanden, es gab da nämlich drei, eine mit Hispaniern, eine mit Schwarzen und eine gemischte, wo auch zwei oder drei Weiße drin waren. Vielleicht würde Kate auch darauf bestehen, daß er die nächsten Tage zu Hause blieb und sie für ihn einkaufte, was er brauchte.

»Meinst du nicht, wir sollten es mal ansehen, wo ich nun schon hier bin?« fragte Kate, den Mund voller Kuchen. »Ich kann dir doch einen ordentlichen Verband machen. Mit einer Hand kannst du dich nicht verbinden. Hast du ein antiseptisches Mittel? Oder Alkohol?«

»Ach, Kate!«

Es folgten Fragen nach seinen Papieren, ob er wegen der Ausweiskarten geschrieben habe. Ja, sagte Andrew, das habe er. Er setzte noch mehr Teewasser auf.

Bevor sie ging, bestand Kate darauf, den Verband abzunehmen und einen neuen, sauberen anzulegen. »Es ist doch unsinnig, diesen die ganze Nacht zu behalten, wo er jetzt schon feucht ist«, sagte sie. Sie hatte auch das Teegeschirr abgewaschen, damit Andrews Hand nicht naß wurde.

Andrew gab nach und ließ sie den Verband abnehmen. Sie war sehr betroffen, als sie die Schnitte in den vier Fingern sah.

»Na ja, ganz so war es nicht, wie ich gesagt habe«,

sagte Andrew. »Ich – heute morgen sah ich den großen Jungen von gestern, wie er auf mich zukam – er wollte mir Angst machen, damit ich aus dem Weg ging, nehme ich an, aber ich bin ihm nicht aus dem Weg gegangen, ich hab ihn direkt in das Glas hineinlaufen lassen – in die scharfe Ecke.« Er hatte es gesagt, und als sie in der Küche am Spülstein standen, blickte Andrew Kate ins Gesicht und wartete auf ein Zeichen des Schocks, vielleicht auch des Verständnisses und des Mitgefühls.

»Und du hast ihn verletzt? Ich meine geschnitten?«

»Ja«, sagte Andrew. »Er kam direkt auf mich los, um mir Angst einzujagen – deshalb wollte er nicht ausweichen. Aber was ich in der Hand hatte, war nicht gerade ein Korb mit Eiern! Ich sah, wie er am Bauch blutete.« Andrew berichtete von dem Mann und der Frau, die stehengeblieben waren, und sagte, vielleicht hätten sie einen Arzt aufgetrieben, aber Andrew sei dann nach Hause gegangen. Er schnitt etwas auf bei seinem Bericht, das war Andrew klar – wie ein kleiner Junge, der eine mutige Tat vollbracht hatte. In Wahrheit gestand er sich ein, daß er *hoffte,* er habe dem Jungen einen bösen Schnitt beigebracht; so eine Magenwunde konnte tödlich sein, dachte er.

»Daß du überhaupt noch lebend nach Hause gekommen bist, Andy! Hatte er keine Freunde bei sich?«

»Nein, er war allein«, sagte Andrew und sah Kate dabei nicht an. Daß zwei Freunde des Jungen ihn offenbar gesehen hatten, wollte er nicht sagen. Aber der Junge würde seinen Kumpanen sowieso alles erzählen.

Kate fragte noch weiter. Wie schwer war der Kerl

wohl verwundet? Das konnte er nicht sagen. Andrew sagte, er habe nur eintreten wollen für jedermanns Recht, auf dem Bürgersteig entlangzugehen und nicht wie ein verschrecktes Kaninchen beiseitespringen zu müssen, wenn irgendein Strolch aus der Nachbarschaft daherkam.

Aber Kates rundliches Faltengesicht blieb sorgenvoll, sie sprach von Penicillinpuder für seine Hand und daß sie die Heftpflaster lieber nicht abnehmen und erneuern wolle. Sie werde ihn heute abend nochmal anrufen, so gegen neun, sagte sie, um sich zu erkundigen, wie es ihm gehe. Dann verabschiedete sie sich.

Sie hatte ihm auch, wie er angenommen hatte, geraten, die nächsten Tage nicht auszugehen, sie werde telefonisch bei ihm anfragen, was er brauchte, und ihm alles bringen. Andrew hatte nicht widersprochen, aber als Halbinvalide von Kate abhängig zu sein, dazu hatte er keine Lust.

Am nächsten Morgen fand Andrew einen Brief von seinem Sohn Eddie im Briefkasten; das war schön. Er las den größeren Teil, während er noch zwischen der Haustür und der unverschlossenen Wohnungstür stand. Eddie war wohlauf, ebenso seine Frau Betty; sie hatten für vier Wochen im Sommer ein Häuschen an der Küste von Südkarolina gemietet – hatte Andrew nicht Lust, für eine oder zwei Wochen im Juni hinzukommen? Andrew fragte sich sofort, ob es ihnen ernst damit war. Wollten sie ihn wirklich haben? Es war natürlich noch viel Zeit, er wollte Eddies maschinengeschriebenen Brief noch einmal in Ruhe durchlesen, wenn er wieder zu

252

Hause war. Jetzt brauchte er, außer frischer Luft, einen Topf Hüttenkäse und ein Glas Mayonnaise. Beides wollte er im Delikatessengeschäft kaufen, nicht im Supermarkt.

Andrew ging in die breite Straße, machte seine Einkäufe, war wieder auf dem Heimweg und hatte zwei Nachbarn unterwegs begrüßt, als er schnelle Schritte hinter sich hörte. Er trat etwas nach rechts, um wen immer es war an der Außenseite des Gehwegs vorbeizulassen, dann fühlte er einen schweren Schlag am Hinterkopf, gleich oberhalb des Nackens. Wie gelähmt sackte Andrew um. Er war auf den Knien auf dem Pflaster, als der nächste Schlag kam, etwa wie ein Stockschlag über die linke Schulter, er krachte in die linke Schläfe wie ein Erdbeben, wie Dynamit oder wie ein Geschoß, dann kam das weiche Pattpattpatt rennender Füße in Turnschuhen. Andrews Kopf lag jetzt seitlich auf dem Pflaster, vor seinen Augen wurde es grau, lauter als alles andere war das Summen im Kopf. Er hätte sich gern übergeben, das ging aber nicht, er merkte, daß da Schuhe waren, Hosenbeine, die Fußgelenke einer Frau, Stimmen, die wie durch ein dickes Meer kamen, zwei Füße, die langsam verschwanden. Sie hatten sich gerächt, was konnte er schon tun? Er hatte es ja erwartet, und es war gekommen. Er wußte, jetzt kam der Tod, und wenn die Leute versuchten, ihn aufzuheben, wie sie es jetzt taten, so würde das gar nichts ändern. Man starb entweder hier oder dort. Er wußte, daß er seufzte, er spürte, daß Resignation wie eine weiche Woge des Friedens über ihn hinwegging. Er spürte Gerechtigkeit, Verzicht auf Groll, spürte den Wert dessen, was er getan hatte – sein Leben lang, auch gestern noch, als er im Namen der Nachbarn einen schwachen Schlag geführt hatte. Kate würde es den Nachbarn berichten. Kate kam auch zu seiner Beisetzung. Doch das alles war unwichtig im Vergleich zu dem großen Ereignis, das er jetzt erlebte, dem Ereignis des Sterbens, des Aufhörens. Gerechtigkeit, Rache, irgendeine Bewegung – das alles spielte nun keine Rolle mehr. Und dann erreichte er den Punkt, da er nicht weiterdenken konnte, nur ein wundervolles Gefühl des Gleichgewichts spürte er noch.

Der laute Zuruf oder Befehl von einem der Leute, die ihn aufhoben, blieb Andrew unverständlich, wie eine andere Sprache.

Bitte nicht auf die Bäume schießen

Eben waren wir noch beim *Wassersparprogramm* für den Sommer!« schrie eine Stimme. »Das mußte mal gesagt werden!«

»Mit den *Fischen* sind wir auch noch nicht fertig!« schrillte eine andere Stimme noch lauter.

»Wer hat den Vorsitz heute?«

»Und die *Bäume* . . .« Die Stimme verlor sich.

Elsie Gifford seufzte lächelnd, war aber doch interessiert genug, um sich in ihrem Stuhl aufzurichten und einen Blick nach hinten zu werfen, im Versuch, die Schreienden zu identifizieren. Heute war sie zum Zuhören gekommen, im Augenblick hatte sie kein besonderes Problem.

»*Der Teufel soll euch alle holen!*«

Gelächter. Eine Höllenstimme war das gewesen.

Elsie lachte auch. Das mußte sie heute abend Jack erzählen – auch wenn Jack fand, daß ›Bürger fürs Leben‹ eine dämliche Organisation sei. Elsie und Jack, wie die meisten Teilnehmer der Versammlung, lebten in Rainbow, einer geschützten Wohnzone, weit genug südlich von Los Angeles, um smogfrei zu sein. Industrie und Einwohner hatten Los Angeles verlassen, aber arme Leute lebten noch dort. Die ›besseren Leute‹ begannen jetzt zurückzuschlagen, indem sie mit ihren geschützten Zonen in die Pfuhle von Los Angeles, Detroit, Philadelphia und anderen Städten vorstießen. Nun waren die Unterprivilegierten, die Armen, gezwungen, in den Städten immer enger zusammenzurücken, woanders konnten sie nicht mehr hin. Alles war so ordentlich geworden, es durfte niemand mehr kampieren, irgendwo einen Wohnwagen aufstellen oder auch nur im Wald übernachten.

»Die *Bäume!*« kreischte jetzt dieselbe Stimme noch einmal und wurde niedergeschrien.

Was war das mit den Bäumen eigentlich für ein Gerücht? Elsie wandte sich an eine Frau links neben ihr, die sie vom Sehen kannte, deren Namen sie aber vergessen hatte. »Was ist das mit den Bäumen für eine Geschichte?«

Ihre letzten Worte gingen unter.

Die Hintertür – vielmehr die Vordertür in einiger Entfernung hinter Elsie – war aufgesprungen. Ein Chor von Stimmen schrie:

»*Die Neunundvierziger sind da!*«

Erneutes Gelächter! Großes Gestöhn, sogar Pfui-Rufe.

»*Raus* mit ihnen!«

Aber vereinzelt wurde auch geklatscht.

Wieder lächelte Elsie, so hatte sie es sich gedacht: die Neunundvierziger hatten der Versammlung noch gefehlt. Es waren Teenager (Durchschnittsalter neunzehn), die einen Planwagen als Emblem benutzten; es war ihr Ziel, daß der Westen, vor allem Kalifornien oder das Golden Gate, wieder so rein werden sollte, wie er damals im Jahre 1849, zur Zeit des Goldrausches, möglicherweise gewesen war. Jack lächelte über sie, denn die Männer der Goldrauschära waren nicht sonderlich rein im Geiste gewesen, sie waren auch nicht in Planwagen nach Kalifornien gekommen, sondern mit Ponies, Postkutschen oder Schuhleder. Doch dies war das Jahr 2049, und so hatten die Neunundvierziger jenes Jahr als Aufhänger gewählt.

Jetzt strömten die Jugendlichen den Mittelgang herunter. An zwei Stangen war ein drei Meter langes Transparent befestigt, darauf sah man einen braunen Planwagen und die Worte MACHT DEN WESTEN WIEDER GOLDEN!

»Schluß mit Atomtests! Schluß mit Atomreaktoren!«

»Ihr könnt sie stoppen! Ihr *Frauen*! Und *Männer*!«

»Viele von euch sind verheiratet mit Männern, die AKWs bauen!«

». . . welche die Fundamente eurer eigenen Häuser zertrümmern!«

Ein paar Mädchenstimmen konnte man am klarsten heraushören.

Die Neunundvierziger waren immer gut aufeinander eingespielt. Ihre Anzahl beschränkte sich auf etwa zweihundert: eine selbsternannte Elite.

»Ein Erdbeben steht be*vor*! Ein Erdbeben steht be*vor*!« sangen die Neunundvierziger.

Einige der eher älteren Semester hatten die Arme verschränkt, sie lächelten nachsichtig, aber auch schicksalsergeben. Für heute war es aus mit dem Programm der Sitzung. Die Neunundvierziger brauchten jedesmal etwa fünf bis sieben Minuten, um ihre Sache vorzubringen, dann gingen sie, aber so viele Teilnehmer mußten dann auch nach Hause oder zur Arbeit (es gab jetzt so viele Arbeitsschichten), daß der Rest der Gesprächspunkte unerledigt blieb.

»*Weg mit den AKWs!*«

Was würde Jack wohl zurückschreien, wenn er hier wäre, fragte sich Elsie. Jack war Physiker – für ihn war Kernenergie das größte Geschenk an die Menschheit, das je von der Technik geschaffen oder entdeckt worden war. Bestimmt würde er diese Kinder daran erinnern, daß die Wissenschaftler von Rainbow schon einmal eine ungeheure Katastrophe verhindert hatten, indem sie den schmelzenden Kern eines AKW-Reaktors gelöscht hatten mit Hilfe von Chemikalien, die griffbereit waren, wie das Gesetz es vorschrieb.

Viele Leute wandten sich jetzt zum Gehen, wie Elsie bemerkte. Auch sie stand auf.

»Na, das sind aber Schreihälse!« bemerkte Jane Newcombe, eine blonde Frau in Elsies Alter, eine Nachbarin.

Elsies Lächeln wurde breiter. »Aber sie meinen es doch so gut«, erwiderte sie in dick aufgetragenem ironisch-nachsichtigem Ton, um sich keine Blöße zu geben. »Kann ich dich mitnehmen, Jane?«

»Danke, ich hab meinen eigenen Kopter draußen. Wie geht's denn?«

»Oh – wie immer. Prima«, sagte Elsie.

Sie kletterte in ihren batteriebetriebenen Kopter, der sich darauf sanft und senkrecht in die Luft erhob. Sie flog in gemächlichem Tempo, bog ab nach Süden und schwebte fast geräuschlos auf Rainbow zu. Auf beiden

Seiten flogen die roten und grünen Lichter anderer Kopter herum wie träge Schmetterlinge, unterwegs zu Laboratorien, Fabriken oder nach Hause. Rechts im Westen lag das Dunkel des Pazifiks, gesäumt von einer dünnen Lichterkette, den Radarstationen, die alle mit Laserkanonen ausgerüstet waren; aus der Höhe sahen die Lichter allerdings wie eine nachlässig hingeworfene Diamanten-Halskette aus, oder eher wie etwas Natürliches, der Küstenlinie wegen. Sie sah auch den großen, mehr als halben Kreis der roten und orangefarbenen Lichter, der Rainbow im Osten begrenzte und bis fast an den Strand reichte. Die beiden Lichtbogen von Rainbow waren Laservorrichtungen; sie waren imstande, jedes Metallobjekt beliebiger Dicke, das in unfreundlicher Absicht auf Rainbow zuflog, glatt entzweizuschneiden. Elsie flog tiefer, sie war fast zu Hause. Ihr Kopter – wie die meisten Haushaltkopter – hatte eine Höchstgeschwindigkeit von hundert Stundenkilometern; die ihrer Söhne schafften nur achtzig. Solche Helikopter galten als patriotisch und konservativ, weil sie wenig Sprit verbrauchten und kaum Lärm machten. Elsie war das recht so, nur Jack schimpfte manchmal über das geringe Tempo.

Elsie überflog jetzt ihren Hangar, auf dessen Dach ein Abtastgerät angebracht war. Unter ihrem Kopter war eine Nummer zu lesen, und das Dach des Hangars öffnete sich automatisch. Das automatische Radarsystem übernahm die Maschine und parkte sie. Jack war noch nicht zu Hause, wohl aber die Jungen, das sah sie an den beiden Koptern. Heute war ihr Sportnachmittag, sie waren bis fünf in der Schule geblieben.

Es war schon nach sieben, und Elsie entschied sich für ein Knopfdruck-Abendessen. Ihre Wiesbeliebt-Maschine faßte sechsunddreißig Mahlzeiten, war aber jetzt schon halb geleert. Man bestellte jeweils einen ganzen Zylinder komplett mit Glasfront, alles tiefgefroren, aber jede gewünschte Abteilung konnte mit einem eigenen Heizelement aufgeheizt werden. Es gab koschere, kalorienarme, vegetarische und Diabetiker-Zylinder, aber den Giffords waren die gemischten am liebsten, mit vier chinesischen Mahlzeiten, vier mexikanischen, griechischen, italienischen undsoweiter.

»Alles unter Kontrolle«, sagte Jack Gifford lächelnd, als Elsie ihn nach den Erdbebengerüchten fragte. »Wir wissen alles über den Sankt-Andreas-Graben.«

Elsie hatte ihm von der Versammlung erzählt, obwohl es nicht viel zu erzählen gab, nach der Unterbrechung durch die Neunundvierziger.

Bei der Erwähnung der Neunundvierziger stand Richard, ihr zehnjähriger Sohn, vom Tisch auf, um etwas zu holen, und kam zurück mit einem gelben Flugzeug aus gefaltetem Papier. »Die haben sie heute runtergeschmissen«, sagte er.

»Ja, ja stimmt!« rief sein jüngerer Bruder Charles. »Aus dem Kopter rausgeschmissen haben sie die, ganz viele.«

Elsie faltete das kleine Papierflugzeug auseinander und las:

Die Neunundvierziger melden:
Ein Erdbeben droht,

aber die ›zuständigen Autoritäten‹ wollen nichts davon wissen!
Ist Euch das egal?
Kämpft gegen AKWs und unterirdische
Atomexplosionen!
Eure Erde ist es, die erzittert!
Baumwurzeln werden gestört!
Bäume werden von seltsamen Krankheiten
befallen und sterben!
Ist Euch das egal?
Marschiert mit uns zum Golden Gate State
Capitol nächsten Samstag nachmittag!
Treffpunkt: Golden Gate Rathaus
11 Uhr (draußen)
oder überweist eine Spende an
Neunundvierziger
Box 435, Electron Blvd.
South San Francisco
Oder tut beides!

Jack warf ebenfalls einen Blick auf das Papier. »Immer betteln sie um Almosen, da kann man Gift drauf nehmen. Diese Gören – die Eltern sollten sie zu Hause behalten. South San Francisco – lauter Slums!«

Elsie dachte zurück an die Zeit, als sie und Jack, bevor sie geheiratet hatten, gegen Ende der dreißiger Jahre, auf die Straße gegangen waren, um – wofür? – zu demonstrieren. Elsie empfand ein gewisses Zusammengehörigkeitsgefühl für diese Kinder, selbst für die Neunundvierziger, die viel militanter und besser organisiert wirkten als die Gruppen, die sie und Jack damals gekannt hatten.

»Aber was ist denn nun mit diesem Erdbeben? Einfach nicht wahr?« fragte sie.

Jack legte seine Plastik-Eßstäbchen hin – es war ein chinesisches Gericht – und erwiderte: »Erstens einmal nicht wahr, denn wir wissen, in den nächsten Jahren ist keins zu erwarten. Zweitens: wenn es käme, so würden wir Stunden vorher gewarnt und könnten es mit unterirdischen Kontersprengungen unter Kontrolle bringen – die würden die ganze Spannung ableiten. Das habe ich dir alles schon erklärt.«

Allerdings, und Elsie wußte es auch. Sie betrachtete die Gesichter ihrer beiden Söhne. Die Jungen saßen da und hörten zu mit jenem unbeteiligten, leicht amüsierten Lächeln, das Elsie so haßte – ein Lächeln, das sagte: »Uns kann nichts überraschen, denn uns kümmert das alles einen Dreck, versteht ihr?« Elsie hatte das gleiche Lächeln bei ihnen gesehen, wenn die beiden die furchtbarsten Fernsehprogramme ansahen – und auch damals, vor einem Jahr, als sie ihnen mitteilte, daß ihre Großeltern, Elsies Eltern, bei einem Helikopter-Zusammenstoß über Santa Fé ums Leben gekommen waren. Irgendwas mit dem Radar im Kopter der anderen Leute war schiefgegangen, wurde später festgestellt. Zusammenstöße von Helikoptern waren unmöglich, wenn das Radarsystem funktionierte, selbst wenn ein Kopter einen andern zu rammen versuchte. Dieses Ich-weiß-schon-ist-mir-schnuppe-Lächeln war der Schutz von Richard und Charles.

Vor vier oder fünf Jahren hatten Elsie und Jack mit
den Söhnen die mehr oder weniger üblichen Schwierigkeiten gehabt: die Jungen mochten nicht lesen und
brachten für alles nur flüchtiges Interesse auf; der Psychiater hatte sie damals als semi-autistisch eingestuft,
aber er hatte auch etwas von ›Apathie‹ gesagt, was Elsie
vorzog, da es ihrer Ansicht nach die Sache besser traf.
Ach ja – Griechisch! Sie hatte es geschafft, auf der Universität ein Jahr Griechisch zu lernen im letzten Jahr, in
dem es noch in Amerika gelehrt wurde. Mit einem nervösen Ruck riß Elsie ihren Blick los von den Kindern
und fragte: »Was?«, denn Jack redete immer noch.

»Ja, Liebes, wenn du nicht zuhörst–«

»Ich hab zugehört.«

»Wir haben Golden Gate und Amerika – überhaupt
die ganze Welt – befreit von der Erdbebenangst. Wenn
die Schweine auf der anderen Seite der Welt, ich meine
Italien und Japan und so, die Kohlen hätten, um unser
Material zu kaufen . . .«

Ja, Jack, ja. Aber Elsie sprach es nicht aus. Als sie und
Jack einundzwanzig gewesen waren, hatten sie nicht so
gesprochen. Da gab es noch Hoffnung, die Absicht, alles
mit allen zu teilen – jedenfalls hatten viele Leute diese
Absicht gehegt, nicht nur die ›Krebellen‹, zu denen sie
und Jack gehörten – ›Krebellen‹ war eine Zusammen-
ziehung von ›Krawall‹ und ›Rebellen‹. Heute war Amerika in vier große ›Staaten‹ eingeteilt, der größte davon
war Golden Gate (ganz Kalifornien bis hinauf nach
Kanada), und sie teilten gar nichts mit den anderen. Die
ganze Westküste war eine einzige Festung gegen Sino-

Rußland, wobei Japan als entmilitarisierte Kolonie zu Sino-Rußland gehörte. Die großen Städte waren zu unbeaufsichtigten Gefängnissen der Armen und der Schwarzen geworden, und New York und San Francisco waren Schimpfworte, so wie es Detroit und Philadelphia zur Zeit von Elsies Großmutter gewesen waren.

»Und die Bäume, Jack – hast du da irgendwas von Krankheiten gehört? Sie sprachen heute abend – nicht nur die Neunundvierziger –«

»Unser Ressort für Forstwesen hat nichts gemeldet, Liebes. Du weißt doch, wie diese Kinder sind, immer wieder reiten sie auf dem alten Mist herum, Naturschutz, Umweltverschmutzung und solches Zeug – die Zeiten haben sich nicht geändert. Wenn unsere AKWs oder die Tests irgendeine Gefahr darstellten, würden wir damit aufhören. Ist doch klar. Wir haben überall genügend batteriegespeicherte Reserven.«

Jack strahlte Vertrauen und Sicherheit aus; selbst seine Wangen leuchteten rosig-frisch vor Gesundheit. Die wissenschaftlichen Mitarbeiter in seinem Labor schwammen oder spielten Tennis dreimal in der Woche, in der großen Sporthalle des Labors.

Und so war Elsie beruhigt. Jack hatte – außer in Physik – auch einen Abschluß in Seismologie und Ozeanographie. Sie hatte Geisteswissenschaften studiert, und ihr Abschlußexamen erschien ihr heute so bedeutsam wie ein Diplom im Stricken.

Am nächsten Morgen – einem schönen sonnigen Oktobermorgen – beschloß Elsie, schnell eben zur Rainbow-Leihbibliothek rüberzuhüpfen, die etwa zwölf Kilometer entfernt war. Kaum hatte sie in ihrem Kopter Platz genommen, als sie noch mehr gelbe Zettel vom Himmel segeln sah. Sie stieg aus und hob einen vom Kiesweg auf.

Blasen an den Bäumen ...
vom aufgepupperten Saft!
Fühlt Ihr Euch betroffen?
Schützt Eure Bäume!
Schützt die Erde!
Schützt Euch selbst!
Schluß mit AKWs und Atomtests!

Der Rest war eine Wiederholung der Angaben über Zeit und Ort der nächsten Neunundvierziger-Versammlung. Aufgepupperter Saft – was sollte das heißen? Das Blatt war schlecht gedruckt, wie üblich. Elsie stieg wieder in ihren Kopter.

Notwendig war es nicht, daß Elsie zur Bücherei ging, denn man konnte die Audio-Video-Bücher jederzeit telefonisch bestellen, sie wurden per Helikopter geliefert. In Rainbow hatte jedes Haus einen radargesteuerten Tower für abzuholende und anzuliefernde Waren. Aber Elsie machte es Spaß, die große erleuchtete Tafel zu betrachten, die die neuen Buchtitel abspulte, oder Bekannte zu treffen und mit ihnen auf dem Büchereigelände bei einer Tasse Kaffee plaudern zu können. Das Haus war ein riesiges violettes Gebäude in der Form von RL, aber zusammengefügt wie eins der alten Brandeisen fürs Vieh, man konnte es von oben gut lesen. Elsie brachte zwei Zylinder zurück und nahm drei neue mit, das gesamte Werk von T. S. Eliot einschließlich der Essays, einen zeitgenössischen Roman und eine Neuanschaffung (sie hatte Glück, die zu erwischen), neue chinesische und russische Lyrik, wie sie Elsie häufig auflegte, wenn sie im Haus herumwirtschaftete oder im Garten zu tun hatte. Manche Zylinder liefen acht Stunden. Der gleiche Zylinder konnte auch am Fernsehapparat angeschlossen werden, dann sah man den Vorleser und dazu Hintergrundszenen, die zum Text paßten. Nach Elsies Ansicht hatten die Zylinder den Vorteil, daß sie immer den vollständigen Originaltext enthielten. Heute galten die Zylinder als Klassiker, plump und altmodisch.

»Danke schön, Gwyn«, sagte Elsie zu der Frau hinter dem Tisch, obschon Elsie ihre Zylinder per Knopfdruck erhalten hatte. »Ruhig ist es hier heute morgen!« Elsie hatte keine Bekannten getroffen, jedenfalls niemand, mit dem sie gern Kaffee getrunken hätte.

»Ja«, sagte Gwyn. Sie war etwa vierzig, hatte einen Gesundheitstick und war glänzend im Sport.

Es war ungewöhnlich, daß Gwyn so gar nicht lächelte, und Elsie sagte: »Ist was nicht in Ordnung?«

Gwyn wirkte einen Augenblick lang verlegen, dann schüttelte sie den Kopf und sagte: »Nein, nein. Alles unter Kontrolle.«

Vielleicht war irgendwas in Gwyns Familie passiert, dachte Elsie. Ein Todesfall – jemand von ihren Eltern vielleicht, denn Gwyn war nicht verheiratet. Elsie ging nach draußen zu ihrem Kopter. Sie hatte ihn fast erreicht, als ihr Blick auf einen Fleck in Augenhöhe an einem Baumstamm fiel. Komischer Pilz, dachte sie. Es war eine runde weißliche Schwellung, in der Mitte blaßrosa – wie eine Frauenbrust, dachte sie und unterdrückte ein Kichern. Sie wandte sich zu ihrem Kopter – und sah eine größere Schwellung an einem größeren Baum. Pilz. Sicher war es das, was die Neunundvierziger wegen der Bäume meinten. Es sah nicht nach einem Riesenproblem aus. In Rainbow waren schon die sonderbarsten Pilzkrankheiten aufgetreten, und man war noch immer damit fertig geworden.

Ein Rest Unruhe blieb jedoch, und als Elsie nach Hause kam, stellte sie die Nachrichten im Fernsehen an und hörte zu, während sie die Bücherzylinder im Audio-Video unterbrachte. Die Nachrichten klangen durchaus beruhigend, wie immer. Elsie war im Begriff, die Wiesbeliebt-Firma anzurufen und ein neues Magazin gemischter Frostmahlzeiten zu bestellen, als der Nachrichtensprecher ein strahlendes Lächeln aufsetzte und sagte: »Und nun kommt eine Sondermeldung. Bitte fassen Sie bis auf weiteres Ihre Bäume nicht an, unter keinen Umständen. Die merkwürdig aussehenden Gewächse sind ungefährlich, aber sie *können* sich ausdehnen, und manche Kinder schießen zum Spaß mit Luftgewehren darauf oder bohren dran herum. Das Ressort für Forstwesen hat die Sache bereits in die Hand genommen, Leute, es besteht also kein Grund zur Besorgnis. Innerhalb der nächsten achtundvierzig Stunden kommt ein Beamter auch zu Ihnen und sieht nach. Aber sorgen Sie dafür, daß die Kinder die Hände davon lassen. In Ordnung, Leute?« Ein breites Grinsen.

Elsie gefiel das irgendwie nicht. Die Meldung kam vom örtlichen Sender in Rainbow. Sie rief Jack an, was sie während der Arbeitszeit selten tat.

»Ach, mach dir doch keine Gedanken, Liebling! Über irgendwas müssen sie ja reden.« Jack klang so ruhig wie immer.

Doch als Elsie das Wiesbeliebt-Mischsortiment betrachtete, das gegen drei Uhr eingelegt worden war, sah sie, daß die Kältemaschine automatisch von Atom- auf Batteriestrom umgeschaltet hatte. Es war also ein Notfall eingetreten.

Elsie ging sofort ans Telefon und rief Jane Newcombe an.

»Ja – weißt du das nicht?« sagte Jane. »Wahrscheinlich deshalb, weil bei Jack alles top secret ist und Schweigepflicht gilt. Die Bäume verschießen hochentzündlichen Saft, Elsie! Sowas wie Phosphor oder Napalm. Du weißt doch noch – Napalm?«

Ja, das wußte Elsie. »Was heißt da – verschießen?«

»Diese Pilzdinger explodieren. Es ist auch kein Pilz, es ist mehr wie ein Krebs. Du, das ist aber längst bekannt – ich meine mindestens seit heute früh. Die Kinder sollen ja nicht dran rumfummeln, sag das deinen Jungen.«

»Aber es ist eine Baumkrankheit, oder?«

»Keine Ahnung. Was macht das schon aus, wie man's nennt? Du sagst doch selber immer, wird dadurch vielleicht was gebessert?« Jane versuchte zu lachen. »Jedenfalls, wenn ihr sowas an euren Bäumen habt, geht nicht zu nahe ran – manchmal schießen sie los.«

»Wie ein Gewehr?«

»Ich kann nicht weiterreden, Tommy kommt grade rein, und ich muß schnell sehen, ob er Bescheid weiß. Okay?«

Als sie aufgelegt hatte, ging Elsie durch die Hintertür, durch eine zweite Tür und den Gang, der zur Kopter- und Autogarage führte, hinaus auf den Einfahrtsweg. Sie liebte ihre Bäume: die Pappeln, die junge Eiche, die Palmen, die beiden Ananasbäume. Elsie kümmerte sich um den Garten, beschnitt die Rosen und sah überall nach dem Rechten. Jack machte sich nichts aus Gartenarbeit. Sie schritt den breiten Kiesweg hinunter bis zum eisernen Tor; dort blieb sie einen Augenblick stehen und blickte über das sanft hügelige Land, die gelbliche, aber fruchtbare Erde mit den verschiedenen Grüntönen der Bäume und – weiter weg – dem weichen Orangegelb einer Zitrusplantage. Himmlisch, dachte sie. Und gesund, soviel sie sah.

Sie wandte sich zurück zum Haus. Jetzt bemerkte sie einen weißlichen runden Fleck am schlanken Stamm der Eiche. Es gab ihr einen Stich, als habe sie eine Wunde an einem ihrer Kinder entdeckt. Der weiße Kreis, direkt ihr gegenüber, schien sie anzuklagen. Er war knapp sechs Zentimeter im Durchmesser, kleiner als die beiden, die sie in Rainbow bei der Bibliothek gesehen hatte, aber unmißverständlich das, was er eben war. Sie erkannte auch die schwachrosa Stelle in der Mitte.

Ein Gewehr- oder Pistolenschuß ließ Elsie zusammenfahren, ihre Sandalen klapperten auf dem Kies, und sie merkte, wie angespannt sie war. Die Osbournes nebenan schossen manchmal auf Tontauben. Jagen war verboten in Rainbow. Sie hörte noch zwei Schüsse aus anderer Richtung und weiter entfernt.

Das Telefon klingelte. Elsie rannte ins Haus und griff rasch nach dem Hörer.

»Hier ist Helen Ludlow, Rainbow Academy«, sagte eine angenehme junge Stimme. »Mrs. Gifford?... Ich wollte Ihnen sagen, daß Richard einen kleinen Unfall gehabt hat. Nein, nein, nichts Ernstes, bestimmt nicht, aber wir bringen ihn nach Hause, und es kann etwas später werden, weil wir ihn noch – behandeln. Seinen Kopter bringt auch jemand, damit er ihn zu Hause hat. Seinem Bruder Charles ist nichts passiert.«

Elsie fragte, ob es irgendwas mit den Bäumen zu tun habe, aber die Leitung war bereits stumm. Miss Ludlow war die Geschichtslehrerin, meinte Elsie zu wissen.

Jetzt waren weitere Schüsse zu hören, einige weit entfernt und kaum hörbar. Elsie ging wieder hinaus, um den Fleck an der Eiche zu betrachten. Sie bildete sich ein, er sei größer geworden in den letzten fünf Minuten. Der Rand war runzlig, wie Haut, die lange im Wasser gewesen war – wie etwas, das sich nächstens ausdehnen würde. Der Fleck schien zu beben, als sie nähertrat. Oder bildete sie sich das ein? Sie beschloß, das Ressort für Forstwesen anzurufen.

Die Leitung zum Ressort für Forstwesen war ständig besetzt. Das Krankenhaus? Die würden ausweichend antworten. Die Polizei? Die würde sie wahrscheinlich ans Ressort für Forstwesen verweisen. Elsie stellte das Fernsehen an. Es kam eine Mozartoper, auf einem anderen

Kanal eine spanische Unterrichtsstunde, dann Gymnastik, Kochunterricht; schließlich besann sie sich und stellte Kanal 30 ein, der vierundzwanzig Stunden lang Nachrichten brachte. Der Sprecher berichtete vom herzlichen Empfang des Präsidenten in einer fernöstlichen Hauptstadt, als ob das jemanden interessierte.

Elsie merkte, wie Panik sie überkam.

Sie griff sich eine Jacke und ging zu ihrem Kopter. Aus der Höhe würde sie wenigstens sehen können, was da vor sich ging.

Das sporadische Schießen ging weiter.

Elsie steuerte in die gleiche Richtung wie am Morgen, zum Zentrum von Rainbow, dem sogenannten Forum, wo sich die Bücherei, das Krankenhaus, das Rathaus und der Konzertsaal befanden. Auf den Straßen sah sie jetzt ungewöhnlich viele Autos, die alle zum Ostrand von Rainbow hinausfuhren. Wie Marienkäfer sahen sie aus – einige hatten auch gepunktete Wagendächer –, aber obwohl sie klein waren, faßten sie mehr als die meisten Kopter, wenn man umziehen wollte. Ein Batterieauto hatte nur Platz für zwei Personen, aber hinten war reichlich Platz für Koffer und Kisten und anderes Zeug. Elsie flog etwas tiefer, als sie in die Nähe einer Baumgruppe kam. Sie sah Männer mit Gewehren; einige lachten und beugten sich zurück, aber was sie sagten, konnte sie nicht verstehen.

»He – nicht so nahe ran!« schrie ihr einer der Männer zu und schwenkte die Arme.

»Vorsicht – Vibrationen! Weg da!« rief ein anderer.

»Und schließen Sie sich ein«, sagte der erste.

Elsie sah, wie erst zwei Bäume und gleich darauf ein dritter rasch erschlafften und in sich zusammenfielen – in zehn Sekunden! Gestalten stoben auseinander.

Erneut fielen Schüsse.

Zwei weiße Krankenwagen jagten in rasender Eile – sie waren schneller als andere Wagen, fuhren aber ebenfalls mit Batterieantrieb – auf das Baumgelände zu. Elsie schaltete den Vorwärtsantrieb ab und schwebte an Ort. Sie befand sich jetzt über einem anderen Teil des Parks, über Bäumen in der Nähe des Konzertgebäudes.

»Gehn Sie weg, bitte!« rief ein Mann mittleren Alters, der einen Stock schwang. »Vibrationen!« Er trug die dunkelgrüne Uniform der Beamten des Forstwesens.

Dann sah Elsie, wie ein weißer Strahl von nirgendwoher den Mann ins Gesicht traf. Der Mann schrie und fiel um, den Kopf in den Händen. Sofort, ohne nachzudenken, kam Elsie herunter. Der Mann war auf einen breiten Weg gefallen, es war Platz zum Landen da. Sie stieg aus und rannte die kurze Strecke bis zu ihm. Sie hörte ihn stöhnen.

»Sind Sie –« Elsie erstarrte. Sein Gesicht brannte; Dampf stieg auf, und sie roch versengtes Fleisch und etwas Aromatisches, wie Harz. Instinktiv zog sie ihm die Hände vom Gesicht. Auch die Handflächen brannten. »Können Sie gehen – bis zum Kopter?« Verzweifelt sah sich Elsie nach Hilfe um, denn der Mann machte keine Anstalten aufzustehen, und sie war nicht sicher, daß sie ihn zum Kopter schaffen und zum Krankenhaus fliegen konnte, das einen Kilometer entfernt war. War es dies, was *Richard* zugestoßen war?

Sie packte den Mann unter den Armen, begann, ihn zum Kopter zu schleppen und bemerkte, daß er ohnmächtig geworden war. Nein, er war tot. Seine Augen, offen, hatten sich nach oben verdreht, sie waren rosaweiß bis auf einen schmalen grauen Halbmond. *War* er tot? Sie bückte sich rasch, um am Handgelenk den Puls zu suchen.

»Machen Sie, daß Sie wegkommen, hier ist's *gefährlich*!« Das kam von einem hochgewachsenen Mann in grüner Uniform und hohen Stiefeln, auch einer vom Forstwesen, jung, wütend, ein Gewehr in der Hand.

»Was ist denn *los*?«

»Wir schießen die Bäume ab, und man weiß nie, auf welche Seite sie losgehen. Schwirren Sie ab!«

Elsie blickte um sich, sah mehrere Bäume erschlaffen, hörte erneute Schüsse, dann lief sie zu ihrem Kopter. Es kam ihr vor, als zittere die Erde unter ihren Füßen, doch sie verwarf den Gedanken. Sie hatte gerade einen Menschen sterben sehen, kein Wunder, wenn sie sich jetzt einbildete, daß die Erde bebte. Als sie den Kopter startete, sah sie, wie ein Mann mit einem Gewehr auf einen Baum schoß und sich gleichzeitig duckte, als weiche er einem lebenden Gegner aus. Ein weißer Strahl von Saft – oder etwas Ähnlichem – schoß heraus wie aus einer aufgestochenen Blase, nur gab es keine Blasen dieser Art: der Strahl hatte anscheinend die Kraft eines voll unter Druck stehenden Gartenschlauchs – es war wie ein gezielter Vergeltungsakt des Baumes.

Der Kopter stieg auf, und Elsie hielt den Blick auf das Schauspiel unter ihr gerichtet. In der Baumgruppe wiegten sich fünf, sechs schmale Rauchsäulen sanft im Wind. Das Feuer konnte außer Kontrolle geraten, dachte sie. Unten schlich ein Forstbeamter mit Gewehr vorsichtig zwischen rauchenden erschlaffenden Bäumen herum und suchte nach einem neuen Ziel. Ein Strahl traf ihn voll in die Brust und schlug ihn seitwärts zu Boden; Elsie sah, wie er sich die Jacke vom Körper riß, wie Rauch aus dem Tuch seiner Uniform aufstieg; dann mußte sie ihre Aufmerksamkeit der Steuerung des Kopters zuwenden. Sie flog nach Hause, so schnell sie konnte.

Das Wasser im Swimming-pool kräuselte und hob sich beinahe wie bei starkem Wind, dabei spürte man kaum einen Luftzug. *Jack nochmal anrufen,* sagte sich Elsie. Aber als sie den Hörer aufnahm, bemerkte sie, daß sie Jane Newcombes Nummer wählte.

Keine Antwort, auch nicht nach dem zehnten Läuten. Vielleicht war Jane beim Einkaufen. Aber ein stärkeres Gefühl sagte Elsie: die Newcombes waren geflohen. Die vierköpfige Familie saß vielleicht in vier von den Wagen, die sie heute morgen auf den Straßen aus Rainbow hatte wegfahren sehen.

Sie wollte eben noch einmal Kanal 30 einstellen, als sie das Glockenspiel hörte, das ankündigte, daß ein Kopter zum Landen ansetzte. Das war ein freundliches Signal: es wurde von einem Besucher ausgelöst, der in seinem Kopter auf einen Knopf drückte. Wahrscheinlich war es Richard, der heimkam, und Charles.

Ein nervöser junger Mann in Weiß stieg aus dem großen Krankenhauskopter auf dem Einfahrtsweg. Die zwei Kopter der Jungen landeten im Hangar. Der junge

Mann hatte Richard bei sich, der einen leichten Verband um den Kopf trug, aber er war auf den Beinen und ging ganz wie sonst.

»Es ist wirklich nichts, Mrs. Gifford – ein bißchen versengt, das ist alles. Den Verband haben wir nur gemacht, um sicher zu gehen – antiseptisch, Sie wissen ja. Morgen können Sie den Verband abnehmen. Besser, wenn Luft drankommt – wahrscheinlich.«

»Wie ist es denn passiert – können Sie mir das nicht sagen?« drängte sie, denn der junge Mann trabte schon wieder zurück zu seinem Kopter, und sein Kollege kam aus dem Hangar gelaufen.

»Wir haben noch zu tun, Ma'am. Ihrem Jungen fehlt nichts!«

Richard und Charles hatten tatsächlich ihr gewohntes Lächeln. Elsie faßte sich und sagte: »Kommt um Himmels willen ins Haus. Was ist passiert, Richard?«

»Er hat an so 'ner Blase an 'nem Baum rumgefummelt«, sagte Charles, »mit 'nem Baseballschläger. Wir hatten grade Sport, weißt du? Aber wir sollten die Bäume nicht anfassen.« Charles' ruhiges Lächeln war nicht ganz frei von Schadenfreude.

»Ich hab mich geduckt, aber der Junge hinter mir, der –« Richard beschloß den Satz, indem er die Handflächen gegeneinanderrieb. »Der hat's voll ins Gesicht gekriegt. Tot. Also wirklich, es war wie im Fernsehen.« Er sprach mit einer gewissen Ernsthaftigkeit, mit der ihn Elsie bei den seltenen Gelegenheiten hatte sprechen hören, wenn ihm eine Fernsehsendung gut gefallen hatte.

»Wer war der Junge?« fragte sie.

»Alle Schulen werden geschlossen!« sagte Charles. »Seit heute mittag. Das Baum-Zeug ist echt wie flüssiges Feuer, das solltest du mal sehen, Mama!«

Richards Mundwinkel waren immer noch nach oben gezogen.

»Tut's weh, Richard?« fragte Elsie.

»Es würde, aber sie haben was draufgeschmiert, damit's nicht weh tut.«

»Die Bäume puppern die Erde«, erklärte Charles. »Der Saft puppert die Wurzeln – einer in der Schule hat gesagt, wir kriegen das größte Erdbeben, das man je gesehen hat.« Er hatte mit ungewohnter Heftigkeit gesprochen, doch jetzt kehrte das fade Lächeln zurück, schläfrig ließ er die Lider halb über die glanzlosen Augen sinken.

Elsie fragte sich, ob die Jungen sich das meiste einfach ausgedacht hatten. »Wer hat euch das erzählt?«

»Guck mal – das Bild an der Wand!« sagte Richard und lachte.

Das schwerste Bild im Wohnzimmer hing ganz schief. In der Küche war das Klirren von Glas zu hören, und Elsie ging hin, um nachzusehen. Eine Glasschale mit Orangen und Äpfeln war von der Anrichte heruntergepuppert und auf den gekachelten Fußboden gefallen. Alle Gläser schwankten an den Kanten der Regale, einige bimmelten gegeneinander wie ein mißtönendes Glockenspiel. Sie schob die Gläser zurück, obwohl sie wußte, daß es zwecklos und lächerlich war.

»He – Paps ist da!« schrie Charles.

Jack war ins Wohnzimmer gekommen, sehr blaß,

aber mit seinem gewohnten Lächeln – fast seinem gewohnten Lächeln.

»Jack –« begann Elsie.

»Es ist eine Störung des Wurzelsaftes, Liebes«, sagte Jack mit tiefer ruhiger Stimme. »Wir versuchen, ihr entgegenzuwirken, also mach dir keine Sorgen.«

»Weißt du, daß wir auf Batteriebetrieb laufen seit – vielleicht schon seit heute morgen?« fragte Elsie. Jetzt hörte sie in weiter Entfernung ein schwaches hohles *Buuum*, und gleich danach zitterte das Haus. Eine unterirdische Explosion. Ein Kreischen hinter ihr: das Bild mit dem schweren Rahmen fiel, den Haken aus der Wand reißend, herunter.

»Ich weiß«, sagte Jack. »Schien mir nicht so wichtig, drum hab ich dir nichts gesagt. Bloße Vorsichtsmaßnahme, der Batteriebetrieb. Wir hatten nur eine Woche, um dieses Baumsaftsyndrom zu analysieren – zuwenig Zeit. Seltsame Sache. Jedenfalls wollten wir nicht drüber reden, um die Öffentlichkeit nicht zu erschrecken.«

»So – bin ich die Öffentlichkeit?«

»Liebling, wir tun alles Nötige. Vertrau mir, vertrau uns allen. Sankt Andreas hat noch keinen Mucks gemacht. Nur die Bäume. Keine Gesetzmäßigkeit im Verlauf. Drum ist das Kontersprengen schwierig. Wir haben zu tun.« Jack blickte seine Söhne an, als sei ihre Anwesenheit ihm plötzlich erst aufgefallen oder lästig geworden. »Nanu, Ritchie –«

»Ja«, sagte Elsie. »Er hat an einem Baum herumgebohrt. Er –« Sie erkannte plötzlich, daß Jack sich in einem Schockzustand befand – einer Art Trance. Richards Verband hatte er bis jetzt noch gar nicht wahrgenommen, und nun sah er Richard an mit Augen, die ebenso glanzlos waren wie die der Jungen. »Sollten wir nicht wegfahren, Jack? Alle fahren weg, nicht wahr? Die Newcombes sind schon fort!«

Die Frage holte Jack zwar nicht aus seiner Benommenheit heraus, doch er sprach wieder. Sie bombardierten peripher, um die Spannung abzuleiten, sagte er, und sie sollten doch alle vier einen Sofortkaffee oder Kakao trinken, anstatt hier im Wohnzimmer herumzustehen. Wieder klirrte es in der Küche. Elsie kümmerte sich nicht darum; sie hing an den Worten ihres Mannes, von denen sie sich einen gewissen Trost oder wenigstens Information erhoffte.

»Aber wenn nun gerade die Bomben den Saft aktivieren – und womöglich auch noch Sankt Andreas?«

Die Jungen hüpften lachend und schreiend im Wohnzimmer herum und befühlten Möbelstücke, die bebten und ins Rutschen gerieten.

»Wir schießen einfach, dann sacken sie zusammen, Schluß«, sagte Jack. »Wir haben Asbestanzüge. Das hier ist auch einer, sieh mal –«, er zog einen Kopfschutz vom Nacken über den Kopf und blickte Elsie durch den durchsichtigen Augenteil an. »Ich sollte draußen sein und mitkämpfen. Ich muß jetzt gehen. Ich wollte bloß sehen, wie's euch geht. Laß uns erstmal oben alles runternehmen, was fallen kann. *Ich* möchte unser schönes Haus nicht im Stich lassen, du etwa?«

Sie stiegen alle die Treppe hinauf. Alle Bilder hingen schief, und, schlimmer, im Bad war eine Rohrleitung geplatzt, und das heiße Wasser schoß dampfend in die Wanne. Elsie schwankte, als das Haus unter ihr heftig erbebte.

Krach!

Sie und Jack und die Kinder blickten auf und kriegten die Gesichter voll scharfer Plastiksplitter. Ein Riß, mindestens vier Zentimeter breit, lief über die ganze Decke des Flurs und verschwand über einer Schlafzimmertür.

»Sie können nicht in einer halben Stunde alle Bäume umbringen!« sagte Elsie. »Wenn du meinst, das machen alles nur die *Bäume* –«

»Es ist gar nichts«, sagte Jack und winkte ab mit der Hand, die seit wenigen Sekunden in einem Asbesthandschuh steckte.

Klunk! Das kam aus dem Badezimmer. Elsie sah, daß der Waschtisch sich vom Sockel gelöst hatte und heruntergefallen war. »Jack – die haben dir wohl befohlen zu sagen, es sei nichts.« Elsie hoffte, er würde ihr endlich die Wahrheit sagen. Ob sie ihm ein Mittel gegeben hatten?

Das Telefon klingelte.

Elsie lief die Treppe hinunter, erstaunt, daß das Telefon noch funktionierte.

»Hallo, Elsie!« sagte Jane. »Immer noch da? Fahrt ihr denn nicht weg?«

Es knackte in der Leitung, laut und gräßlich. »Von wo aus sprichst du?«

»Ostgrenze von Golden Gate. Alle machen, daß sie wegkommen! Ich bin froh, daß ich dich erreicht habe –

fast alle Leitungen sind zerstört. Elsie, es kommt ein *Erdbeben*! Jack muß es wissen! Wo ist er?«

»Er ist hier. Sie versuchen es mit Kontersprengungen, sagt er!«

»Aber Elsie, Golden Gate ist . . .« Rssss!

Jetzt war die Leitung tot, wirklich tot. Was hatte sie sagen wollen – erledigt? Am Ende? Jeden Augenblick, dachte Elsie, konnte das Haus sich aufbäumen und dann zusammenkrachen. Eine Todesfalle. *»Jack!«* schrie Elsie die Treppe hinauf.

Vielleicht sah er sich immer noch nach Sachen um, die herunterfallen konnten. Sie hörte die Jungen vor Wonne quietschen. Elsie verlor die Geduld, oder konnte nicht mehr denken, und stellte den Fernseher an. Kanal 30 hatte kein Bild, man hörte nur eine erregte Stimme reden: ». . . *nicht* selber gegen die Bäume zu kämpfen. Wir wiederholen die folgende wichtige Meldung: Die Bevölkerung wird aufgerufen, Golden Gate möglichst per Kopter zu verlassen, und zwar sofort. Die Straßen sind verstopft –« Ein Keuchen verriet die Panik des Sprechers. »Es muß in allernächster Zeit mit einem Erdbeben von ungewöhnlichem Ausmaß gerechnet werden. Wir wiederholen: alle . . .« Quieken und Jaulen brachten die Stimme zum Schweigen, als habe eine Riesenhand den Sendeturm verbogen oder den Sprecher selber erdrosselt. Vom leeren Bildschirm kam ein lautes, dumpfes Krachen – dann nichts mehr.

Elsie drehte sich um und sah Jack in der Tür zum Wohnzimmer stehen. Er hatte mitgehört. Den Kopfschutz hatte er abgenommen, das Gesicht war noch blas-

ser als vorher. Die Söhne standen neben ihm, einer mit
Verband, der andere ohne, aber beide hatten ihr mattes
Lächeln, beide waren jetzt ruhig, nur die Füße in den
Turnschuhen standen weiter auseinander als sonst, um
in dem schwankenden Haus das Gleichgewicht zu hal-
ten.

»Gut, gehen wir jetzt«, sagte Jack. »Gehen wir in die
Kopter. Was mitzunehmen hat keinen Zweck. Und
Kurs nach Osten, hörst du, Elsie? Nach Osten – auch
wenn's die Wüste ist. Es werden noch andere da sein.
Lebensmittel und sowas werden die schon bringen – von
irgendwoher.«

»Ja, gut«, sagte Elsie. »Aber warum hast du's mir
nicht gesagt, schon vor Tagen? Du hast es *gewußt*.«

»Komm jetzt, Liebes, zum Streiten haben wir keine
Zeit«, sagte Jack. »Los, Jungens, ab mit euch, hört ihr?
Direkt nach Osten – sucht nicht erst nach uns, landet
einfach da, wo ihr Menschen seht, wir kommen schon
wieder zusammen, später. Komm, Elsie, weg jetzt!«
Jack trabte den Jungen hinterher.

Eine Ecke des Hauses stürzte ein und zertrümmerte
Fernseher und Sofa. Elsie verließ ihr Haus. Im Getöse
der fernen Sirenen und Explosionen konnte sie das Sur-
ren der beiden Kopter der Kinder nicht hören, aber sie
sah sie aufsteigen und Kurs nach Osten nehmen.

Jacks Kopter stand auf dem Kiesweg. »Los, Liebes,
rein in deinen Bus – ich hab ihn für dich gestartet!« Er
stand mit einem Fuß auf den Stufen zu seinem Kopter.

Ein Baum feuerte auf ihn – eine der Pappeln. Elsie
sah, wie der weiße Strahl ihn seitlich am Kopf voll traf

und zu Boden schlug. Jack schrie. Noch eine weiße Geschwulst begann zu zittern, als Elsie auf Jack zulief, sie bückte sich sofort und ging auf Zehenspitzen weiter. Konnten die Bäume *sehen*, mit einer Art Radar?

Jack wollte etwas sagen, aber sein Kiefer war zur Hälfte schon weggebrannt. Er starb, und sie konnte überhaupt nichts machen. Sekundenlang war Elsie wie gelähmt, biß die Zähne zusammen und blickte nach oben, als erwartete sie eine rettende Macht vom Himmel. Sie sah nur eine Menge Kopter, die alle nach Osten flogen, alle in ungewöhnlich großer Höhe.

»Alles in Ordnung, Ma'am? Haben Sie einen Kopter?« rief eine Stimme hinter ihr.

Elsie fuhr herum und sah nicht weit über sich einen Kopter, von dem eine Strickleiter herabhing; er trug an der Seite das Planwagen-Emblem der Neunundvierziger. Ein Junge, ein Teenager, spähte mit freundlichbesorgtem Lächeln vom Pilotensitz zu ihr herunter.

»Ja, danke«, sagte Elsie. »Ich will gerade los.«

»Schaffen Sie's mit ihm?« fragte der Junge schnell.

»Er ist tot.«

Der Junge nickte. »Sie müssen sich beeilen, Ma'am.« Er schwebte davon.

Von Norden her ertönte ein Grollen wie von einem ungeheuren Wind und ein Bersten – und das kam näher. Unterirdische Explosionen? Oder das Erdbeben? Elsie sah, wie sich im Norden riesige Wälder und Gärten leicht nach links neigten. Elsie näherte sich dem Tor.

Ein Riß lief auf sie zu, wie ein lebendiges Wesen. Sie sah frische gelbe und braune Erde, etwa dreißig Meter tief, in dem breiterwerdenden Schlund, dessen Spitze sich sprunghaft vorwärtsbewegte. Die Erde links vom Spalt war hochgehoben worden, jetzt neigte sie sich nach links. Der Riß drehte nach der rechten Seite ihres Grundstücks ab. Wenn sie jetzt losließ zu ihrem Kopter, konnte sie es noch schaffen – gerade noch. Aber sie wollte es nicht schaffen. Was sie hier miterlebte, schien ihr heroisch und richtig.

Ein kurzer Gedanke an Jack fuhr ihr durch den Kopf: *Er hat mich behandelt wie die Öffentlichkeit, als wäre ich bloß –*

Elsie wandte sich um nach der Eiche, *ihrer* geliebten jungen Eiche, die nun erbebte, ihre schrumplige weiße Brust gegen sie richtete, als rüste sie sich für den tödlichen Strahl. Elsie ließ den blaßrosa Mittelpunkt nicht aus den Augen. Sekunden vergingen, aber es kam kein Schuß.

Das Tosen klang jetzt wie Brandung, und Elsie wußte: damit sank Golden Gate in den Pazifischen Ozean. Auch ihr Haus und ihr Garten gingen mit. Elsie klammerte sich an ihr Tor, das sich auch schon geneigt hatte. Rechts hinter ihr verschoß die Eiche ihren feurigen Saft; die Büsche links fingen langsam Feuer. Elsie war froh, daß der Baum noch losgefeuert hatte, bevor er ertrank.

Es war richtig so, fühlte Elsie. Es war richtig, so aus der Welt zu gehen, besiegt von den Bäumen und der Natur. Nett von den Neunundvierzigern, dachte sie, als das Eisengitter in ihren Händen ruckte und sie blutig riß, noch einmal einen Blick auf Rainbow zu werfen – eine Gegend, die die Neunundvierziger verabscheuten,

weil dort so viele Leute wohnten, die in AKWs arbeiteten –, nur um zu sehen, ob sie irgendwo helfen konnten.

Jetzt pfiff ihr der Wind in den Ohren, und sie fiel,
immer schneller. Ein Stück Land, groß wie ein Erdteil,
soweit sie sehen konnte, fiel und fiel – als Land langsam,
für sie aber schnell – in die dunkelblauen Wasser des
Ozeans.

Patricia Highsmith
im Diogenes Verlag

Leute, die an die Tür klopfen
Roman. Aus dem Amerikanischen von Anne
Uhde. Leinen

Keiner von uns
Erzählungen. Deutsch von Anne Uhde
Leinen

Der Stümper
Roman. Deutsch von Barbara Bortfeldt
detebe 20136

Zwei Fremde im Zug
Roman. Deutsch von Anne Uhde
detebe 20173

Der Geschichtenerzähler
Roman. Deutsch von Anne Uhde
detebe 20174

Der süße Wahn
Roman. Deutsch von Christian Spiel
detebe 20175

Die zwei Gesichter des Januars
Roman. Deutsch von Anne Uhde
detebe 20176

Der Schrei der Eule
Roman. Deutsch von Gisela Stege
detebe 20341

Tiefe Wasser
Roman. Deutsch von Eva Gärtner und Anne
Uhde. detebe 20342

Die gläserne Zelle
Roman. Deutsch von Gisela Stege und Anne
Uhde. detebe 20343

Das Zittern des Fälschers
Roman. Deutsch von Anne Uhde
detebe 20344

Lösegeld für einen Hund
Roman. Deutsch von Anne Uhde
detebe 20345

Der talentierte Mr. Ripley
Roman. Deutsch von Barbara Bortfeldt
detebe 20481

Ripley Under Ground
Roman. Deutsch von Anne Uhde
detebe 20482

Ripley's Game
Roman. Deutsch von Anne Uhde
detebe 20346

Der Schneckenforscher
Gesammelte Geschichten. Vorwort von
Graham Greene. Deutsch von Anne Uhde
detebe 20347

Ein Spiel für die Lebenden
Roman. Deutsch von Anne Uhde
detebe 20348

*Kleine Geschichten für Weiber-
feinde*
Deutsch von W. E. Richartz. Mit siebzehn
Zeichnungen von Roland Topor
detebe 20349

*Kleine Mordgeschichten für
Tierfreunde*
Deutsch von Anne Uhde. detebe 20483

Venedig kann sehr kalt sein
Roman. Deutsch von Anne Uhde
detebe 20484

Ediths Tagebuch
Roman. Deutsch von Anne Uhde
detebe 20485

Der Junge, der Ripley folgte
Roman. Deutsch von Anne Uhde
detebe 20649

Leise, leise im Wind
Erzählungen. Deutsch von Anne Uhde
detebe 21012

Als Ergänzungsband liegt vor:
Über Patricia Highsmith
Essays und Zeugnisse von Graham Greene
bis Peter Handke. Mit Bibliographie, Filmo-
graphie und zahlreichen Fotos. Herausgegeben von Franz Cavigelli und Fritz Senn
detebe 20818

Georges Simenon
im Diogenes Verlag

● Biographisches

Intime Memoiren und Das Buch von Marie-Jo. Deutsch von Hans-Joachim Hartstein, Claus Sprick, Guy Montag und Linde Birk. Leinen

Stammbaum. Pedigree. Autobiographischer Roman. Deutsch von Hans-Joachim Hartstein. Leinen

Briefwechsel mit André Gide. Deutsch von Stefanie Weiss. Leinen

Brief an meine Mutter. Deutsch von Trude Fein. Leinen

Ein Mensch wie jeder andere. Mein Tonband und ich. Deutsch von Hans Jürgen Solbrig. Leinen

Als ich alt war. Tagebücher 1960 – 1963. Deutsch von Linde Birk. Leinen

Außerdem liegen vor:

Über Simenon. Zeugnisse und Essays von Patricia Highsmith bis Alfred Andersch. Mit einem Interview, mit Chronik und Bibliographie. Herausgegeben von Claudia Schmölders und Christian Strich. detebe 20499

Das Georges Simenon Lesebuch. Ein Querschnitt durch das Gesamtwerk. Herausgegeben von Daniel Keel. detebe 20500

● Erzählungen

Der kleine Doktor. Erzählungen. Deutsch von Hansjürgen Wille und Babara Klau detebe 21025

● Romane in Erstausgaben

Die Fantome des Hutmachers. Roman. Deutsch von Eugen Helmlé. detebe 21001

Die Witwe Couderc. Roman. Deutsch von Hanns Grössel. detebe 21002

Schlußlichter. Roman. Deutsch von Stefanie Weiss. detebe 21010

Antoine und Julie. Roman. Deutsch von Eugen Helmlé. detebe 21047

● Non-Maigret Romane

Brief an meinen Richter. Roman. Deutsch von Hansjürgen Wille und Barbara Klau detebe 20371

Der Schnee war schmutzig. Roman. Deutsch von Willi A. Koch. detebe 20372

Die grünen Fensterläden. Roman. Deutsch von Alfred Günther. detebe 20373

Im Falle eines Unfalls. Roman. Deutsch von Hansjürgen Wille und Barbara Klau. detebe 20374

Sonntag. Roman. Deutsch von Hansjürgen Wille und Barbara Klau. detebe 20375

Bellas Tod. Roman. Deutsch von Elisabeth Serelmann-Küchler. detebe 20376

Der Mann mit dem kleinen Hund. Roman. Deutsch von Stefanie Weiss. detebe 20377

Drei Zimmer in Manhattan. Roman. Deutsch von Linde Birk. detebe 20378

Die Großmutter. Roman. Deutsch von Linde Birk. detebe 20379

Der kleine Mann von Archangelsk. Roman. Deutsch von Alfred Kuoni. detebe 20584

Der große Bob. Roman. Deutsch von Linde Birk. detebe 20585

Die Wahrheit über Bébé Donge. Roman. Deutsch von Renate Nickel. detebe 20586

Tropenkoller. Roman. Deutsch von Annerose Melter. detebe 20673

Ankunft Allerheiligen. Roman. Deutsch von Eugen Helmlé. detebe 20674

Der Präsident. Roman. Deutsch von Renate Nickel. detebe 20675

Der kleine Heilige. Roman. Deutsch von Trude Fein. detebe 20676

Der Outlaw. Roman. Deutsch von Liselotte Julius. detebe 20677

Die Glocken von Bicêtre. Roman. Deutsch von Hansjürgen Wille und Barbara Klau. detebe 20678

Der Verdächtige. Roman. Deutsch von Eugen Helmlé. detebe 20679

Die Verlobung des Monsieur Hire. Roman. Deutsch von Linde Birk. detebe 20681

Der Mörder. Roman. Deutsch von Lothar Baier. detebe 20682

Die Zeugen. Roman. Deutsch von Anneliese Botond. detebe 20683

Die Komplizen. Roman. Deutsch von Stefanie Weiss. detebe 20684

Die Unbekannten im eigenen Haus. Roman. Deutsch von Gerda Scheffel. detebe 20685

Der Ausbrecher. Roman. Deutsch von Erika Tophoven-Schöningh. detebe 20686

Wellenschlag. Roman. Deutsch von Eugen Helmlé. detebe 20687

Der Mann aus London. Roman. Deutsch von Stefanie Weiss. detebe 20813

Die Überlebenden der Télémaque. Roman. Deutsch von Hainer Kober. detebe 20814